LA

RESURRECCIÓN

DE

FULGENCIO

RAMÍREZ

LA RESURRECCIÓN DE FULGENCIO RAMÍREZ

UNA NOVELA

RUDY RUIZ

BLACK STONE
PUBLISHING

Copyright © 2020 por Rudy Ruiz
Publicado en 2020 por Blackstone Publishing
El diseño de la tapa es de Kathryn Galloway English
El diseño del libro es de Joseph Garcia

Los agradecimientos por autorizaciones para reproducir
letras de canciones, se encuentran en la pagina 343

Los personajes y los hechos de este libro son ficticios.
Cualquier semejanza con personas reales, vivas o muertas,
es pura coincidencia y no producto de la intención del autor.

Impreso en los Estados Unidos de América

Primera edición: 2020
ISBN 978-1-09-415336-0
Ficción / Realismo mágico

1 3 5 7 9 10 8 6 4 2

Los datos CIP (catalogación en publicación) de este libro están
disponibles en la Biblioteca del Congreso de los EE. UU.

Blackstone Publishing
31 Mistletoe Rd.
Ashland, OR 97520

www.BlackstonePublishing.com

En memoria de mi padre,
Rodolfo Ruiz Cisneros

PARTE I

UNO

1986

Lo primero que buscaba al abrir el periódico era la sección de esquelas. Empezó a hacerlo el día que se enteró que ella se había casado con otro hombre. A la fría y pálida luz del amanecer, en los oscuros rincones de su polvorienta y húmeda farmacia, se sentaba sobre el antiguo y roto cojín de un viejo taburete tras el elevado mostrador. Limpiaba en su guayabera blanca los lentes negros de carey que utilizaba para leer; primero el lente izquierdo, y luego el derecho, y se los colocaba con firmeza sobre el arco prominente de su nariz aguileña como era su costumbre, aprendida de su abuelo (a quien Dios tenga en su Santa Gloria); humedecía el dedo índice de su mano izquierda antes de dar vuelta a cada página. Y aunque por experiencia bien sabía que las esquelas estarían en la última sección, abría el periódico local por el frente y lentamente hojeaba todas las secciones: las noticias mundiales, las nacionales, los deportes; todo aquello en lo que había perdido interés 25 años antes. La ansiedad y el suspenso oprimían su pecho, y el ritmo cardíaco se aceleraba a medida que se acercaba a la última sección, la que contenía las esquelas. Pero a pesar de ello, hojeaba metódicamente a través de todas las páginas: inundaciones, asesinatos, elecciones. Todo era irrelevante para él; lo único que le interesaba era la letra menuda en la última página, pero aun así hojeaba todo, por si acaso la muerte que él ansiaba, por algún milagro se había logrado colocar en los encabezados.

Por años se había preguntado, pertrechado ahí tras la amurallada barrera del mostrador de la farmacia, a la sombra que proyectaba la luz del sol que se alzaba sobre el domo brillante de la plaza municipal, en qué forma llegaría la noticia. ¿Acaso el hombre sucumbiría a un ataque cardíaco masivo? ¿Lo atropellaría uno de los camiones urbanos que pasaban veloces frente a su comercio día tras día? ¿Acaso sería tras un proceso lento? ¿Acaso el cáncer o la cirrosis succionarían silenciosamente la vida de su cuerpo marchito? Después de todo, el sujeto tenía fama de ser bebedor de tequila y de fumar cigarrillos sin filtro.

¿Acaso sería asesinado por otro hombre, tal vez alguien con algún resentimiento? ¿Quizás el marido de alguna de sus amantes despechadas, o alguna de sus putas o queridas? Al final, poco importaría el cómo o el porqué. Todo lo que importaba era el cuándo. «Y cuando el momento llegase», se había repetido a sí mismo por años, «no derramaría una sola lágrima por el hombre a quien alguna vez llamó amigo, por el chico con el que solía correr por las calles de La Frontera». No señor. Miguel Rodríguez Esparza se merecía cualquier sufrimiento que la Santísima Virgen de Guadalupe tuviese a bien enviarle. Era un hipócrita y un traidor. Había sido un niño bonito consentido toda su vida. Había mentido y con engaños le había robado su amor cuando ambos eran jóvenes, cuando la sangre aún latía ardiente en sus pechos por esta aventura que en alguna ocasión pensó que era la vida. Y después había traicionado el más santo de los sacramentos, su propio matrimonio mal concebido y destinado al fracaso por su hipocresía y su vicio por el juego y las mujeres. Y aun a pesar de que, a través de la multitud de años desperdiciados, había llegado a comprender que Miguelito no era el único responsable de su sufrimiento, aún ansiaba la muerte de su antiguo amigo, como el sobreviviente de un crimen atroz espera el veredicto y el castigo de su victimario. No había misericordia para Miguel, el oportunista que se había aprovechado de (e incluso cultivado) su desgracia. No, no señor. Dudaba que fuesen a derramarse muchas lágrimas cuando finalmente las veintidós asquerosas letras del pútrido nombre aparecieran en tinta negra en la página de las esquelas. Veintidós: M- i- g- u- e- l R- o- d- r- i- g -u- e- z   E- s- p- a- r- z- a.

Volteó la penúltima página en la sección, para revelar su destino. «Esquelas» se leía en gruesas letras negras a lo ancho del encabezado. Había algunas fotografías. Más del contenido usual para un miércoles.

«María de la Luz Villarreal, fallecida a la edad de 83 años . . .». La Señora Villarreal, mmm, habría que enviar flores. ¿La mujer había sido alguien especial, o no?

«Dagoberto 'Beto' Treviño, fallecido a la edad de 55 . . .». Ya era hora, el muy fantoche había estado robando los ahorros de muchas viejitas durante años, hasta mucho después de haber olvidado lo poco que había aprendido en esa escuela de Medicina a la que había asistido en Panamá. «Viejo sinvergüenza». No había duda alguna acerca del sitio hacia donde se dirigía.

«José Pescador . . . fallecido a la edad de 17 . . .». Dios mío, sus pobladas cejas negras se fruncieron ante la noticia. ¿Por qué tantos jóvenes muertos en este antiguamente tranquilo pueblo?

Pero él conocía la respuesta demasiado bien. Compartía el mismo nombre sucio de cinco letras con las versiones legítimas embotelladas en los estantes a sus espaldas. Las drogas. Ningún farmacéutico que se respetase llamaría ya a su comercio droguería.

Y entonces . . . ahí, bajo la joven embarazada asesinada por su enfurecido novio (por supuesto que en el periódico jamás daban la versión real, pero a través de los años había aprendido a leer entre líneas), y justo arriba de Doña Eufemia Clotilde de la Paz San Cristóbal, había una entrada patética. Una que en un día cualquiera hubiese podido pasar por alto, a no ser por el brillante reflejo de la luz matutina rebotando sobre un camión que pasaba, y dando justo sobre su título de Farmacéutico de la Universidad de Texas en Austin, y que de pronto brilló brevemente sobre un párrafo de escasas letras. Sus ojos se nublaron de incredulidad ante el nombre y su mano izquierda oprimió su pecho con fuerza al inclinarse sobre el periódico y tropezar sobre las frases: «Fallecido a la edad de 46. Lo participa su esposa». Sin mencionar hijos, ni padrinos de féretro. Sus manos temblaron y el periódico se deslizó entre sus dedos para flotar como paracaídas hacia sus pies. Sin fotografía. Sin excusas. Sin gloria. Tan solo veintidós letras sobre el piso de la fúnebre farmacia. Sus lentes se estrellaron al caer sobre el mosaico.

Aturdido, hurgó en su mente atontada buscando qué debería hacer a continuación. Por primera vez desde lo que parecía una eternidad, se apartaría de su rutina. No había tiempo de buscar a un farmacéutico que lo reemplazara. Simplemente tendría que cerrar el negocio por un día. Su diario desfile de viejitos y recipientes de caridad sin duda se asombrarían por su ausencia. Él había mantenido la farmacia abierta ininterrumpidamente durante las dos docenas de años desde que había regresado al pueblo con su papelito en la mano. El diploma, que se mantenía en vigilia tras el mostrador, colgaba al lado de un estante. El trabajo era todo lo que conocía. Surtir recetas. Ayudar a los necesitados. Ofrecer remedios herbales cuando el Medicaid se agotaba. Y ahora se encontraba mudo y estupefacto, contemplándose a sí mismo boquiabierto en el pequeño espejo sobre el lavabo de porcelana en el rincón, como si contemplase a un extraño. Se vio a sí mismo calarse el sombrero Stetson sobre su cabello negro y ondulado. Entrecerró sus ojos color avellana mientras se arreglaba el grueso bigote. Su imagen pasó como un fantasma translúcido a través del vidrio de la puerta al cerrarse. Los frenos de los camiones exhalaron su chirriante lamento. Y las puertas del Ayuntamiento rechinaban al otro lado de la calle mientras los pordioseros y borrachitos se ocultaban en los antiguos callejones. Ataviado en su abrigo color caqui y su sombrero haciendo juego, se deslizó a través de su propio aliento cual bestia latente reavivada y desatada en la crujiente mañana decembrina. Avanzó con elegante decisión junto a los comerciantes que barrían sus banquetas. Sus rostros perplejos se volvieron hacia él. Haciendo sus cuentas mentales, cayó en cuenta que esta mañana hacía justamente veinticinco años del día que la había perdido. Y ahora, ella era nuevamente libre.

Al doblar la esquina, Fulgencio advirtió la presencia de María de la Luz Villarreal. Aparentando 60 años menos que la fotografía del periódico, acompañaba a su hija que lloraba en una banca de hierro forjado bajo los arcos españoles de la plaza municipal. Ponderando si debiese darles el pésame, decidió que sería más correcto darles un tiempo.

Sin embargo, al pasar junto a ellas, escuchó decir a la madre:

—Ahí va Don Fulgencio Ramírez . . . qué distinto se ve . . .

—¿Cómo dices, Mamá? ¿En qué forma luce diferente? —Ella se secó con cuidado los ojos manchados de rímel con un pañuelo bordado.

—Quizás la maldición se levanta finalmente —susurró la señora Villarreal reverentemente—. Se ve . . . pues . . . se ve . . . vivo.

DOS

1956

La primera vez que la vio, ella revolvía una malteada de vainilla con un popote de rayas rojas, sus piernas de porrista cruzadas con modestia mientras se inclinaba sobre el mostrador de la fuente de sodas en la farmacia de su padre. Con labios color manzana caramelizada y el cabello platino recogido en una cola de caballo, reía mientras bromeaba con sus amigas de la escuela, una academia privada de monjas, exclusiva para la alta sociedad de la frontera, las hijas de los ricos rancheros y comerciantes anglosajones y un pequeño grupo de los más ricos estudiantes mexicanos del otro lado del río. Era verano, así que no llevaban las faldas azul-marino plisadas del uniforme. En vez de eso, llevaban faldas cortas en colores pastel. La de ella era de color rosa. Él nunca podría olvidarla. Sus cejas angulares y coquetas bailaban traviesas mientras le dio una breve ojeada, clavando sus pies al linóleo de cuadros blanco y negro, justo donde estaba, su silueta reflejada en la puerta de vidrio por la neblina dorada del atardecer. Las sombras que arrojaba el nombre de la farmacia en el aparador se deslizaron sobre su espalda mientras él buscaba el valor para avanzar hacia el mostrador de la farmacia, luchando poderosamente por no voltear hacia el taburete cromado con asiento verde lima donde ella estaba sentada. Hacia su derecha, junto a la pared de la tienda, ella reía junto con sus amigas mientras se escuchaba la voz de Elvis Presley cantando «Don't Be Cruel». ¿Se estarían riendo de él? No podría soportarlo. Hasta Fulgencio, que apenas iniciaría el décimo grado en la escuela pública, había escuchado hablar de Carolina Mendelssohn, estudiante de noveno grado en la academia de las monjas. Era la hija del farmacéutico, una belleza que decían parecía una estrella de cine. La reconocerías al verla porque no había nadie como ella en toda la frontera. Y ahora, gracias al dolor de espalda de su madre, finalmente podía verla en persona. Su belleza excedía su fama, y le había robado el aliento.

«Farmacia Mendelssohn», decía la sombra distorsionada en su espalda, mientras él avanzaba lentamente por el pasillo hacia el imponente mostrador de la farmacia. Luchó contra el impulso de volverse a verla de nuevo, pero perdió. Los ojos de ella revolotearon en forma juguetona, ocasionándole una sacudida de adrenalina. Nuevamente escuchó risas de las chicas y el corazón se le fue a la boca mientras Elvis suplicaba piedad de los corazones leales.

Ruborizándose del tono rojo ardiente del chile piquín que crecía silvestre en el jardín de su madre, evitó el mostrador de la farmacia y fingió buscar entre los anaqueles, regresando furtivamente hacia el frente de la tienda, desde donde pudiese dar otra ojeada a ella para confirmar que fuese real y no un espejismo de su imaginación sobrecargada de hormonas. Mientras manoseaba un frasco de vendas, trazó su delicada figura femenina, ahora colocada en una postura perfecta sobre el taburete de cromo, con sus delicadas manos danzando en el aire para puntualizar la conversación con sus amigas, desde sus piernas impecables hasta su rostro radiante. Ese rostro era tan suave y cremoso, y los ángulos eran realmente semejantes a los de las estrellas de cine que lo seducían durante las matinés de los sábados en el Teatro Victoria. Ella pertenecía a ese mundo perfectamente adornado y peinado, retocado y brillante, no a este sucio y defectuoso mundo en la frontera.

De pronto, mientras que él se desvanecía por un instante en la atracción magnética de su encanto, el frasco resbaló de sus torpes dedos y se estrelló en el piso, esparciendo Banditas alrededor de sus raídos y raspados zapatos color carbón. Sacado de su ensimismamiento, se congeló de terror. Como impulsada por una señal, ella giró en su asiento y se irguió como una estatua viviente, bañada por la risa de su séquito. Se acercó a él con una sonrisa maliciosa, y el sonido de sus tacones haría eco en sus sueños y pesadillas por muchas semanas. Luchó por recoger las vendas y colocarlas en el frasco, pero una de ellas escapó y fue atrapada por ella. Mientras ambos se levantaban, y sus ojos color avellana se encontraron con los irises dorados de ella, sus labios carnosos se partieron como el Mar Rojo para Moisés, y las palabras que de su gracia cayeron le acariciaron como incontables plumas sobre piel desnuda. —Ten cuidado. Podrías lastimarte. —Ella le tendió la venda elusiva mientras estallaban las carcajadas de sus fieles camaradas.

En ese instante, algo se apoderó de él, algo que jamás hubiese imaginado pudiese existir en su interior. Sonriendo fríamente, y pavoneándose a la Elvis bajo una torre de pomos de Vaselina, posó firmemente su mirada en la de ella. Con suavidad tomó la venda de sus dedos elegantes, y respondió: —Bueno, entonces esto podría serme útil.

Una sonrisa sincera se formó en su rostro angelical, como gardenia en flor, y toda su timidez se evaporó como rocío mañanero bajo el sol naciente. Se ruborizó, y con el batir de mil pestañas ella y su bandada de compañeras desaparecieron entre un tumulto de chillidos.

La vieja Vera, tras el mostrador, en su uniforme rosa con delantal blanco, chasqueó la lengua y sacudió la cabeza hacia Fulgencio. —Suave. Bien suave. —Él no sabía si la venerable mesera se burlaba de él o lo animaba, pero la verdad, le daba lo mismo.

En ese instante, supo que todo había cambiado. Se dio cuenta de que había andado como un sonámbulo durante los primeros dieciséis años de su vida y ahora, de pronto, esta poción mágica encontrada dentro de los sagrados muros de la Farmacia Mendelssohn lo había despertado. Este embrujo místico conocido como Carolina Mendelssohn, la hija del farmacéutico, lo había despertado a la vida por vez primera. Él sabía que ella era una chica de la zona residencial y él era solo un pobre chico, del centro. Ella era cuarta o quinta generación de alemanes americanos y él era hijo de migrantes. Ella probablemente ni siquiera sabía una sola palabra de español, mientras que español era todo lo que se hablaba en su casa.

Su clase elevada era considerada inalcanzable para alguien como él, pues si bien los mexicanos y los anglosajones trabajaban lado a lado, típicamente solo se casaban cuando las fortunas familiares favorecían el arreglo. Pero ninguno de esos obstáculos tradicionales podría disuadir a Fulgencio de su recién encontrada misión.

Con gran determinación, Fulgencio apretó la quijada y se acercó al mostrador alto localizado en la parte trasera de la farmacia. Sus ojos escudriñaron el prístino saco blanco del farmacéutico, descifrando las palabras bordadas sobre el lado izquierdo. «Arthur Mendelssohn, R. Ph.». El propietario de la farmacia destilaba seguridad. Llevaba una corbata azul y portaba lentes de un dorado brillante bajo su cabellera plateada y bien definida. Evaluándolo, Fulgencio se estremeció al visualizar la facha en que su padre llegaba cada noche, manchado de hollín de la vulcanizadora, y apestando a hule vulcanizado y sudor viejo.

—¿Puedo ayudarte en algo, hijo? —preguntó el Sr. Mendelssohn.

Supo entonces lo que deseaba más que nada en el mundo. Sintió un hambre torcer sus raíces muy dentro de su ser, más profunda que el hambre que surgía cuando nadie compraba llantas y no había comida en la mesa.

—Dígame, señor. ¿Qué significa R. Ph.? —preguntó por encima del mostrador.

—Significa Farmacéutico Registrado —señalando hacia el pergamino colgado sobre su espalda en la pared—. Eso es lo que yo soy.

—¡Entonces eso es lo que yo seré! —exclamó Fulgencio Ramírez, maravillado ante esa conclusión.

El Sr. Mendelssohn se sorprendió y dio un paso atrás, acariciando su suave barbilla. —Se necesita mucho estudio.

Fulgencio frunció el ceño. Las escuelas públicas en la frontera tenían tantas carencias que en muchas ocasiones no contaba con libros de texto para estudiar o un pupitre donde sentarse. —¿Usted donde estudió, señor?

—En San Juan del Atole y después en la Universidad de Texas en Austin —respondió el Sr. Mendelssohn, observándolo con escepticismo—. Pero son escuelas caras.

—Yo encontraré la manera, Señor. Si usted me contrata, yo ahorraré todo lo que gane para pagar mis estudios. ¿Me daría un empleo aquí en su farmacia, para que yo pueda aprender?

—Bueno —dijo el farmacéutico, viendo los montones de cajas medio abiertas que escondía tras el mostrador—. La verdad es que necesito un almacenista.

—¿Cuándo puedo empezar? Estamos en vacaciones de verano, y tengo tiempo.

—¿Te parece bien mañana? ¿Cómo te llamas?

—Fulgencio Ramírez.

—Full-hen-see-oh —repitió el Sr Mendelssohn lentamente, grabando el nombre en su memoria.

—Es un honor conocerlo, Señor —dijo Fulgencio—. Estaré aquí tempranito por la mañana.

Una vez concluidas las presentaciones y cerrado su primer trato comercial, Fulgencio agradeció al Sr. Mendelssohn y salió de la farmacia a toda velocidad, corriendo todo el camino a casa para darle a su madre la buena noticia. Apenas pudo notar las tiendas del centro y sus brillantes aparadores al pasar como una inhalación tarareando «Don't Be Cruel»: la Ferretería Zepeda, J.C. Penney, Sears & Roebuck, el café Maldonado. Se apresuró aún más al pasar la fila de cinéfilos que esperaban para entrar a ver la función nocturna del Teatro Victoria en la calle 14. Y para cuando dejó atrás el centro y llegó a su desolado barrio, prácticamente corría emocionado.

A toda prisa dio vuelta hacia la polvorienta calle Garfield, con sus chozas de madera rebozando de chiquillos medio desnudos, perros famélicos desesperados por encontrar algún hueso que roer, abuelos y abuelas desnutridos dormitando en mecedoras de metal en las galerías hundidas. Se precipitó a la acogedora cocina penetrada del olor de frijoles refritos gritando la noticia a su fatigada madre.

—¡Mamá! ¡Mamá! ¡No lo vas a creer! Conseguí un empleo . . .

Su hermano Fernando estaba pegado a la pierna derecha de su madre, chupándose el dedo y con la cara chorreada de tierra y lágrimas. Su madre tenía en la mano una cuchara para menear, y cargaba al bebé, al pequeño David, con la otra mano. Sus ojos brillaban como carbones encendidos, por la rabia que durante las tres décadas y media de su ardua y torturada existencia ardía lentamente dentro de su ser, y que ahogó cada sílaba de los gritos delirantes de su hijo.

—¿Trajiste mi medicina? No veo ninguna bolsa. ¿Dónde está mi medicina para la espalda?

Sus últimas frenéticas palabras, «Voy a ser un farmacéutico . . .», se desvanecieron, mientras caía torpemente al piso de madera como un juguete quebrado ante el horror de darse cuenta de lo que había hecho.

—¡Lo olvidaste! ¡Eres un idiota! ¡No puedes hacer nada bien! —gritó ella, lanzándose sobre él.

Hasta la madera del piso sabía a frijoles quemados, en la angosta cocina, bajo la desvencijada mesa donde comían, donde cayó después del golpe. Frijoles quemados y sangre. Tal vez algo de tierra. Salado. ¿O sería solo el sabor de sus lágrimas? Lo lastimaban como espinas de puerco espín las astillas que se clavaron en sus brazos al rasparse contra el piso. Ella debió haberle pegado con la cuchara también. ¡Vaya que podía golpear con fuerza! No tanto como Papá, pero más fuerte que la mayoría de los hombres. Él lo sabía. Ya había estado en bastantes pleitos. Lo único que podía hacer era quedarse agachado bajo la mesa y esperar a que la tormenta pasara. Se escuchaba el estruendo de ollas y sartenes. Su madre gritaba. Los bebés lloraban. Gritos y chillidos. Y ni siquiera se preguntaba, como siempre hacía ahí debajo de la mesa, si Papá también le pegaría cuando llegara, y si sería con el cinto o con la mano, sobre la ropa o sin ella. Él solamente sonreía tontamente a pesar del amargo sabor de su boca. Estaba seguro de que Carolina jamás habría tenido que sufrir esto. Ella probablemente ni siquiera había probado los frijoles refritos. No señor. Solo podía imaginarla comiendo malteadas de vainilla tan espesas que necesitaría una cuchara de plata para llevarlas a la boca.

Allá, en su elegante comedor en su casa de dos plantas con cerca blanca, rodeada de su familia muy bien vestida, como las familias que veía en la televisión en las casas de sus amigos. Con el Buick nuevecito de su papi en la cochera y los rosales floreando bajo su ventana. Y algún día él podría tener todo eso. Porque él iba a ser un farmacéutico también. Para poder cuidar de ella. Y darle la clase de vida con que él ni siquiera había soñado hasta entonces. No la vida de un pobre mendigo dormitando sobre el piso sucio. No, la vida de cremosas malteadas de vainilla y relucientes fuentes de soda. Con sus fantasías acallando el escándalo de su hogar tumultuoso, se quedó dormido escuchando la voz de Elvis en sus oídos: «Por favor olvida mi pasado. El futuro se vislumbra brillante . . . Yo no quiero ningún otro amor. Oh, baby, aún estoy pensando en ti».

TRES

1448 Garfield. La madre de Fulgencio, Ninfa del Rosario Cisneros de Ramírez, aún vivía ahí después de todos esos años, rodeada de hijos que nunca llegaron a ser nada. En una cuadra de casuchas y chozas, apretujadas entre el tráfico apresurado de la calle 14 y el Bulevar Internacional. Algún día había sido un barrio decente de familias trabajadoras de inmigrantes mexicanos, gente que buscaba una vida mejor para sus familias. En alguna ocasión había sido una pequeña villa soñolienta, con camino de tierra, con los cantos de los gallos anunciando el amanecer bañado de rocío. Ahora el estado construía un paso elevado justo sobre la cuadra. El periódico decía que conectaría la calle 14 y el Bulevar Internacional con la Carretera Libre Comercio que corría entre México y los Estados Unidos. En vez de ahogar la calle 14 cada noche con vapor de diésel y humo, el colorido desfile de tractocamiones pasaría por encima de ese circuito, bajando por la carretera hacia un Puente de Libre Comercio rumbo al Sur, cruzando el Río Grande y llegando a México. Pero mientras tanto, durante los últimos cinco años para ser exactos, el polvo y el caliche contaminaban el aire limpio de su juventud, cubriendo las pequeñas casas y los coches decrépitos con el hollín polvoriento de la construcción. Las crecientes sombras del gigante de concreto cubrían el 1448 de Garfield, amenazando con bloquear el sol totalmente y para siempre. Las fauces abiertas de las vigas de acero flotaban por encima prometiendo un cambio que los políticos llamaban progreso.

Pero esta mañana Fulgencio casi ni notó el desorden, los niños en pañales chapoteando en charcos de lodo y mezcla, el perro sarnoso y cubierto de pulgas que yacía muerto sobre la banqueta quebrada y cubierta de hierba. El traqueteo de su pickup Toyota 1978 acalló un suspiro y una tos cansada a medida que reducía la velocidad y se detenía a unos pasos de la cerca de malla de la vieja casa. No, después de todo, hoy era un día diferente. No había tiempo que perder dejando vagar el pensamiento. Era tiempo de actuar. La puerta metálica de la camioneta se cerró, la verja de malla se abrió, y él se dirigió a la galería con el Stetson cubriendo las cejas, el saco de caqui sacudiéndose como una capa por la fría brisa del golfo. Como si el aliento de un dragón lo envolviese.

La cocina no había cambiado gran cosa en todas las décadas transcurridas. Estaba permanentemente permeada de una atmosfera húmeda y caliente, el aire pesado con el olor de algo recientemente horneado o cocinado, frito o refrito. Abrió la puerta mosquitera y entró sin anunciarse. De todas las humildes casas de la cuadra, la de Ninfa del Rosario era la más limpia, la más ordenada, y la más bonita. Pues, si bien ella no provenía de familia adinerada o de alta sociedad, había sido educada fuerte y orgullosa en las tierras ganaderas del norte de México. Le corría acero por las venas, y aún había fuego en su mirada. Fuera de su hogar, nunca había esperado o exigido mucho de la vida o del mundo en que vivía, pero dentro de su dominio diminuto, ella reinaba como ama indiscutible desde la muerte de su marido, Nicolás Ramírez, Padre.

Por ello, y para calmar su inquebrantable orgullo y temperamento indomable, Fulgencio se encargaba de mantener la casa
bien pintada y el pasto cortado. Le había ofrecido cambiarla a una
casa más nueva en un sector más decente, pero ella se negaba una
y otra vez.

—Venirme del otro lado fue más que suficiente cambio en
una vida —decía, refiriéndose al otro lado del río—. Y aún no
estoy convencida de que valió la pena, pero era lo que tu padre
quería, qué Dios lo guarde.

La viuda Ramírez estaba en su sitio habitual junto a la estufa
cuando Fulgencio entró. Cuchara en mano. Chorizo con huevo
en el sartén. Tortillas de harina en el comal. El pequeño David,
cuyas discapacidades le impedían vivir solo, estaba sentado a la
mesa desayunando unos tacos.

Fulgencio a menudo pensaba que, si sus hermanos pudiesen
aún estar físicamente pegados a sus extremidades, ahí estarían. Se
preguntaba en ocasiones si ella alguna vez se retiraba de ese lugar,
el mismo sitio desde donde le había pegado esa noche, hacía ya
tantos años, cuando se olvidó de traer su medicina. Tal vez se quedaba ahí siempre, esperando a sus hijos y nietos ir y venir. Como un
mueble, tal vez pensaba que ese era el lugar al que pertenecía, bajo
este techo humilde.

—¿Qué haces por aquí? —preguntó en forma casual—. ¿Leíste
las esquelas? ¿Te enteraste de quién murió? —Y señaló el periódico
extendido sobre la misma mesa bajo la que se había protegido cuando
era un adolescente, impulsado por la fuerza de la rabia de su madre.

El corazón le subió a la garganta nuevamente cuando dirigió
la mirada a la página y sus ojos se posaron en las veintidós letras.
Pero ella hablaba de alguien más.

—La señora Villarreal falleció ayer —comentaba, mientras meneaba los huevos con chorizo—. ¿Te acuerdas de ella, m'ijo? Ella fue la primera que te habló de esa ridícula maldición. Tú estabas en la prepa. Te sacó un gran susto. Nuestras familias eran parientes, lejanos por supuesto, de la época en que nuestra gente vivía en los ranchos cerca de la playa. Por eso conocía la historia. Cómo pasan los años. ¡Ochenta y tres años! Voy a ir al velorio en la noche. ¿Quién se iba a imaginar? Se veía muy bien la semana pasada que la vi en el Supermercado López con su hija, ya sabes, la que dice que te compra a ti las medicinas.

Él asintió, rodeándola mientras se dirigía hacia la parte de atrás de la casa.

—Pobrecita —continuó ella, sin advertir sus maquinaciones—. Dicen que murió de pulmonía. Ni modo . . . así es la vida —exhalando un suspiro y haciendo la señal de la cruz sobre su pecho y llevándose a los labios el delicado crucifijo de plata que colgaba de su cuello.

Atravesó la recámara de su madre, amueblada con sencillez, y pasó a uno de los dos cuartos traseros, donde su hermano mayor, Nicolás Jr., roncaba en un sofá, vestido solo con boxers y camiseta y con una botella de whiskey barato medio vacía y una taza sobre el piso de madera.

—Pareciera que ahora paso todo mi tiempo en alguno de los hogares de ancianos visitando alguna amiga moribunda, o en alguna funeraria dando el pésame —continuó charlando ella desde la cocina, subiendo el tono de voz para que él pudiese seguirla escuchando—. No sé qué pasa en este pueblo. Bebés que nacen sin cerebro. El cáncer tan frecuente como un resfriado. Todo se debe a la contaminación que arrojan esas maquiladoras al río. Y esos doctores que no son más que unos rateros. Una bola de sinvergüenzas.

Te quitan tu dinero, te recetan antibióticos, y cobran tu Medicaid hasta que te mueres. Y dicen que algunos lo siguen cobrando aun después de que tú mueres. Así es como se pueden dar el lujo de tener esas mansiones en el Bulevar Palma.

Él estiró el brazo para alcanzar la parte superior de un closet y sacar una caja que no había visto la luz del sol en décadas. Soplando para retirar la capa de polvo de la tapa del baúl, la abrió, revelando el interior de terciopelo rojo. Buscó cuidadosamente entre el contenido: un broche rojo, blanco y azul de Ciudadano Joven, tres pequeñas pelotas de futbol bañadas en oro, con los años 1956, 1958 y 1959 grabados, un aro de dentición de madreperla y un amuleto de plata grabado con las iniciales F.R.C. (Fulgencio Ramírez Cisneros), un dólar de plata con la efigie de Lady Liberty ennegrecido por acumular mugre desde 1925, una moneda de oro de veinticinco pesos acuñada en 1918 aún brillante como el sol, y el objeto que buscaba: oculto en el fondo del baúl en una bolsita miniatura de piel de cebolla. Con gran cuidado lo extrajo, cerro el baúl y lo deslizó de nuevo hacia la sombra. Su hermano seguía roncando. Su madre seguía divagando. Una frágil cadena de oro amarillo se deslizó como seda en su mano gigante y callosa. Una diminuta medalla redonda aun pendía del tejido frágil. Su dedo pulgar trazó la superficie. La Madonna y el Niño. La volteó y leyó la inscripción al reverso: «*Para Carolina. Con Amor. 1958*».

—Pobre María de la Luz Villarreal —siguió diciendo su madre mientras él la rozó al pasar de regreso a la puerta de la cocina—. Yo recuerdo que hace mucho tiempo tuvo pulmonía. ¿Sería en 1958? Tú te acababas de graduar de la prepa. El pueblo entero tenía pánico de pensar que se fuese a morir dejando a todos esos pobres niños huérfanos. Ay, pobre mujer . . .

La puerta se cerró detrás de él y su rostro resuelto enfrentó de nuevo el aire frío de la mañana. El interior de la casa siempre estaba demasiado caliente. Los abanicos debían girar a toda velocidad para que pudiese respirar, sin importar si era invierno o verano. Él siempre tenía calor, aun cuando helaba afuera y las naranjas completamente congeladas caían de los árboles, estrellándose en pedazos agridulces contra el piso de ladrillo del patio.

—¡Mira qué grosero! ¡Ya ni siquiera dices «hola» ni «adiós»! ¿Es así como un hijo trata a su madre? Esto no es un hotel de paso. ¡Es el hogar de alguien! —Él aun podía escuchar los gritos de su madre desde el interior de la frígida cabina de su camioneta.

Sonrió. Y se sintió bien. Hacía mucho tiempo que no había ejercitado esos músculos descuidados alrededor de su boca. La camioneta tosió al volver a la vida, con un sonido del mofle y una nube de humo. Y mientras viajaba por la calle llena de baches, aún pudo escuchar la despedida de su madre: —¡Qué bueno que ya no vives aquí, Fulgencio Ramírez!

No, no señor. No vivía bajo el techo de su madre desde que se fue a los dieciséis años, después de uno de los arranques de violencia de su padre borracho. En vez de ello, pasaba las noches del otro lado de la frontera.

Pisando el acelerador hasta el frío piso de metal, cruzó el puente y aceleró por la carretera de dos carriles rumbo al rancho en las afueras de Nueva Frontera, México. El viento rasgaba a través de la cabina de la camioneta mientras se precipitaba rumbo a El Dos de Copas. Nadie de la familia sino él había estado ahí en una eternidad. Lo consideraban un desperdicio de espacio. Después de todo, el Dos de Copas es la carta de menor valor en toda la baraja española.

El abuelo materno de Fulgencio, Fernando Cisneros, le había impuesto este triste nombre al pedazo de tierra solitaria, salada e inútil cuando fue el último vestigio que quedaba después de haber perdido en una vida de juego las grandes tenencias de tierra otorgadas a su familia por el Rey de España durante la década de 1600. Y había logrado conservarlo solo porque nadie aceptaba la escritura como apuesta durante una devastadora ristra de pérdidas al inicio de la década de 1900. El Dos de Copas ni siquiera era un par. Ni era parte de una casa llena. Era solo una solitaria carta sin valor. Como él, un viudo con una hija, Ninfa del Rosario, a quien había temido amar y criar.

Ahí, en El Dos de Copas, vivía Fulgencio hasta hoy, trazando la imagen de la sombra de su abuelo en la pared de adobe, tarareando los mismos corridos y boleros que Fernando Cisneros le había cantado amorosamente a él a través de los años, sintiendo la caricia de la brisa del Golfo en su piel y aspirando la dulce fragancia del estiércol en el aire. Esta era la tierra de donde provenía su familia. Aquí se sentía en casa. Un puñado de reses. Unos cuantos borregos. Nadie con quien hablar sino fantasmas, nadie sino espíritus para escucharlo, nada sino el pasado para juzgarlo.

Retumbando sobre el disparejo camino de tierra, bordeado por los mezquites que él y sus hermanos habían plantado hacía mucho tiempo como castigo por beberse el tequila de Papá el 4 de Julio, rumbo a su destartalada casa de adobe. Le había hecho algunas mejoras después de que su abuelo se pasó al Otro Lado (no al otro lado del río, sino al otro lado de la frontera entre la vida y la muerte), pero era aún rustica según las normas modernas. Sus necesidades eran muy básicas: agua corriente (no caliente), electricidad (esporádica) y gas que acarreaba de la ciudad en viejos tanques de butano. Dos cuartos. El cuarto por donde entraba y el que seguía, que contenía un catre, una estufa oxidada, un refrigerador que traqueteaba y una mesa que crujía. Del techo unos focos desnudos iluminaban un relieve de la Virgen de Guadalupe que colgaba de una por lo demás desnuda pared de adobe.

Según su abuelo, la imagen de la Virgencita se había aparecido ahí una mañana durante sus últimos días, en el verano de 1955. Campesinos y ejidatarios habían caminado por millas en peregrinación para atestiguar la aparición en El Dos de Copas, y eso había convencido a Fernando Cisneros que era una señal de Dios para que se arrepintiese y se preparase para su muerte inminente y su subsecuente ascenso al cielo.

—La belleza del catolicismo —le había pontificado a su nieto—, es que aun si pasaste toda tu vida pecando, puedes morir momentos después de arrepentirte y entrar al cielo. Así que gózala, Fulgencio, nomás no dejes que la muerte te agarre por sorpresa.

Fulgencio aún recordaba vivamente como su abuelo se había preparado para su muerte inminente, a pesar de parecer estar en perfecta salud, para asombro de los médicos del pueblo que esperaban fuera a morir de cáncer del pulmón o cirrosis del hígado décadas antes. Enfureció a su hija, a su yerno y al resto de sus nietos heredándole directamente a Fulgencio el Dos de Copas. Cobraba a los campesinos diez pesos por cabeza por una breve ojeada a la Virgen de Guadalupe. Y vivió lo suficiente para acumular el dinero necesario para pagar sus deudas y evitar que las autoridades le quitaran la tierra a su nieto. Y se despidió solo de la única persona a quien se había permitido querer en este mundo tras la muerte prematura de su esposa.

Fernando Cisneros le había dado a Fulgencio instrucciones de sentarse junto a él en un par de rines de llantas de tractocamión a la orilla de un estanque sereno en el rancho solemne. El joven Fulgencio, todavía un año antes de la epifanía que lo transformó en la Farmacia Mendelssohn, lo escuchó mientras masticaba una espiga de heno dorado.

—M'ijo, como dice la canción: «Canta y no llores». Porque es el momento de decir adiós. Yo me bebí la vida como se bebe un buen tequila. La saboreé. Dejé que se filtrara lentamente a mis venas. Sentí su fuego en lo más profundo de mi vientre. Y ahora el sabor se está desvaneciendo. Es hora de irme.

Estiró su mano moteada y acarició la mejilla de Fulgencio con ternura.

—Jamás pensé que podría amar otra vez. —Fernando Cisneros fijó la vista en el atardecer sin contraer las profundas grietas que como alas de pájaro se extendían de sus ojos color avellana inyectados de sangre—. Pero te he amado a ti. —Las palabras se escaparon de sus secos labios inadvertidamente. Como si se estuviese dando cuenta de esto por primera y única vez y sus pensamientos se habían materializado en palabras escurriendo de sus labios involuntariamente.

Su abuelo se levantó lenta pero deliberadamente y caminó recto como una tabla de regreso a la cabaña con su nieto detrás de él. En las largas sombras del atardecer, bajo la luz parpadeante de una lámpara de gas, Fernando Cisneros se arrodilló ante la Virgen de Guadalupe, hizo la señal de la cruz, y se fue arrastrando los pies hasta su catre, agachándose para pasar por debajo del arco que separaba los dos cuartos. Bebió un sorbo de tequila de una botella que estaba sobre un cajón de leche que servía de buró. Recostándose a descansar, volvió la vista a Fulgencio que, sentado a la mesa en el primer cuarto, derramaba lágrimas de tristeza.

—M'ijo, no cometas el mismo error que yo. No tengas miedo de amar. Si amas, nunca estarás realmente solo. Ya verás, m'ijo. Ahora vete a casa y dile a tu madre que me morí. El dinero para mi entierro está en la caja de metal detrás del refrigerador. Prométeme que vendrás aquí con frecuencia a buscarme. Porque si puedo, yo regresaré a hacerte compañía. Y tal vez desde El Otro Lado pueda ayudarte a encontrar la forma de evitar el mismo maldito destino, la fe maldita, que me ha perseguido toda mi vida. He sido desafortunado en el amor y en el juego, pero al menos te tengo a ti. Así que no voy a dejarte ir tan fácilmente.

Fulgencio asintió, secándose las lágrimas e intentando actuar como un macho.

—No digas nada —susurró su abuelo mientras la linterna de gas se apagaba y el cuarto se sumía en la oscuridad—. Yo sé que tú también me amas. Ahora vete. Ya es hora.

Fulgencio tuvo dificultad para que sus piernas lo sostuvieran. Luchó por nadar a través del entumecimiento que lo envolvía por la muerte de su abuelo. Huyó de la sombra del Ángel de la Muerte. Pasó corriendo junto a los recién plantados mezquites. Bajó corriendo por la carretera rumbo a la humilde granja de campesino de su amigo Cipriano donde sabía le darían un aventón hasta el cruce de la frontera en el pueblo. La noche caía rápidamente. Y los lamentos de los cuervos acentuaban el aire con desaliento. Su abuelo, Fernando Cisneros, había muerto.

De pie en esa misma cabaña, todos esos años después, se colocó una corbata de bolo en el cuello. Se puso un saco negro vaquero sobre los hombros con un movimiento compacto. Colocó la pistola en la funda de hombro. Y se enderezó el Stetson con una mano mientras se peinaba el bigote con la otra. No necesitaba un espejo para saber cómo lucía. Era pleno mediodía y era hora de ir al funeral. Para ver a Carolina una vez más. Besó el fantasma de su abuelo que jugaba solitario en la mesa. Tomó una sola rosa blanca que había brotado de la imagen de la Virgen de Guadalupe en la pared de adobe. Y se agachó para salir al sol ardiente.

CUATRO

Sostuvo entre sus dientes una rosa blanca mientras se secaba las palmas en el pantalón de su traje de etiqueta. La hora había llegado. Se detuvo en la puerta de su casa con miedo de que su corazón acelerado se resbalara por sus sudorosas manos. Una luna llena iluminaba la amplia entrada de la casa blanca de dos plantas con rosales bajo las ventanas. Un Chrysler Custom Imperial modelo '54 (prestado por el papá de un amigo) brillaba con la luz de la luna reflejándose en el cromo del otro lado de la cerca blanca. Pasó sus dedos por su cabello ondulado, y luego tuvo que tomar nuevamente la rosa en sus labios para limpiar la vaselina de sus manos en el asiento del pantalón. Bueno, ya es suficiente. En un último esfuerzo por controlar sus nervios, se recordó a sí mismo quién era y qué hacía ahí. Él era Fulgencio Ramírez, de onceavo grado, jugador de fútbol a punto de acompañar a la chica más hermosa de La Frontera (y, en su opinión de todo el mundo conocido) al baile de Homecoming de la academia San Juan del Atole. Aspiró profundo y volvió la vista al cielo. —No me abandones ahora —susurró, levantando la aldaba como si pesara mil libras.

«No me abandones ahora» era una frase que parecía repetirse con demasiada frecuencia últimamente. No estaba seguro de a quién iba dirigida. Podía ser a Dios, o al espíritu de su difunto abuelo, pero de cualquier forma lo ayudaba a sentirse menos solo en su búsqueda improbable.

Este momento frente a la puerta principal de la casa de los Mendelssohn se había estado gestando por un año. Desde aquel primer día en la farmacia, Fulgencio había logrado ser aceptado a la Academia de San Juan del Atole, reverenda institución típicamente reservada para las clases adineradas de la región, y él había trabajado diligentemente para el Sr. Mendelssohn antes y después del horario de escuela. Al amanecer, llegaba a la farmacia ansioso de impresionar. Era siempre el primero en llegar, apurándose a pasar frente a los aparadores aún cerrados con postigos, alborotando a las palomas al silbar las melodías mexicanas que tanto le gustaban. Las calles empedradas hacía poco habían sido pavimentadas con concreto y aún no había camiones urbanos para arruinarlas. Se deslizaba a través de las superficies lisas. Admiraba la modernidad del centro, congelado en el reposo somnoliento del amanecer frío y azulado. A lo lejos, las palomas de luto despertaban y sus lamentos rompían el silencio de la mañana.

Mientras esperaba la llegada del Sr. Mendelssohn, encontraba algo constructivo que hacer. Los lunes, lavaba los aparadores de la farmacia con un balde y un trapo que escondía en el callejón. Los martes limpiaba el desorden que dejaban los de la basura. Los miércoles, lavaba la banqueta con manguera. Los jueves, recorría los hogares de ancianos cercanos para recoger las recetas de los viejitos que los habitaban. Y los viernes, se colaba a la cocina del Café Maldonado a bromear con los cocineros mientras preparaba el almuerzo para el personal de la farmacia.

Varios meses después de haber empezado a trabajar en la farmacia, Fulgencio se sorprendió al escuchar al Sr. Mendelssohn gritar su nombre desde detrás de los estantes. El Sr. Mendelssohn era un hombre muy callado que rara vez alzaba la voz. Generalmente, caminaba hasta donde estaba la persona con quien quería hablar. Así es que con algo de temor se apresuró Fulgencio hacia la parte trasera de la tienda.

—Sí, Sr. Mendelssohn. ¿En qué le puedo ayudar?

El Sr. Mendelssohn estaba sentado en la pequeña oficina donde llevaba la contabilidad. Era casi del tamaño de un closet y ahí había colocado un pequeño escritorio y una silla, con montones de papeles bordeando las paredes.

En la escasa luz del cuarto sin ventanas, el Sr. Mendelssohn se quitó los lentes y le hizo una seña para que se sentara sobre un cajón que hacía las veces de silla para invitados.

—Fulgencio —empezó—. ¿Cuánto tiempo hace que trabajas aquí?

—Cuatro meses, Señor —respondió rápidamente Fulgencio.

—Y en todo este tiempo, todas las mañanas has sido el primero en llegar, ¿verdad?

—Sí, Señor.

—Has limpiado y organizado. Te has apresurado a ir a los hogares de ancianos a recoger las recetas. Hasta cocinas el almuerzo en el Café Maldonado y lo traes sin cobrarnos nada. —El Sr. Mendelssohn parecía estar leyendo una lista.

—Ah, en Maldonado no me cobran la comida, Señor —dijo Fulgencio encogiéndose de hombros—. A los cocineros les gusta bromear conmigo en español. Dicen que les hago recordar su vida allá en México.

—Ese no es el punto, Fulgencio —continuó el Sr.

Mendelssohn—. Tú eres la persona más trabajadora que he conocido. Si sigues viviendo bajo esta ética, llegarás muy lejos en la vida.

Fulgencio sintió un torrente de sangre en su pecho y en su cabeza, un sorprendente sentido de orgullo. No estaba acostumbrado a recibir halagos.

El Sr. Mendelssohn silenciosamente abrió el cajón del escritorio y sacó una llave brillante. Extendiéndola hacia Fulgencio, continuó. —Quiero que la tengas. Eres la única persona aparte de mí con una llave de la tienda. Te la has ganado. Podrás abrir la tienda y prepararla para el negocio. Y como siempre eres el último en salir, también podrás cerrar con llave.

—Solo recuerda. Yo soy la única persona que puede tocar los medicamentos que están detrás del mostrador. Únicamente un farmacéutico puede manejarlos. No confíes en nadie que te diga lo contrario. Si alguna vez tienes una duda, solo pregunta.

—No lo defraudaré, Sr. Mendelssohn —prometió Fulgencio.

—Sé que no lo harás, Fulgencio.

Armado con la confianza del Sr. Mendelssohn, Fulgencio se aprestó a ir tras un premio aún mayor, el corazón de su hija.

Durante el transcurso de ese primer año, Fulgencio aprovechó cada oportunidad que se presentaba para platicar con Carolina cuando iba a la farmacia con sus amigas. Ella, a su vez, parecía intrigada por él, su piel color aceituna, su cabello oscuro, su inagotable energía. Hasta llegó a decirle que ningún otro muchacho mexicano del pueblo se había jamás atrevido a mirarla a los ojos, mucho menos a hacerle plática.

—Espero no pienses que soy demasiado atrevido —respondió Fulgencio.

—Me pareces interesante —dijo ella con una sonrisa traviesa—.

Mis padres dicen que está bien hacer amigos con toda clase de gente, pero nunca los he puesto a prueba.

—¿Amigos? —se preguntó Fulgencio en voz alta. Esperaba probar los límites de los principios de sus padres lo antes posible. A ese fin, le ofreció a Carolina ayudarla con su tarea de español en la farmacia, bajo la mirada vigilante de su padre.

Carolina estuvo encantada de aprovechar la ayuda de Fulgencio. Le encantaba escuchar como pronunciaba las r's, y su acento hacía volar su imaginación a lugares exóticos.

Después de que el Sr. Mendelssohn le confiara la llave, Fulgencio empezó a utilizar sus dotes de empresario para incrementar las utilidades del negocio. Hasta entonces, la fuente de sodas no abría sino hasta después de la comida, pero ahora, gracias a las dotes culinarias de Fulgencio, se servían desayunos desde muy temprano. Y a diferencia del Café Maldonado, los clientes de Fulgencio podían complementar sus desayunos con distintos brebajes herbales aprendidos de su madre.

Pancho el carpintero llegaba todas las mañanas a las 5:30 y ordenaba chorizo con huevo acompañado de té de yerbabuena. Se iba con la barriga llena, el periódico, y una barra de chocolate para calmar el hambre que le daría a media mañana. La yerbabuena le asentaba el estómago (y si eso fallaba, el Milky Way saldría al rescate).

Cruz el plomero siempre ordenaba chilaquiles con guarnición de papa cocida con hoja de chile piquín. El platillo de papa con piquín de Fulgencio le aclaraba la mente a Cruz y le permitía diagnosticar con más claridad los problemas de plomería. Por supuesto, ahora que llegaba a la Farmacia Mendelssohn cada mañana, aprovechaba para surtir la receta de su madre ahí en vez de en la Farmacia Riley's que estaba en el área residencial. Y así como Pancho y

Cruz, un constante flujo de trabajadores inmigrantes hallaron consuelo en los desayunos de la fuente de sodas. Fulgencio les contaba historias aprendidas de su abuelo en el rancho. Empezó a cantar las canciones que su abuelo le había enseñado. Antiguas canciones mexicanas populares, como «Sin ti» y «Cuatro vidas», melodías de la era dorada de la música romántica mexicana. Fulgencio generaba más ingresos para el Sr. Mendelssohn antes de salir corriendo a la escuela, que los que generaba la tienda en el resto del día. Tanto interés generó la fuente de sodas que un día asomó la cabeza el viejo Maldonado, del Café Maldonado, y observando asombrado la multitud que se juntaba en la fuente de sodas, el trío que armonizaba con sus guitarras, y Fulgencio volteando una tortilla de papa mientras entonaba «La Barca de Oro», gritó: —¡Así que aquí es adonde se vinieron todos! Pos' ta' bueno, Fulgencio Ramírez, te puedes quedar con las mañanas y yo con el resto del día. Ahora sírveme unos chilaquiles y te pagaré un dólar extra si me cantas «Veracruz». —La multitud estalló en carcajadas y el viejo Maldonado acercó una silla extra y puso un billete de dólar en el mostrador. Hasta los cocineros de Maldonado salieron de entre los estantes a compartir una taza de té de yerbabuena con su jovial patrón, que había demostrado saber aceptar con gracia la derrota.

Inspirada por el ardor de Fulgencio, Carolina diseñó nuevos menús para la fuente de sodas con la foto del anuario de Fulgencio en la esquina superior derecha. Empezó a aparecer por la farmacia con más frecuencia, desayunando en el mostrador con su padre y escuchando asombrada las canciones de Fulgencio, y regresaba después de la salida de la escuela para pedirle «ayuda» con la tarea de español. Fulgencio empezaba a sospechar que sabía más español de lo que aparentaba, y se emocionaba ante la posibilidad de que empezara a sentirse atraída por él.

Animado por la presencia de Carolina, Fulgencio añadió más baladas románticas a su repertorio, pensando en ella mientras su voz navegaba entre las vigas. Y trabajaba más que nunca para impresionar a su padre. Motivado por el interés de ser apreciado no solo por Carolina sino por toda su familia, Fulgencio desarrolló una estrategia para generar un incremento sin precedentes en la remisión de recetas. Cada mañana cocinaba tacos extra. Los envolvía en papel aluminio para conservarlos calientes y los empacaba en bolsas de papel estraza. A cambio de una comida, logró motivar al Perico Juárez (considerado por todos como el loco del pueblo) para que fuese por todo el pueblo entregando las bolsas en los consultorios, en los asilos de ancianos y en las administraciones de los hospitales. En el exterior de las bolsas anotaba con tinta la leyenda «Cortesía de Arthur Mendelssohn, R. Ph.».

Durante ese año, tanto en la farmacia como en la Academia, el ánimo de Fulgencio se elevó. Utilizando cada momento libre y cada onza de energía en hacer pesas en el gimnasio de la escuela, Fulgencio se había transformado en un jugador de fútbol formidable. En el campo de juego, Fulgencio era impulsado por el ardor de la mirada de Carolina que lo observaba debajo del área de graderías junto con el resto de las porristas.

A medida que la seguridad de Fulgencio crecía, los libros de la farmacia se inflaban. El astuto farmacéutico amplió la farmacia tan pronto vio que el local contiguo se había desocupado. A Fulgencio lo dotaron de nuevo equipo de cocina y recibió carta blanca para hacer los pedidos al Supermercado López.

Hacia inicios del verano, el periódico (La Frontera Times) anunció que la Farmacia Riley's cerraría sus puertas. Fulgencio Ramírez había despachado al viejo Riley a Waco a trabajar para una cadena regional.

La noche que Riley's cerró sus puertas por última vez, Fulgencio se apareció en la entrada principal con un trío de guitarras. Los estantes se habían vaciado y el local lucía frío y cavernoso. La poderosa voz de Fulgencio reverberaba a través del metal vacío de los accesorios. Le dieron al Sr. Riley una serenata de despedida. Fulgencio le regaló un amuleto sumergido en una poción herbal sagrada especial de su invención, le estrechó la mano y le deseó buena suerte. El derrotado irlandés lo tomó de buena manera, a sabiendas de que el joven, a pesar de estar lleno de arrogancia, tenía buenas intenciones. Pero no podía ser tan generoso en la derrota como Fulgencio Ramírez era en la victoria. Al cerrarse la puerta tras la salida del trío, Fulgencio podía jurar que lo había escuchado decir «Malditos Mexicanos».

Al regresar a casa tras llevar serenata al Sr. Riley, la sonrisa de Fulgencio era tan amplia que casi no cabía por la puerta al entrar a la inusualmente silenciosa cocina. Sin ninguna advertencia, la mano de su padre voló desde donde estaba sentado de espaldas a la puerta, golpeando la cara de Fulgencio con tanta fuerza que lo hizo salir volando por la ventana, rodar por la galería y caer en el jardín enlodado donde los rosales habían sido regados. Cubierto de espinas y pétalos de rosa, Fulgencio saboreó las lágrimas de su niñez que surgieron contra su voluntad de sus ensangrentados labios. Los gritos frenéticos de su madre y el sonido de loza estrellándose y muebles rompiéndose emanaban de la casa. ¿Cómo era posible que un espacio tan pequeño pudiese generar tanto ruido y dolor? Estaba sentado en el lodo, indefenso, escuchando a sus hermanos pequeños llorar aterrados. ¿Serían ellos los próximos en sufrir los golpes? Por supuesto, por eso su hermano mayor, Nicolás Jr. se había enrolado en el ejército a la primera oportunidad, y había sido enviado a Corea unos meses antes de terminar la preparatoria. Al parecer, la ausencia de su hermano acrecentaba el blanco en la espalda de Fulgencio.

«¿Por qué?» se preguntaba Fulgencio. ¿Era por la canción que venía silbando cuando subía alegre los escalones? ¿Era por la loción que usaba? ¿Era por su traje blanco de lino que contrastaba con los sucios overoles de la vulcanizadora que usaba su padre? Al levantarse sosteniéndose de las ramas espinosas de los arbustos con sus sucias manos ensangrentadas, finalmente comprendió que el porqué no importaba. Simplemente no podía permitir que volviese a ocurrir. Los golpes no tenían nada que ver con él. Tenían que ver solamente con el hombre que los lanzaba. Su padre había soñado con dar a su familia el Sueño Americano, para compensar la Pesadilla Mexicana que había vivido como huérfano, yendo de pueblo en pueblo mendingando comida durante la Revolución, durmiendo donde podía encontrar lugar o trabajo. Y todavía trabajaba en la oscuridad de la vulcanizadora en el lado Sur del río para mantener a la familia que simultáneamente adoraba y despreciaba en El Otro Lado. Pero era obvio para Fulgencio que el hecho de cruzar el río a diario no lograba exorcizar los demonios de su padre, no lograba purificar sus pensamientos atormentados. Había ocasiones en que su padre sencillamente tenía que golpear a alguien, a quienquiera que estuviese cerca. Con regularidad exigía venganza por la suerte que le había tocado, poniendo muy en claro que al menos sus hijos tenían un padre y una madre, y un techo sobre sus cabezas. Y al menos en su opinión, eso significaba que él había superado con mucho sus responsabilidades en el mundo.

—Te atreves a burlarte de mí con tu inglés y tus matemáticas. Me provocas con tu ropa bonita y tu escuela privada. Siente algo de dolor para que puedas comprender a tu padre —exclamaba Nicolás Ramírez, Padre salvajemente al abrir la puerta de un golpe e impulsarse hacia la galería, mirando con rabia a Fulgencio que permanecía de pie torpemente en el lodo—. Esto no es sufrimiento.

Esto es fácil. Bola de llorones, cobardes. Váyanse a la chingada —gritaba indignado mientras abordaba su destartalado Nash modelo '49. El motor retumbó escandalosamente mientras él se dirigía a la cantina más cercana para ahogar sus penas en el elixir del olvido.

El humo y el vapor envolvieron a Fulgencio que observaba a su padre partir desde el lodazal donde se encontraba, rodeado de pétalos de rosa y perforado por las espinas. Sintió un dolor agudo en sus entrañas como río de lava fundida, y sus ojos entrecerrados ardían con rabia reprimida mientras observaba las luces rojas traseras del coche de su padre. Con qué facilidad lograba convertir el gozo en furia. Enfurecido, Fulgencio dejó salir un grito primitivo e inteligible, pateando los rosales maltratados, arrancándolos con sus manos heridas hasta que quedaron completamente destrozados. Maldiciendo, escupiendo y gruñendo mientras destruía la rosaleda, perdió todo sentido de su entorno. Cuando terminó, cayó de rodillas jadeando, manchado de sangre y enlodado. Levantó la vista y vio a su madre, al pequeño David, y a Fernando mirándolo asombrados, con una mezcla de horror y miedo, a través de la tela mosquitera de la cocina.

Esa noche, Fulgencio empacó una vieja maleta de piel heredada de su abuelo. Se hubiera mudado al Dos de Copas, pero no tenía coche. Se hubiese ido cabalgando, pero no le habrían permitido cruzar de un lado al otro sobre una bestia. En vez de eso, recorrió diez cuadras caminando en dirección oeste, hacia la parte más bonita del centro, donde vivía su mejor amigo de la escuela. Aquí las entradas eran amplias y pavimentadas con concreto, en lugar de angostos pares de surcos gastados entre hierbas. Aquí el pasto estaba bien cuidado y mantenido, en vez de crecido y cubierto de basura como rines de llanta enmohecidos y asadores desbaratados. Aquí las casas estaban pintadas de colores brillantes, en vez de tener la pintura descarapelada, y estar a punto de colapsar.

Mientras caminaba con dificultad hacia la puerta principal, Fulgencio admiró la flotilla de autos brillantes estacionados en la entrada de coches, uno por cada miembro de la familia.

Cuando la mamá de Bobby abrió la puerta y se dio cuenta del estado lastimoso en que se encontraba, pareció comprender su situación sin necesidad de hacer preguntas. Él se preguntó si tal vez la reputación de su familia le había precedido.

—Pobre de ti —le dijo. Tomó la maleta y con suavidad lo guio hacia la recámara de Bobby que quedaba en la parte de atrás de la espaciosa casa—. Vamos a limpiar y atender esas heridas.

Esa noche, durmió sobre una colcha en el piso de madera. Al día siguiente, Bobby y su papá trajeron otra cama de la casa de su abuela, muy cerca de ahí.

Ahora su padre ya no podría tumbarlo de su sitio en la cima del mundo, pensó Fulgencio acostado en la oscuridad de la recámara de Bobby Balmori. Escuchaba el zumbido del abanico de metal junto a la ventana y el rítmico canto de las chicharras que llegaba del exterior. Sentía el sudor correr por su cara, caer hacia los hombros y espalda. Vislumbraba a lo lejos las estrellas y deseaba estar en el Dos de Copas cantando con su abuelo. Practicando como solía hacerlo, sentado en el techo de la cabaña de adobe y cantando a todo volumen. Así era como su abuelo lo había entrenado para desarrollar tan poderoso instrumento vocal. Su voz se había tornado tan fuerte que personas de los ranchos y granjas cercanos sacaban sus mecedoras a los patios cuando sabían que estaba de visita, para escuchar los corridos que él y Fernando Cisneros cantaban; las suaves brisas del golfo llevaban las voces a grandes distancias.

Pero ahora esos días parecían muy lejanos, tan lejanos como

las débiles estrellas opacadas por las luces de la ciudad. Y a pesar de que su padre ya no podría atacarlo con los puños o su cinturón, una rabia solitaria se retorcía dentro de él como un cuchillo, como el hambre que había sentido de niño comiendo los frijoles refritos y vueltos a freír, que sabían como el polvo que se mezclaba con las lágrimas debajo de la mesa de la cocina. Tal vez se le había brindado la oportunidad de alcanzar su *Sueño Americano*, pero inexplicablemente sentía que le habían robado algo más valioso aún.

Acostado pero inquieto en la oscuridad, Fulgencio sentía que una añoranza lo consumía. Y después la rabia. Le daba rabia desear tanto y no tener nada. Por primera vez, se sintió abrumado por una intensa impaciencia. Anhelaba pertenecer a este mundo donde ni siquiera poseía un hogar digno. Ansiaba desesperadamente el amor santificador de Carolina Mendelssohn de la misma forma en que un pirata ansiaba con avaricia el tesoro que necesitaba para alterar su puesto en la sociedad.

Al acercarse el nuevo año escolar, le entró un sentido de urgencia por finalmente hacer el intento. Ya estaría en onceavo. Las chicas de ambos lados del río hablaban de él, iban a las fiestas y a los bailes esperando escucharlo cantar. Fulgencio decidió que era el momento apropiado para ir tras el premio mayor. Decidió que invitaría a Carolina al baile de Homecoming tan pronto iniciara el año escolar.

La tomó por sorpresa una tarde entre las pilas de accesorios de la farmacia. Regresaba de hacer entregas de medicamentos en la bicicleta de la farmacia y ella estaba absorta en rellenar los estantes, balanceándose peligrosamente dos pies arriba del suelo. Sobresaltada por sus pasos, resbaló y casi se estrella en el piso, pero él la atrapó con sus fuertes brazos y la depositó con suavidad en el piso, como una pluma flotando con gracia.

Al sujetarla tan cerca, sus miradas se encontraron. No había hacia donde volver la vista, no había forma de evitar la mirada. Surgió entre ellos una oleada, como el calor que escapa de una carretera escaldada. Y en un impulso de balandronada, le espetó la invitación.

—Sí, por supuesto —contestó ella con aliento agitado—. Me encantaría ir contigo.

Y ahora aquí estaba, rezando a su abuelo difunto en los escalones de la elegante residencia del Sr. Arthur Mendelssohn la noche del baile, enfundado en un tuxedo negro prestado, con una rosa blanca en su temblorosa y sudorosa mano cuando la puerta se abrió bañándolo con una luz tibia y dorada.

Lo recibió la mamá de Carolina que, con una mirada escéptica de sus húmedos ojos grises, lo recorrió mientras lo invitaba con un ademán a pasar al vestíbulo. Él pensó que jamás había estado en un vestíbulo. La gente blanca y rica tenía espacio de sobra.

De naturaleza delicada y con una palidez resultado de una enfermedad crónica, la Sra. Mendelssohn irradiaba una suave, aunque frágil, belleza. Guio a Fulgencio hasta el sofá forrado de plástico en la sala formal. Los ojos de Fulgencio recorrían los adornos de cristal y las figuras de porcelana y pinturas adquiridas en la mueblería elegante del pueblo, Mr. Egglestein's Town and Country. A él todo le parecía perfecto, de otro mundo. Esta era la habitación de una dama. Un espacio donde sentarse con otras damas, saboreando entremeses y bebiendo té en tazas que descansaban sobre mantelitos. Antes de irse a vivir a la casa de Bobby Balmori, nunca había visto estas cosas en persona. Solo había oído hablar de ellas en programas de televisión que había visto en los aparadores de Sears & Roebuck, parpadeando en blanco y negro en bulbos al vacío incrustados en consolas de madera. Pero gracias a la familia de Bobby Balmori, había adquirido conocimiento suficiente para sobrevivir en este mundo extraño, al menos por una noche.

Sentado en la orilla del sofá en la sala formal de Carolina Mendelssohn, viéndola bajar flotando por la escalera como un ángel vestido de blanco, supo que haría lo que tuviera que hacer para aprender lo necesario para merecer ser admitido permanentemente en su mundo.

Al ponerse de pie, la rosa se le cayó de las manos. Y al apresurarse a levantarla de la alfombra roja, se pinchó el pulgar con una espina. Con el más imperceptible gesto de vergüenza por sus torpezas, sus ojos color de avellana se encontraron con los ojos dorados de ella. Sus labios formaron una sonrisa conquistadora: —Ten cuidado. Te podrías lastimar.

Se sintió cayendo, perdido en una marea de rizos dorados. Buscó palabras que jamás encontraría porque nunca habían sido inventadas. —Estas hermosa —susurró, ahogándose en el mar igualmente dorado de sus ojos mientras la rosa blanca pasaba de sus dedos entumecidos a la blancura de sus blancas y tenues manitas.

Ella se inclinó como si fuese a compartir con él un secreto travieso, su rostro lleno de malicia. Sintió su aliento dulce sobre sus labios mientras ella formaba lentamente las palabras: —Lo sé.

CINCO

A nadie le gustaba un funeral, aunque fuese de alguien a quien totalmente despreciaran. Ni siquiera a Fulgencio Ramírez en su traje negro vaquero y su sombrero Stetson, con la pistola enfundada bajo el saco y la rosa blanca entre sus manos. No, señor. La muerte no era una sensación bienvenida para él. Pero, desafortunadamente, era una que se le había metido en los huesos hacía ya tiempo. Así pues, el ceremonial de la muerte era para él una costumbre incómoda. Después de todo, pensaba, puedes adornar la muerte de la forma que quieras, pero al final apestará igual.

Los buitres formaban un circulo sobre el pequeño pero obligado conjunto de parientes preocupados, madres llorando, y abuelitas cubiertas con velos negros que iban de lápida en lápida, ajustando su recorrido fúnebre de acuerdo con el movimiento de las sombras formadas por los grupos de árboles distribuidos por todo el cementerio. Aún en estos días invernales, el sol causaba su maravilloso daño si uno permanecía bajo sus rayos mucho tiempo. Pero bajo su sombrero de ala ancha, Fulgencio estaba a salvo del salvajismo de la luz como del vituperio de los buitres, famosos por dirigir con venganza sus descargas sobre los dolientes que escondían motivos secundarios. Él no dudaba de esta leyenda local. Tal vez un buitre podría apuntarles a aquellos que discernían ser de su calaña. Quizás los llantos tristes de esas mujeres podrían mezclarse con los chillidos de los buitres en una canción final de despedida para el difunto. De cualquier forma, él tenía la certeza de que los buitres no cagarían a nadie en ese día. Esta certeza se debía al hecho de que el hombre de las veintidós letras no tenía nada que dejar salvo un sabor amargo en las bocas de todos aquellos cuyas vidas había estropeado con su presencia. No había anticipación por la lectura del testamento. No habría pleito entre los herederos por riquezas codiciadas y el botín de una vida prospera. No, señor. Nada de eso había hoy en el camposanto. El padre Juan Bacalao podía rezar todo lo que quisiera, pero la Iglesia no recibiría ni un centavo de los bienes de este bastardo inútil. El obispo tendría que buscarlo por otro lado. La fiesta se suspendía. Y en cuanto a planear robar el corazón de Carolina, a Fulgencio no se le podía culpar por reclamar algo que le había sido dado a él primeramente, al menos hasta que Miguelito y la magia negra mexicana se habían entrometido para embrollar y destruir sus vidas.

Miguel Rodríguez Esparza había sido una de las pocas personas en las que Fulgencio no podía encontrar ninguna calidad redentora. De hecho, Miguelito era tan despreciable que hacía mucho tiempo que Fulgencio había decidido que ni siquiera valía la pena matarlo, poniendo fin prematuro a su existencia. No, eso hubiese sido demasiado fácil de lograr y saldría demasiado costoso después. Claro que, en ocasiones, Fulgencio había empleado métodos violentos para lograr fines justos. Se había derramado sangre. Esposas se habían transformado en viudas. Niños se habían convertido en huérfanos. Pero no Miguelito. Eso habría sido demasiado trivial, craso, y predecible. Si él hubiese permitido que sus celos rabiosos lo llevaran a tomar venganza contra Miguelito, habría tenido que pasar el resto de su vida en una prisión de máxima seguridad. Y entonces nunca habría podido arreglar las cosas con Carolina. Así que había decidido esperar lo inevitable. Dejar que la naturaleza siguiera su curso. Dejar que Miguelito desperdiciara su vida en licor, cigarros y putas. Además, sabía que Carolina nunca aceptaría a un asesino convicto. A diferencia de las familias Ramírez y Cisneros que por mucho tiempo habían vivido como salvajes en las tierras altas de México, la hija del Sr. Arthur Mendelssohn, R. Ph., era una dama civilizada cuyo amor estaba destinado a operar dentro de los límites de la buena sociedad. Así que había esperado pacientemente, observándolos desde lejos. Justo como hacía ahora, de pie bajo la sombra oscilante de un mezquite mutilado en una loma, con sus ramas tortuosas apuntando al cielo. La brisa le llevó el aroma tenue del incienso. Observó como el padre Bacalao hacia toda suerte de señales y gestos con sus brazos envueltos en la sotana sacudida por el viento mientras el féretro de madera descendía hacia la tierra. ¡Adiós, amigo! Un destino sellado en tierra, en *saecula seculorum*. El sacerdote y su cruz desaparecieron, huyendo igual que los buitres. La multitud se esparció como cenizas y solamente un pequeño grupo de mujeres cubiertas de negro sostenían a Carolina en su desfile solemne de regreso a la limusina.

Se apartó con rapidez de la sombra del mezquite, moviéndose en una trayectoria calculada para interceptarla.

No puso atención a los murmullos que se elevaron del séquito de la viuda.

—¿Quién viene allí?

—¡Dios mío! ¿Quién es ese hombre?

—No puedo creer el atrevimiento. Es Fulgencio Ramírez.

Al formar las mujeres un círculo de protección para la viuda, sus ojos se esforzaban desesperados por penetrar el velo que cubría su rostro.

—Carolina, te traje esto . . . —y extendió la rosa, sus ojos derritiéndose por un instante, suplicando por una señal.

Al ser empujada por las mujeres hacia el vehículo que la esperaba, por primera vez en 25 largos y agudísimos años, escuchó su voz. Escuchó su grito agonizante tan claramente como había escuchado la exhalación de rabia, pasión y dolor desmesurado de su madre el día que habían sepultado a su padre.

—No —sollozó Carolina Mendelssohn—. Él no. Él es el culpable. Él es quien arruinó mi vida.

La arruinada limusina de la funeraria partió, atravesando los altos portones del panteón. La rosa blanca cayó al pasto bajo las brillantes botas negras de Fulgencio. Se apretó el pecho viéndola partir, sus dedos acariciando el delicado medallón que aun llevaba en el bolsillo de su camisa.

—Está bien —se dijo, balanceando su cabeza ligeramente bajo el sol de la tarde—. He esperado todo este tiempo. Puedo esperar un poco más. Después de todo, sin amor estamos muertos. —Y la vio desaparecer en una curva del camino, mientras un montón de tierra fresca puntualizaba a sus espaldas la muerte de su traicionero amigo. Con el destino y el tiempo finalmente de su lado, Fulgencio anhelaba iniciar de nuevo.

SEIS

Interrumpiendo el hechizo del embeleso de Fulgencio con Carolina, su padre surgió de su estudio al lado opuesto del vestíbulo. Fulgencio casi salta de la sorpresa al ver al Sr. Arthur Mendelssohn, R. Ph. en atuendo casual. Parecía uno de esos golfistas que había visto en revistas gringas: camisa polo, pantalones a cuadros, típico americano. Mientras Fulgencio trataba de reencontrar su capacidad para hablar, el Sr. Mendelssohn lo rescató de su bochorno.

—Fulgencio —dijo con una breve sonrisa—. ¡Qué sorpresa verte fuera del trabajo!

—Sí, Señor —respondió Fulgencio nervioso—. Para mí es una sorpresa verlo sin su saco blanco de laboratorio, Sr. Mendelssohn.

—Sí, bueno, la vida es más que solo trabajo, Fulgencio —dijo el Sr. Mendelssohn abrazando a su hija como si quisiera que su brazo se transformara en una mascada.

Esa frase del Sr. Mendelssohn se estaría zarandeando en la mente de Fulgencio por muchos años, como mofándose de él a través de todos esos largos períodos cuando el trabajo sería su único refugio de su fracaso en el amor.

—Sí, Fulgencio. Hay trabajo, y también hay diversión —continuó Arthur Mendelssohn—. Y más te vale que seas cuidadoso en la diversión con mi hija. La quiero de regreso a casa a una hora decente.

Fulgencio enderezó su postura. —Sí, Señor. Usted no tiene por qué preocuparse. Su hija estará a salvo conmigo.

Los ojos de ella chispeaban con malicia al tomarlo de la mano y llevarlo hacia la puerta. Mientras se dirigían hasta el brillante coche del Sr. Balmori, Fulgencio se volvió a observar la silueta del Sr. y la Sra. Mendelssohn, del brazo y en la puerta, con expresiones de preocupación en sus rostros que brillaban de tan blancos a la luz de la luna.

—La verdadera cuestión es: ¿estarás *tú* a salvo *conmigo*? — Carolina susurró al aproximarse al reluciente auto, con su elegante imagen reflejada en la ventana reluciente. Él le abrió la maciza puerta de metal y la ayudó a subir, y acomodar su vestido. Al encender el motor, Fulgencio y Carolina se despidieron con un saludo a través de la ventana.

***

El aire dentro del auto negro Imperial, modelo '54 estaba helado y tenso. Metal frío. Abundante vinilo. Y la extensión sin fin del tablero. La manera preferida por Carolina para romper la tensión era la actividad frenética. Siempre que no se sentía completamente a gusto, zumbaba como abeja. Volaba de un lado a otro del cuarto, desarreglando y acomodando cosas. Por supuesto, no podía hacer eso en el auto, así que el radio fue su recurso. Mientras Fulgencio se dirigía hacia el campus de San Juan del Atole, ella manipulaba los botones de cromo situados justo en medio del tablero. La pequeña línea roja bailaba mientras ella cambiaba de una canción a otra, intercalando con estática.

—¡Rancheras, no! —exclamó, cambiando una estación de El Otro Lado—. Conjunto. ¡Dios, no! —dando un brinco de fastidio al escuchar las notas del acordeón—. Oh, ¡Elvis . . .sí! —Se puso muy contenta, con sus manos en el aire, su sonrisa elevando el pulso de Fulgencio. Él intentaba permanecer calmado, pero toda esa energía era más de lo que podía soportar en ese momento. Dio un tirón al volante hacia la derecha y detuvo el coche abruptamente a la orilla del camino abandonado. Cuando ella se volvió para ver qué sucedía, él detuvo «Hound Dog» con decisión.

—¿Qué? —protestó Carolina asombrada, pues no estaba acostumbrada a un comportamiento tan opuesto, y menos de un muchacho—. ¡Me gustaba esa canción!

Él frunció el ceño, frotándose las sienes y los ojos con su mano derecha para aclarar sus pensamientos.

—Carolina —dijo Fulgencio—. Hay algo que he querido decirte desde hace mucho tiempo. Pero nunca encontraba el momento adecuado en la farmacia. La vieja Vera nunca nos quita la vista de encima. Yo creo que tu papá le pidió que lo hiciera.

—¿De qué se trata? Estás hablando en círculos.

—Algún día, quiero casarme contigo.

Ella lo miró asombrada y empezó a reír nerviosa. —¿Estás loco? Esta es nuestra primera cita.

—Yo lo he sabido desde la primera vez que te vi.

—Tú necesitas ir más despacio y calmarte, Fully —dijo ella.

—¿Fully? —El rostro de Fulgencio se retorció en una mezcla de sorpresa, diversión y disgusto.

—Sí, por Fulgencio —continuó ella—. Porque si solo piensas en trabajo, matrimonio y el futuro —decía agitando las manos en el aire mientras hablaba, con la luz de la luna rebotando en los diamantes que adornaban sus dedos y sus muñecas—, nunca vas a poder disfrutar de la vida misma.

—¿La vida misma? —repitió él aturdido, como si el concepto nunca se le hubiese ocurrido. Él había platicado con ella muchas veces en la farmacia de su padre durante el último año, pero siempre con el corazón latiéndole tan rápido que a duras penas conseguía respirar o mantener el equilibrio. Difícilmente podía escuchar lo que ella decía por la enorme cantidad de concentración que necesitaba para mantener su apariencia tranquila y calmada al mismo tiempo que absorbía el poder magnético de su hermosura. Ahora, a Fulgencio le parecía como si ella le estuviese hablando por vez primera. Aquí, en el oscuro refugio del auto del Sr. Balmori, su corazón aun latía acelerado, pero por un momento no estaba posando ni fingiendo. Estaba realmente escuchando.

Él sintió que las máscaras estaban a punto de caer. Estaba a punto de conectarse con ella a un nivel más profundo, a ver más allá de su aspecto físico, su dinero y sus costumbres anglosajonas, de tocar algo incorpóreo, algo intangible pero real. Y entonces, repentinamente, sus palabras genuinas se retiraron como la marea en la playa cerca del Dos de Copas, su significado alejándose de su alcance, una reverberación de sonido blanco adueñándose de su mente y ahogando sus palabras, la interferencia de la estática convirtiéndose en un sonido de trueno, la reverberación de miles de olas agitándose tempestuosamente. Escuchaba palabras, pero no eran las de Carolina. Sus labios se movían, pero en vez de escucharla a ella, todo lo que podía captar era una voz antigua y distante que hablaba un lenguaje extraño e inteligible. Palabras extrañas. Encantamientos místicos. Iteraciones amenazantes rebosantes de la clase de poder que se ocultaba bajo las engañosas aguas tranquilas que había visto en un sitio cercano a las antiguas tierras de la familia, donde el Río Grande fluía hacia el Golfo. Aguas que te seducían con su superficie dócil solo para ahogarte en un instante, como su abuelo le había advertido cuando niño. Y algo que nunca pensó posible sucedió al mirar boquiabierto a Carolina y luchar por escucharla a través de las olas de sonido incorpóreo que fluían dentro de su ser. Ante sus propios ojos, brillando más que nunca con asombro, Carolina Mendelssohn física y espiritualmente se transformó en algo aún más seductor, angelical y cautivador. Ella era más que la hija del jefe, más que la chica más hermosa del pueblo, más que una persona, ella era un sueño, una diosa en sus ojos. Ella era algo a lo que debía aspirar, a intentar alcanzar. Pero, ¿podría alguna vez poseerla como un macho se supone debe poseer a una mujer? ¿Podría conservarla? ¿Era merecedor de ella? ¿El pobre hijo de inmigrantes que comían frijoles refritos? ¿Podría llegar a tener una oportunidad?

Repentinamente, salió de su sueño surrealista, alarmado y perplejo. ¿Estaría padeciendo de alguna extraña enfermedad? ¿Debería dar vuelta al coche y regresar inmediatamente con el Sr. Mendelssohn a pedir ayuda? Se esforzaba por enfocarse en la conversación de Carolina.

—Sabes, Fulgencio —dijo ella con autoridad, como si lo hubiese leído en un libro—. No somos máquinas. No somos dioses. No tenemos que perder todo nuestro tiempo tratando de alcanzar una imagen perfecta que hemos soñado para nosotros. Somos solo personas. Seres humanos. Sobreviviendo. Tenemos que dejar que las cosas sucedan. Relájate.

—¿Relajarme? —Fulgencio no estaba familiarizado con esta palabra.

—Oh, sí, Fully —continuó ella—, ¿con qué fin trabajas tan duro?

La respuesta era, por supuesto, ella. Pero él no podía decírselo. No, aún no. Eso sería mostrar su mano demasiado pronto. Por otro lado, él le había inadvertidamente propuesto matrimonio, bueno, en cierto modo. Hizo una mueca por el dolor de cabeza. Qué idiota. Se había estado preparando para este momento en cuerpo, mente y alma por todo un año y no había planeado el guion para su primera cita. Y ahora, estaba escuchando cosas y dudando de sí mismo en el peor momento posible.

Dirigió la mirada al velocímetro tras el volante cromado.

—¿Y bien? —preguntó ella—. ¿Qué es lo que tratas de lograr?

En lugar de contestar con la verdad, Fulgencio recurrió a uno de los *dichos* que a menudo escuchaba de labios de su madre. —¡Trabaja . . . sin cesar, trabaja! —dijo—. Esa es mi filosofía — agregó, tratando de recuperar la compostura—. Trabajar es todo lo que sé. Lo traigo en la sangre. ¡Es la manera en que yo me expreso! —declaró triunfante.

—Mmm —ella frunció el ceño, inclinándose hacia él, y mirando sus ojos intensamente. —Yo no creo eso, Fulgencio —dijo moviendo la cabeza lentamente—. Tu forma de cantar, esa es la forma en que tú te expresas. La forma en que haces a la gente sentirse bien, como los haces sentirse especiales cuando vienen a la farmacia. Ellos reconocen tu espíritu generoso. Siempre das lo mejor de ti mismo. Yo pienso que esa es la forma en que te expresas.

Él se quedó sorprendido, sin habla. Jamás nadie lo había analizado a este grado. Era algo halagador, pero también desconcertante.

De pronto, el rostro de ella se iluminó. —¡Ya sé! —gritó dando saltos arriba y abajo en el asiento—. Tal vez puedas ser un cantante cuando seas mayor. Tienes la voz y eres guapo. Tú podrías ser como ese artista de las películas mexicanas, Pedro . . . ¿Cómo se apellida?

—¿Pedro Infante? —se aventuró a preguntar, aturdido. Claro, en alguna o dos ocasiones se había imaginado cantando, montado a caballo, con un sombrero de charro en la mano, pero esa no era la vida apropiada para el marido de Carolina Mendelssohn. Eso representaba la antigua forma de vida al Sur del río, no era el Sueño Americano. En México, el público veía a Pedro Infante como un héroe, un vaquero mexicano, un ídolo a caballo, con sombrero, con pistola, y con una voz celestial. En América, los gringos verían solamente a un mexicano borracho y tonto, un pordiosero, alguien a quien dispararle.

—Sí —dijo ella emocionada—. ¡Tú podrías ser el Elvis Mexicano! —Sus manos se posaron firmemente en sus hombros y ella levantaba el rostro hacia él, sus ojos dorados brillando a la luz de la luna.

—Pero . . . —él se detuvo—. Yo voy a ser farmacéutico como tu padre. —Esa era la única forma que conocía para poder darle a ella la clase de vida a la que estaba acostumbrada. Y si eso no era lo que ella quería, seguramente era lo que ella necesitaba, no a un pobre diablo rascando una pobre existencia cantando en cantinas, rezando por obtener una improbable oportunidad de alcanzar una fama efímera. No, no señor. Claro que le gustaba cantar, pero él iba a ser un farmacéutico. ¡Y punto!

—¿Farmacia? —pensaba ella en voz alta—. Pues no se oye tan emocionante, pero tú pareces estar tan decidido. Me gusta eso de ti.

—Espero eso no sea lo único que te gusta . . . —agregó él, con la voz llena de esperanza.

Ella sonrió con malicia: —Fully, no esperaras que suelte todos mis secretos, ¿o sí? —Su marea de capricho disminuyó con un suspiro tranquilizador—. La farmacia es una buena profesión, al menos eso dice mi padre.

Él sonrió al comprobar que su mundo volvía a su orden acostumbrado, a la comodidad de sus sueños ilusorios. Inhaló un suspiro de alivio porque por un momento Carolina lo había asustado (como los misteriosos encantamientos que había escuchado). De alguna forma, la puerta se había abierto un poco, lo suficiente para que los demonios de la duda se infiltraran momentáneamente. Pero ahora ya todo estaba bien. Él podía sentir su suave y dulce aliento en su cuello, quieto y sereno ahora, mientras su cabeza descansaba sobre su hombro. Por vez primera, se sintió verdaderamente cómodo en su presencia mientras daba vuelta a la esquina, dirigiendo el coche hacia el Baile de Homecoming. Ella ahora conocía sus intenciones y no había huido del vehículo. En vez de ello, por una vez, ella estaba quieta y en paz. Colocó el espejo retrovisor hacia abajo para poder verla discretamente, y encontrando sus labios de rubí curveados en una sonrisa. Sus largas pestañas se cerraron, y ella se rio entre dientes por un momento.

—¿Qué? —preguntó él.

—Fully.

SIETE

La noche anterior, los chicos del Hermano William de la Academia de San Juan del Atole finalmente habían destruido a sus oponentes en el juego de Homecoming. «Cincuenta y uno a cero», se leía en el marcador en el Campo Canaya. La puntuación reflejaba la infinita misericordia de Hermano William, que metió al juego a los chicos de noveno durante el último cuarto para evitar que la puntuación siguiera subiendo.

—¡Nunca patees al oponente cuando esté caído! —les decía a sus chicos con su vozarrón. Era mitad alemán, mitad irlandés, y 100 % dedicado a ganar juegos de fútbol. Alto y atlético a pesar de su edad, gritaba sus órdenes como un general experimentado, y llevaba siempre una vara de carrizo que utilizaba como su látigo. Nadie jamás le había visto utilizarlo en público, pero las leyendas y los rumores de su fervor disciplinario y su procedencia inusual habían circulado por los oscuros pasillos de la escuela católica de la calle Elizabeth por décadas.

Nadie sabía exactamente cuánto tiempo llevaba en la academia, pero su longevidad no tenía precedentes dentro de una orden de religiosos que típicamente transfería a sus integrantes cada pocos años. Algunos postulaban que la verdadera razón por la que el hermano William había eludido esta virtuosa vida de vagabundo era que ya no era realmente un miembro de la orden. Estos herejes argumentaban que al hermano William lo habían corrido de la Hermandad hacía ya mucho tiempo, poco después de su arribo a La Frontera, por un enfrentamiento con el entonces director de la escuela. Esta leyenda decía que el hermano William había llegado en la época de la Revolución Mexicana, muy joven, inocente e inmaduro. Al igual que la mayoría de los hermanos en aquellos días, había partido de Irlanda en barco. Pero para disgusto del director, y a diferencia del resto de los estrictamente puntuales miembros de la Orden, el hermano William llegó con 4 meses de retraso. Con aspecto desaliñado y vistiendo pantalones de lino y una guayabera color azul cielo, el hermano William entró a la oficina del director sin llamar.

De acuerdo con la mayoría de las versiones compiladas de los recuerdos de la secretaria de la escuela, que agachada tras la puerta escuchaba por la cerradura, la conversación marcó la pauta para lo que se convertiría en el legado más triunfador de La Frontera.

—Llega usted con demora de cuatro meses y dos horas, hermano —dijo el director, esforzándose por esconder el enojo que su roja cara traicionaba—. ¿Qué excusa tiene?

—Me disculpo si le he ocasionado algún inconveniente, Hermano —respondió el interpelado—, pero le aseguro que fui demorado en el servicio de Dios.

—Entiendo que usted hizo paradas y desviaciones no programadas en los puertos de Yucatán y Veracruz antes de retomar su curso hacia La Frontera. Esos puertos quedan a cientos de millas al sur. ¿Por qué lo hizo?

—La respuesta es muy sencilla —respondió el hermano William—. Para aprender.

—Explíquese.

El hermano William se inclinó hacia delante en la incómoda y rígida silla. —¿Ha estado usted alguna vez en México? ¿Más allá de Nueva Frontera?

—No. Ni me interesa hacerlo. Es un lugar sucio y atrasado —dijo el director con gesto de desprecio.

—Ah, pero de ese sitio atrasado vienen los ancestros de más del 90 % de nuestros alumnos. Más de la mitad de nuestros chicos hablan el idioma de Cortez en sus humildes hogares aquí en nuestro propio sitio atrasado. Y los equipos de *soccer* de las villas mexicanas de donde sus antepasados provienen están entre los mejores del mundo.

—¿Así que me está usted diciendo que fue a México a aprender español y ver chicos sucios jugar *soccer* en el lodo? —La voz del director se fue elevando junto con su voluminoso cuerpo—. ¡Estoy tentado a excomulgarlo justo aquí y ahora!

—¿Cómo podemos enseñar, si nosotros mismos no sabemos? —preguntó el hermano William—. ¿Cómo puedo comunicarme con alguien cuyo idioma no hablo, cuyas costumbres ignoro?

—Usted ha ignorado muchas cosas, hermano William —dijo el director en un tono cansado y presumido, sacando una hoja de pergamino de su escritorio—. Y lo más importante, usted ha ignorado su obligación hacia mí.

—Le propongo un trato, director —propuso el hermano William, con voz altísima por la emoción—. Excomúlgueme todo lo que quiera, pero permítame hacer la obra de Dios aquí en San Juan del Atole. Yo traigo la victoria en mis venas. ¡Yo les enseñaré a estos pobres niños de este miserable pueblo fronterizo a ganar! Yo les mostraré la forma de encontrar en su interior la fortaleza para superar obstáculos que intimidarían a un gigante. ¡Yo les mostraré cómo, juntos, pueden llevar gloria al Señor con sus acciones comunales, elevándose por encima de la mano exigua que se les dio! —El cuarto quedó en suspenso, hasta las empolvadas cortinas de terciopelo contuvieron su polvoriento aliento. La secretaria, agachada tras la cerradura, se mordía los labios nerviosa.

—Claramente, hermano William, usted está inspirado —concedió el director—. Pero la inspiración no es suficiente dentro de los pasillos de esta institución. La disciplina es la llave para lograr el éxito. Es un elemento vital y necesario dentro de cualquier vida cristiana decente.

—¡Estoy totalmente de acuerdo! —El hermano William se inclinó sobre el escritorio, su nariz casi rozando la del director—. Se necesitará disciplina e inspiración para estimular a estos chicos apagados.

—Aun así —continuó el director, girando una pluma en su mano y ondulándola en círculos sobre el pergamino— usted rompió las reglas.

—En efecto —admitió el hermano William regresando a su incómoda silla, embrollado en el dilema—. Le propongo algo, Hermano. Usted me excomulga, pero me permite permanecer aquí en la academia de San Juan del Atole mientras logre que al menos uno de los equipos de la escuela gane un campeonato cada año. A mí ya no me interesan las formalidades. Solo quiero hacer la labor de Dios, y sé que este es el lugar donde debo hacerla.

—Qué así sea, entonces —el director casi gritaba de júbilo ante el compromiso que el hermano William había ideado—. Está usted excomulgado —firmó el certificado con un ademán de la pluma y la deslizó hacia el lado opuesto del escritorio—. Solo firme aquí —y señaló un punto en el pergamino.

El hermano William firmó con alegría. Ambas partes estaban satisfechas. El director sabía que, ante la presión de ser echado a las calles de La Frontera, excomulgado de la Orden, y sin un boleto de regreso a Irlanda, el entrenador paupérrimo se vería obligado a cumplir. Y en cuanto a él, como le confesaría después a la secretaria chismosa, el sueño de su vida se había hecho realidad. Había excomulgado a alguien.

Este hermano William le había caído bien. Cuando lo acompañó hasta la puerta, iban del brazo y platicando de las verdes praderas de Irlanda y de los lugares que ambos habían visitado. La secretaria se apresuró a volver a su escritorio. Después se reunirían para saborear un poco del buen tequila que el hermano William había contrabandeado de Yucatán, y los picosos tacos de camarón que había aprendido a elaborar en Mérida. Y como el hermano William había logrado formar no solo uno sino cuando menos dos equipos campeones cada año hasta la fecha, ahí seguía. No sería ya verdaderamente un Hermano, pero de hecho estaba a cargo del lugar, actuando como director *exoficio*. Se decía que los dirigentes de la Orden aceptaban esta situación debido a la tremenda afluencia de dinero que generaban los equipos del hermano William, y también por el simple hecho de que no podían convencer a nadie más que aceptara ser enviado a La Frontera. Ya había estado ahí casi cuarenta años. Había envejecido y encanecido. Y de manera elocuente enseñó la forma de ganar a niños que previamente solo habían conocido privaciones y sufrimientos.

En cuanto al director, la versión oficial de la Orden fue que se había «ahogado» en el río el año siguiente a la excomunión del hermano William, dejando a este último a cargo. Pero se rumoraba que, en realidad, había sido encontrado muerto en un burdel mexicano después de una noche de borrachera y libertinaje.

—Es curioso —comentó el hermano William a la secretaria, mientras ella lo ayudaba a mudarse a la oficina y habitaciones del difunto director, quitando las cortinas de terciopelo rojo y reemplazando el elegante escritorio de caoba con sencillos muebles mexicanos—, de alguna forma, el sentido de disciplina de nuestro santo director se fue perdiendo en las turbias aguas del Río Grande.

Fue ahí, en la anteriormente oscura y lóbrega oficina que el hermano William había convertido en blanca y ligera algunas cuatro décadas antes, que el entrenador había visto por primera vez, desde detrás de la mesa de rancho que utilizaba como escritorio, a un chico de apariencia agradable que se llamaba Fulgencio Ramírez.

Había sido en el verano del '56, semanas antes de iniciar el año escolar. Había llegado sin anunciarse, pero la secretaria de la escuela sintió pena por el muchacho y le permitió el acceso. Durante esos días lentos y flojos cuando los chicos no estaban en la escuela, al hermano William no le importó ni tantito. Agradecía la compañía, ya que todos los hermanos se habían ido a un retiro para los miembros de la Orden que se llevaba a cabo en el estado de Nueva York. Y, además, siempre andaba buscando talento nuevo para sus equipos de fútbol.

Hizo una seña a Fulgencio para que se sentara frente a él, al otro lado de la mesa.

Directo y derechito al grano, como había sido siempre, Fulgencio Ramírez dijo: —Yo quiero estudiar aquí, Hermano.

—¿Ya hicieron tus padres una aplicación? —preguntó el hermano.

—Mis padres . . . no tienen mucho interés —dijo Fulgencio.

—¿Por qué lo dices?

—Pues, ellos no piensan que la escuela sea tan importante. Ellos dicen que el trabajo es lo que importa. La escuela es para los ricos, para los que se han olvidado del español, y para los Anglos.

El hermano William se desplazó en su silla.

—Ellos nos envían a mis hermanos y a mí a la escuela pública —continuó Fulgencio—, pero a mí no me gusta ahí. Yo necesito venir aquí, a la Academia.

—¿Y por qué?

—Por el amor de una mujer, Hermano —dijo Fulgencio—. Yo debo hacerme merecedor. Su padre estudió aquí antes de ir a la universidad a convertirse en farmacéutico. Y aquí es donde debo estudiar yo también. Además, en la escuela pública todos hablan español todo el tiempo, hasta los maestros. Yo siento que no estoy aprendiendo nada ahí. Luego veo a los hermanos mayores de mis compañeros, los que ya se graduaron, y siguen siendo tan pobres como mi padre, trabajando en vulcanizadoras y pizcando cebollas en los campos. Tiene que haber algo mejor para nosotros aquí en América, ¿no lo cree usted, Hermano William? Yo sé que yo quiero más. Yo quiero ser lo suficiente bueno para Carolina Mendelssohn —dijo con sinceridad.

—Pareces haber pensado mucho sobre esto —reflexionó el hermano—. En todos mis años en San Juan del Atole, nunca me he topado con un joven tan reflexivo (ni obsesivo) como tú.

—Este es mi destino, Hermano William. —Fulgencio hablaba con convicción, y un fuego ardiente brillaba en sus ojos.

Tomándole la medida, el Hermano William concedió. —Con algo de ejercicio, podrías llegar a ser una adición prometedora a nuestro equipo de fútbol.

—Haré lo que sea necesario para matricularme aquí, Hermano William.

—Tu determinación es poco común, Fulgencio. No serías el primer hombre en ser impulsado a la grandeza por amor —comentó el Hermano William—. Pero dime, ¿cómo piensas pagar la colegiatura? Como sabes, la Academia carga sobre sus benditos hombros una cruz muy pesada que todos debemos ayudar a cargar.

Fulgencio siempre había estado consciente de que este sería un gran obstáculo que tendría que superar, y de ninguna forma deseaba ser considerado como una obra de caridad. No, no señor. El clan Ramírez Cisneros podría haber padecido por falta de riqueza, pero eran descendientes de una larga fila de rancheros, trovadores, jugadores y poetas. Limosneros no eran.

—Todo lo que tengo, Hermano William, es un pedazo de tierra que me heredó mi abuelo —dijo Fulgencio—. Y pese a que no quisiera deshacerme de él porque es lo único que poseo, con gusto se lo ofrecería a la Iglesia a cambio de mi educación aquí.

La ceja derecha del Hermano William se levantó, como hacía con frecuencia cuando escuchaba algo que le intrigaba. —¿Y dónde está esa tierra?

—Del otro lado del río —respondió Fulgencio—. Aproximadamente a una hora de Nueva Frontera rumbo a la *playa*.

—Cercana a la playa —el Hermano William se frotó la barbilla—. Yo no me consideraría un experto en agricultura, pero he escuchado que a menudo la tierra cercana al mar se vuelve inútil para la siembra por los altos niveles de sal que contiene. —Suspiró y su mirada se suavizó cuando se volvió a ver a Fulgencio—. De cualquier modo, ¿cuándo podemos ir a ver esta tierra tuya?

Sorprendido y entusiasmado al ver que su oferta había logrado

intrigar al Hermano William, Fulgencio respondió rápidamente:
—Cuando usted guste, Hermano.

El Hermano William permaneció pensativo por un rato mientras Fulgencio se revoloteaba en su asiento esperando que el hombre no fuese a cambiar de opinión.

—Seré sincero contigo —dijo el Hermano William, poniéndose de pie y llevando a Fulgencio hacia la puerta—. Tengo tanta curiosidad por tu rancho como aburrimiento de permanecer sentado en mi oficina. Dicho esto, voy a considerar tu propuesta porque ya en el pasado fui beneficiado por un trato aún más dudoso que fue concertado entre estas mismas paredes.

Parado en la puerta ligeramente desconcertado, Fulgencio volvió tentativamente la mirada hacia arriba, al imponente Hermano. No estaba seguro de lo que el Hermano quería decir.

—Mañana por la mañana, justo antes del amanecer —dijo el Hermano William haciendo la cabeza de Fulgencio agitarse con cada palabra—. Te espero detrás de la escuela. Iremos a ver el terreno.

Palmeando la espalda de Fulgencio y empujándolo con suavidad hacia la salida, sus ojos brillaban con malicia. —Recuerda, no te prometo nada, y no llegues tarde, Don Fulgencio. No soporto las tardanzas.

Fulgencio sintió una corriente de emoción, y agradeció al Hermano efusivamente al salir a través de la sala de espera ocupada por la secretaria indiscreta que ahora lucía una cabellera blanca. Justo al salir, dirigió una última pregunta al Hermano que aún permanecía en la puerta. —Solo una cosa antes de irme, Hermano. ¿Por qué me ha llamado Don Fulgencio? Nadie me había llamado así antes.

—Pues eres un terrateniente, ¿no? —El Hermano sonrió y guiñó un ojo.

Fulgencio Ramírez sonrió también al recorrer dando brincos los vacíos y oscuros pasillos, el sonido de sus pasos haciendo eco a través de la escuela soñolienta. Al salir hacia el verano inclemente, miró hacia el cielo color maíz y dejó que quemara su piel mientras hacia la señal de la cruz en agradecimiento a Dios, a la Virgencita y a todos los Santos del cielo. Se fue caminando despacio hacia casa, pasando frente a los aparadores de las tiendas y viéndose a sí mismo de una manera diferente por primera vez. En el distorsionado reflejo, vio a un chico que caminaba más derecho y sostenía su cabeza más en alto que los otros transeúntes, más en alto de lo que la había sostenido antes. Pero, como dijo el Hermano William, él era un terrateniente también.

A la mañana siguiente, envuelto en la fresca luz azul del patio detrás del edificio de tres pisos de la academia, Fulgencio estrechó la mano del Hermano William. Ambos subieron a la carcacha verde que los hermanos habían compartido desde que los autos llegaron por primera vez a La Frontera, y recorrieron las adormecidas calles del centro rumbo al puente levadizo. Para cuando el sol inclemente quemaba desde el borde del horizonte, habiendo serpenteado las quietas calles coloniales de la aun dormida Nueva Frontera, siguieron por el angosto camino hacia la playa.

En las afueras de la compacta villa mexicana, una vasta extensión de prados pintaba de verde la tierra hasta donde la vista alcanzaba. La carretera serpenteaba por los ejidos, parcelas agrícolas comunales labradas de las tierras españolas otorgadas a las trece familias fundadoras de la región, el clan Cisneros incluido, en los días siguientes a la Revolución Mexicana. En teoría, este había sido el propósito de la Revolución, devolver la tierra a su gente, explicaba el Hermano William a Fulgencio mientras se dirigían en dirección oriente rumbo a El Dos de Copas.

Fulgencio escuchaba con interés, pues no estaba familiarizado con la historia de su propia tierra. Los campesinos que en conjunto trabajaban los ejidos eran llamados ejidatarios, explicó el Hermano William. Eran orgullosos y trabajadores, al menos hasta décadas después, cuando la tentación del dinero fácil de la venta de drogas alejaría a los jóvenes de sus padres ocasionando que las tierras se convirtieran en ruinas desoladas. Al pasar por una curva en el camino, Fulgencio señaló un pequeño letrero pintado a mano que marcaba un camino de tierra que desaparecía tras un matorral de mezquites.

—Ahí es donde vive mi amigo Cipriano —informó Fulgencio al Hermano William—. Podemos comprar refrescos ahí al regreso.

El Hermano William sonreía mientras el viento caliente le sacudía el cabello al entrar por las ventanas abiertas de la carcacha que se zarandeaba y traqueteaba por el camino. —Seguro que necesitaremos algún refrigerio una vez que el sol se levante en el cielo.

Aproximadamente cuarenta y cinco minutos después, Fulgencio rompió nuevamente el embrujo tranquilo de su reposo, señalando hacia el camino de tierra que llevaba al rancho, al lado izquierdo de la carretera.

—¡Ahí! —exclamó—. El Dos de Copas.

—Imagino que la persona que dio el nombre al rancho era un jugador —comentó el Hermano William, dando vuelta hacia el desigual camino. Una nube de polvo les seguía al pasar la línea de pequeños mezquites que llevaban hacia la sencilla cabaña a la orilla del rancho.

—¿Cuántas hectáreas son? —le preguntó a Fulgencio, frenando la carcacha con un chirrido en el claro frente a la casa.

—Aproximadamente quinientas —contestó Fulgencio mientras se estiraban las piernas, entumidas por el viaje.

—Bien, tengo curiosidad —admitió el Hermano William—. Muéstramelo.

Había un establo modesto y combado detrás de unos árboles, cerca de la casa. Fulgencio desapareció por unos momentos a la vuelta de la esquina y reapareció en lo que pareció un instante, jalando dos caballos tras él. —¿Sabe montar, Hermano William?

—Seguro que sí, Don Fulgencio —respondió, tomando unas riendas de las manos de Fulgencio y admirando el tono ambarino de la piel del caballo—. Este parece ser un Palomino Dorado.

—Lo es, Señor.

—Este es un buen caballo —dijo el Hermano, pasando su mano sobre el pelo corto y suave, acariciando su cremosa crin—. ¿Cuál es su nombre?

—Ese se llama Trueno —dijo señalando el caballo que el Hermano William había escogido. —Este —dijo acariciando la alta y sinuosa yegua negra a la derecha—, se llama Relámpago.

—¡Thunder and Lightning! —tradujo el Hermano William—. ¡Que bonitos nombres!

—Gracias. Yo los escogí —dijo Fulgencio halagado.

—Así que, ¿estos son tuyos? —preguntó el Hermano William, arqueando las cejas—. ¿Y quién los cuida?

—Mi primo El Chino, que vive cerca, los atiende —contestó Fulgencio—. Pertenecían a mi abuelo. Se los ganó en una partida de póker. Pero me los regaló y me dejó bautizarlos. Ve esto, llevan la marca del rancho —dijo señalando una cicatriz en la grupa de cada uno de ellos, con la forma del número dos, seguida de una copa.

El Hermano William trazó con sus dedos la marca en Trueno y susurró: —El Dos de Copas —después se volvió con una sonrisa traviesa en su rostro agrietado, el pelo canoso luchando con la brisa del Golfo, y dijo —¡Cabalguemos!

Parecía a punto de saltar sobre el lomo del caballo en ese mismo instante, pero Fulgencio lo detuvo.

—Hermano William —dijo—. Deberíamos ensillarlos primero.

—Sí, sí, por supuesto —tartamudeó el Hermano William—. ¡Vamos a ensillarlos!

Fulgencio desapareció una vez más y reapareció con una silla sucia y vieja sobre cada hombro. Pasó una al Hermano y procedió a ensillar a Relámpago. El Hermano, fingiendo que sabía lo que hacía, imitó cada movimiento de Fulgencio, y en unos cuantos minutos estuvieron montados y listos. Fulgencio instintivamente clavó sus talones en los flancos de Relámpago y con un grito arrancó.

El Hermano William, en su guayabera verde limón y pantalón caqui estaba inmóvil, perplejo.

Dando la vuelta, Fulgencio regresó hasta el Hermano. —¿Qué pasa, Hermano William?

—No se mueve.

—¿Qué? —sonrió Fulgencio—. Pero si a Trueno le encanta correr. Solo relájese. Trueno es muy dócil. Solía trabajar en un espectáculo de charrería cerca de la playa.

El Hermano William, con algo de aprensión, dio unas palmadas al caballo y agitó sus piernas en un fútil intento por animarlo, pero Trueno seguía inmóvil como una estatua.

—Truénele un beso —sugirió Fulgencio—. Eso le gusta.

El Hermano William junto sus labios y aventó besos al viento. Nada.

—Afloje las riendas —dijo Fulgencio, dando vueltas como un artista alrededor del corcel inerte y su improbable jinete—. Nomás no suelte la silla —dijo, mostrando al Hermano la forma como mantenía su mano derecha sobre la silla mientras dirigía al caballo con la mano izquierda en la rienda, justo como Fernando Cisneros le había enseñado cuando era un niño.

Rojo de vergüenza por recibir instrucciones de un probable alumno, el Hermano William obedeció, agitando frustrado sus piernas contra el lado del caballo.

—Palméele la espalda —dijo Fulgencio—, así. —Y dio a Relámpago una firme palmada en la grupa. Entonces la yegua arrancó veloz, rodeando al Hermano William y levantando una nube de polvo.

Con un estornudo, el Hermano William siguió el ejemplo y de pronto, soltó una infantil carcajada cuando Trueno despertó a la vida, yendo tras Relámpago mientras salían del claro.

—Estaba un poco oxidado —explicó el Hermano William mientras trotaban junto a la cerca que bordeaba la orilla del lado oriente del rancho—. Gracias por el curso de actualización.

Fulgencio sonrió. Le simpatizaba el Hermano William. El Hermano lo hacía sentir que él podría hacer cosas, que él valía algo. Le hablaba como a un igual a pesar de que Fulgencio era incapaz de empezar a creer que lo fueran. Y tenía un mayor respeto a la autoridad del Hermano William por esa razón. Solo esperaba que el Hermano William pudiese aceptar este terreno en pago por su educación.

Circunnavegaron el rancho, siguiendo una vereda de caballos que Fernando Cisneros y Fulgencio habían marcado a lo largo de los años, en las largas tardes recorriendo el rancho, cantando y platicando. El terreno formaba un rectángulo de norte a sur, con la casa y el claro en la esquina inferior izquierda adyacente a la carretera, con vistas al oriente hacia la playa. El portón de hierro forjado, adornado con el mismo símbolo del hierro de marcar, se encontraba en la esquina inferior derecha, también con vistas al mar. Por toda esa línea inferior, entre el portón y el claro estaba la larga línea de arbolitos de mezquite que él y sus hermanos habían plantado de niños. Y desde ese, el más recorrido extremo del rancho hacia el Norte, la tierra rodaba plana y verde, con espigas altas y delgadas de pasto fluyendo en olas. Mientras más al Norte uno se dirigiese, más se acercaría uno al Río Grande, dijo Fulgencio al Hermano William.

Intrigado, el Hermano William pidió a Fulgencio dirigiese el rumbo hacia el río. Más allá de la cerca Norte, pasando un par de ranchitos pequeños, el camino de tierra eventualmente se detuvo en una pradera vasta y abierta. Ahí, en ese pedazo de tierra comunal, los ejidatarios permitían que el ganado de todos pastase, y bebiese en las orillas del río.

—Es un lugar desolado —puntualizó el Hermano William—. Y como es a menudo el caso en la naturaleza, uno puede sentir muy cerca la presencia de Dios. —Descansando sobre Trueno y Relámpago, Fulgencio y el Hermano William admiraban en silencio el ancho río que fluía hacia el mar.

De pronto el Hermano William se enderezó en la silla, sorprendiendo a Trueno, que resopló y sacudió la cabeza protestando por las acciones erráticas de su jinete.

—¿Quién es esa persona, allá? —preguntó el Hermano William señalando hacia una duna a lo lejos, en la orilla del río. La figura solitaria de una mujer estaba sobre la duna, mirando hacia el Norte, al otro lado del agua.

—¿Usted también puede verla? —se maravilló Fulgencio—. No todos la pueden ver.

—Sí, ¿quién es ella?

—No estoy seguro, pero ella no está «viva» como nosotros —explicó Fulgencio.

—¿Qué quieres decir?

—Ella ha sido vista parada ahí en ocasiones desde hace aproximadamente cien años. Nunca cambia. Nunca habla con nadie. Es un espíritu.

El Hermano William se frotó los ojos y meneó la cabeza, dándose cuenta de que había cruzado más que una frontera entre dos países.

Fulgencio continuó: —Dicen que ella está esperando que su marido regrese, que es parte de una maldición impuesta sobre esta tierra hace mucho tiempo. La gente le llama la maldición de Caja Pinta.

—¿Caja Pinta?

—Sí, ese era el nombre de toda esta tierra cuando era una sola gigantesca donación del Rey de España a la familia Cisneros, antes de que mi abuelo y sus antepasados vendieran partes de ella o las perdieran jugando a las cartas —Fulgencio hizo una pausa—. ¿Le gustaría acercarse más a ella?

—No, debemos dejarla ser —el Hermano William hizo la señal de la cruz—. Regresemos a El Dos de Copas. El calor ya se va haciendo intolerable.

Durante el camino de regreso, el Hermano William cabalgó en silencio, absorto en sus pensamientos. Tras recorrer todo el perímetro del rancho de Fulgencio, el sendero terminó a la orilla de un estanque sereno detrás de la cabaña. El Hermano William y Fulgencio desmontaron y se lanzaron al estanque a refrescarse. Después, Fulgencio le mostró al Hermano William el relieve milagroso de la Virgen de Guadalupe, y le presentó al fantasma de su abuelo Fernando Cisneros, que mostraba a la Virgen algunos trucos de cartas desde su sitio en la mesa de madera, y luego salió por un momento mientras el Hermano rezaba de rodillas ante la aparición. Cuando el Hermano salió al ardiente sol, se sentían como vacas muriendo de sed, así que subieron de nuevo a la carcacha y se dirigieron de regreso al ejido de El Refugio.

Ahí, frente a una modesta estructura de madera, fueron recibidos por un niño moreno y delgado de diez años, con una sonrisa de oreja a oreja.

—Yo conozco a Cipriano desde que era un bebé —explicó Fulgencio al Hermano William—. Mi abuelo siempre fue amigo de su familia.

El Hermano William compró unos refrescos, botellas de vidrio bien heladas de Joya de manzana que Cipriano sacó de una gigantesca hielera de metal. Entonces se sentaron en la galería, saciando su sed y secándose el sudor de sus frentes mientras el Hermano William les platicaba a los niños y a los abuelos de Cipriano de su conversación con la Virgencita. Ella le había indicado lo que debía hacer respecto a la propuesta de Fulgencio de aceptar el rancho a cambio de su educación.

—Fulgencio —dijo el Hermano William—, nunca te deshagas de ese rancho. Está en tu sangre y en tu alma. Si bien pudiese parecer a otros no tener mucho valor, es un preciado pedazo de Cielo para ti. Pero yo espero que me permitas volver aquí de visita para visitar a la Virgencita, montar a Trueno, y tomar Joyas aquí en El Refugio con estas buenas personas.

—Pero entonces ¿cómo podré pagar la colegiatura, Hermano William? —preguntó Fulgencio, mirando con ansiedad a los ojos del hombre santo.

Sentados sobre el piso de madera de la galería, escuchando los gritos de los chicos de la comuna que intentaban celebrar una pelea de gallos en un corral frente al claro de tierra rodeado de las pequeñas casitas de madera rosa, el Hermano William repitió el mandato de la Virgencita.

—Nunca tendrás que pagarme nada —aclaró el Hermano William—, pero le puedes compensar a la escuela cortando el pasto de la cancha de fútbol durante el verano y entre juegos de fútbol durante la temporada.

—¿Puedo jugar fútbol también? —Fulgencio estaba emocionado.

—Sí. Vas a jugar fútbol. Y vas a ganar.

—¡Sus equipos siempre ganan, Hermano William! —exclamó Fulgencio.

—Sí, así es.

Intervino Cipriano: —es porque él tiene un trato con Dios.

—Voy a estarte observando, Cipriano —dijo el Hermano mientras sacudía el terroso cabello castaño del niño y notaba que el chico estaba descalzo y sus pies estaban cubiertos de lodo seco. —Eres un alma vieja.

Al meterse el sol, se despidieron. El Hermano William pagó un peso más para conservar la botella vacía de Joya como amuleto de buena suerte. Pagó también el envase de Fulgencio, para que este pudiese conservarlo también. Prometiendo que regresaría pronto, el Hermano William enfiló la carcacha hacia el poniente rumbo al pueblo, entrecerrando los ojos ante el dorado sol.

Fulgencio Ramírez se volvió hacia el Hermano William. —¿Entonces, estoy adentro?

—Estás adentro, Fulgencio. No estoy seguro de cual sea el plan que Dios tiene para ti, pero me alegra ser parte de ello.

Fulgencio sonrió y se quedó dormido con la cabeza recargada en la ventana. Cuando el Hermano lo dejó frente a su casa, se pusieron de acuerdo para que Fulgencio empezara a cortar el pasto del campo de fútbol y para regresar a El Dos de Copas la semana siguiente. El Hermano William dijo que quería practicar la cabalgata. Pero Fulgencio siempre sospecharía que el verdadero motivo para regresar tan pronto era la sonrisa de oreja a oreja en la cara de Cipriano cuando el Hermano William le presentó una caja gigante en la galería cuando tomaban unas Joyas. Adentro, bajo el papel de china blanco que Cipriano lanzó al aire con alegría, había un par de nuevas y brillantes botas vaqueras.

OCHO

Y así fue como Fulgencio Ramírez se integró al equipo de fútbol y bajo la dirección del Hermano William llegó a ser una fuerza formidable.

La primera vez que salió al campo para pruebas, fue apaleado por un gigante conocido como el Gordo Víctor. El gordo Víctor era un muchacho barbudo tan grande que cuando visitaban equipos contrarios, los chicos de las otras escuelas lo señalaban y se preguntaban cómo podían esperar ganarle a San Juan del Atole cuando sus jugadores eran hombres adultos casados cuyas esposas e hijos los vitoreaban desde el graderío.

Descorazonado por el pobre resultado obtenido durante las pruebas, Fulgencio se dedicó a levantar pesas y cargar sacos de harina a través de la cancha hasta que logró convertir su cuerpo en una fuerza muscular asombrosa. Las horas pasadas en el gimnasio sofocante formaron no solo músculo, sino tensión. Cada día levantaba más peso, jadeando y resoplando y sudando a medida que su pecho se agitaba. Y siempre, el Hermano William lo observaba, incitándolo, golpeando su vara contra el suelo, la pared, o quienquiera que se atravesara, gritando:

—¡Una más! ¡Una más! No lo hagas por mí. Hazlo por Carolina Mendelssohn. Imagina lo que pensará cuando te vea ganando en el campo de fútbol.

Un par de meses después de iniciada su primera temporada, Fulgencio salió a la recién cortada cancha sin almohadillas, luciendo unos músculos magros y tensos. —¿Estás loco? —le espetó su amigo Bobby Balmori incrédulo—. ¿Después de lo que te pasó en las pruebas? Te van a matar.

Pero Fulgencio marchó derechito hacia el grupo de estudiantes de último año que efectuaban prácticas en el centro del campo, pasando junto al Hermano William, vestido con su sotana y llevando su silbato y su vara.

Los jugadores de ataque y defensa se iban formando y lanzándose con fuerza unos contra otros. Fulgencio fue derechito hacia el mayor de todos, el Gordo Víctor, y empujó a su adversario a un lado. —Tú —gritó, al estilo del Hermano William, golpeando con su dedo índice el pecho del Gordo Víctor. El Gordo Víctor gruñó con una sonrisa diabólica tras la máscara de su casco.

El Hermano William siguió el juego. Sabía que Fulgencio se había estado preparando para este momento. Ahora sabría si el destino de Fulgencio era un puesto en la línea del equipo de campeonato 1956. Sopló el silbato. Fulgencio se colocó en la línea de defensa justo frente al Gordo Víctor.

El Gordo Víctor hizo un guiño a sus amigos. —Observen esto —dijo en tono de burla.

Fulgencio se enfureció. Le hervía la sangre. El mariscal de campo gritó números. El centro atrapó el balón. Y toda la rabia explotó como un volcán cuando Fulgencio se lanzó y aplastó cada hueso, cada onza, cada célula del Gordo Víctor. Impulsado por la fuerza combinada de sus piernas, torso, brazos y espíritu, Fulgencio golpeó al Gordo Víctor con tal fuerza que ambos salieron volando por los aires y fueron a caer juntos sobre el mariscal de campo, que se quebró como una rama y quedó aplastado como tortilla sobre el pasto. El círculo de observadores los rodeaba mientras el Gordo Víctor luchaba por recobrar el sentido. El Hermano William pasaba sales aromáticas bajo la nariz del guarda línea pulverizado, intentando contener la risa.

Lo primero que los ojos del Gordo Víctor vieron cuando pudieron enfocar, fue la figura vaga de Fulgencio inclinada sobre él. Despacio, hubo de apoyarse en el Hermano William para ponerse en pie. Avergonzado, gruñó a Fulgencio: —Vamos otra vez.

Con el sol aplastándolos desde arriba, y la multitud de mirones incrementándose en el campo, Fulgencio aceptó con gusto. Su cuerpo temblaba de emoción por haber logrado asestar un golpe tan masivo. Y se preguntaba si podría hacerlo aún mejor.

Mientras llevaban al mariscal de campo en una camilla, el Hermano William sopló el silbato y dijo: —Eso no será necesario, chicos. Yo creo que Fulgencio ya demostró su punto.

El Gordo Víctor lanzó al Hermano William una mirada fulminante desde su postura en cuclillas. —Sí, pero yo no. Vamos.

—Pero ahora no tenemos mariscal de campo —dijo Joe López, el centro.

El Hermano William evaluó a Fulgencio y al Gordo Víctor, que ya se habían colocado en posición y estaban listos para chocar una vez más. —Está bien —aceptó—. Si van a jugar juntos en la misma línea inicial de campeonato, es mejor que resuelvan esto aquí y ahora. —Y apuntando hacia un flacucho jugador que estaba en la banca, le preguntó: —Tú, ¿cómo te llamas?

El chico pálido que parecía pertenecer al coro y no al equipo de fútbol, volteó a su alrededor y apuntando a si mismo preguntó trepidante: —¿Yo?

—Sí, tú.

Poniéndose de pie rápidamente, se acercó tímidamente al entrenador: —Mi nombre es Miguel Rodríguez Esparza, Señor.

—Tú serás el mariscal de campo.

—Pero . . .

—Solo hazlo.

Miguelito se colocó detrás de Joe López, y gritó una jugada.

Tan pronto el balón fue atrapado, Fulgencio se lanzó con furia hacia el Gordo Víctor. El impacto fue tan fuerte que el Gordo Víctor ni siquiera sintió el golpe sino hasta cuando despertó quince minutos después, tendido en el campo.

Sus amigos le contaron que su cuerpo, las trescientas libras completas, había sido lanzado al aire, volado sobre Miguelito Rodríguez Esparza, y cayendo con un estruendo al suelo. Por años, muchas de las personas del pueblo, ignorantes de lo que había sucedido en el campo Canaya, creyeron que se había sentido un terremoto anormal ese día en La Frontera, así de catastrófica había sido la caída del Gordo Víctor. Las alacenas se sacudieron por millas a la redonda. Y los comerciantes abrazaron sus artículos más valiosos para evitar que cayeran al suelo y se estrellaran.

El Gordo Víctor ya no pudo levantarse. —¿Otra vez? —susurró el Gordo Víctor con valentía, mientras las lágrimas rodaban sobre sus inflados cachetes.

—No —concluyó el Hermano William enérgicamente—. Eres un guarda línea, no un balón. No quiero verte volar sobre la meta.

Los jugadores contuvieron la risa por piedad hacia el anteriormente feroz gigante. Fulgencio le tendió la mano al Gordo Víctor.

Y cuando vio que no se podía levantar, lo cargó, se lo acomodó sobre la espalda, y lo llevó hasta su casa.

La mamá del Gordo Víctor gritó de horror al ver a su hijo derrotado. —¿Qué te han hecho, Víctor?

—Me caí —murmuró mientras Fulgencio lo depositaba en el sofá—. Estaré bien —logró balbucear, mientras la baba le escurría de la boca.

Fulgencio podía escuchar al Gordo Víctor roncando y a su mamá sollozando mientras salía de la casa y se dirigía caminando de regreso a la escuela, donde se dio un baño y se puso su ropa de calle.

Parado ante su casillero, Fulgencio volteó a ver la estatuaria figura del Hermano William entre las sombras, la dorada luz del sol filtrándose a través de las ventanas que estaban arriba de la pared de casilleros rojos.

—Buen trabajo, Don Fulgencio.

—¿Conseguí un lugar en el equipo de primera línea?

—Sí, dijo el Hermano William. —Solo recuerda: dirige tu fuerza de manera positiva. No ocasiones más dolor de lo necesario para lograr el objetivo. Tu misión no es matar al hombre que tienes enfrente. Solo detenlo cuando estés en el ataque y evádelo cuando estés en la defensa.

—Entendido, Hermano William —respondió Fulgencio—. ¿Significa esto que voy a jugar tanto en la defensa como en el ataque?

—Sí.

—Solo el Gordo Víctor lo ha hecho.

—Sí, bueno, esperemos que viva para hacerlo otra vez —gritó el Hermano William de salida, dejando a Fulgencio solo con sus pensamientos en el cuarto silencioso que siempre apestaba a sudor viejo.

Miró hacia la descolorida foto en blanco y negro de su abuelo que tenía pegada en la puerta de su casillero.

—Las cosas están empezando a suceder —le dijo Fulgencio a su abuelo—. Puedo sentirlo. Ya estoy encaminado. Pronto conseguiré su amor, *abuelito*, el amor de Carolina Mendelssohn.

Un año después, Fulgencio fue impulsado hacia alturas insospechadas durante el juego de Homecoming por las porras de Carolina desde la línea de banda.

Parados lado a lado, el Gordo Víctor, Bobby Balmori, Joe López y Fulgencio Ramírez habían logrado formar la línea más poderosa de toda la ilustre y orgullosa historia del fútbol de La Frontera. Ellos eran la razón por la cual San Juan del Atole estaba invicto en el onceavo grado de Fulgencio. Ellos eran los responsables de pulverizar al equipo contrario con marcador de 51-0 en el juego de Homecoming.

Ahora, al arribar Carolina y Fulgencio al salón de baile de la escuela, los otros guarda líneas, en sus tuxedos negros, estaban iluminados por los faros del Imperial '54 del Sr. Balmori al detenerse en el estacionamiento. La pareja descendió del auto como realeza cuando el Gordo Víctor abrió la puerta de Fulgencio y Joe López la de Carolina. Bobby Balmori le ayudó a bajar, haciendo una reverencia como todo un caballero.

—Sr. Ramírez, Srta. Mendelssohn, permítanos —dijeron, abriendo las puertas al salón de baile y extendiendo los brazos de forma exagerada.

Fulgencio y Carolina entraron caminando del brazo, y solo tenían ojos el uno para el otro, mientras que la multitud les abría paso y los miraba boquiabiertos. El DJ hizo girar «Unforgettable» con Nat King Cole. El resplandor dorado de las luces navideñas que colgaban por encima bañaba el salón con una calidez surreal, una neblina flotante. Era la primera balada de la noche, y la tensión flotaba en el ambiente. Los chicos se agrupaban a un lado de la pista de baile formando un mar de trajes negros, y los hermanos se situaban detrás, como estatuas que delineaban la pared. Las chicas se colocaban tímidamente al lado opuesto de la pista, conversando nerviosas, preguntándose si las sacarían a bailar. Las monjas marcaban el ritmo con los dedos y con los pies mientras vigilaban a las chicas. La única persona que no sentía temor en ese momento era Fulgencio Ramírez quien, con la mirada clavada en los ojos de Carolina, sonrió y pronunció las palabras que durante todo un año había ensayado: —Srta. Mendelssohn, ¿me concedería el honor de este baile?

Ella sonrió y con una reverencia respondió: —Por supuesto, Sr. Ramírez.

La acompañó al centro de la pista, donde sus cuerpos se rozaron con ternura y se deslizaron al ritmo de la romántica canción. Solos en la pista. La música desvaneciéndose rápidamente. La multitud difuminada en la distancia y desapareciendo. Ellos se movían arrobados, sus miradas amarradas, sus corazones latiendo al unísono. Sus movimientos en perfecta sincronía, como si fueran uno solo.

Fulgencio podía sentir la graciosa figura de Carolina derretirse en sus brazos, su cuerpo flotando a su antojo. Y de pronto, con ojos llorosos, ella apartó la vista.

—¿Qué pasa? —le susurró suavemente al oído, sus labios rozando sus rizos delicados, el calor de su aliento alarmando sus sentidos.

—Ya no puedo mirarte —exhaló ella.

—¿Por qué no? —le preguntó, girándola en un intento por recapturar su mirada.

—Porque . . . —dijo ella.

—¿Por qué qué?

—Porque me estoy enamorando de ti —cayó ella en cuenta, levantando su rostro angelical hacia el suyo. Una lágrima cayó de sus ojos dorados, sobre sus pestañas largas y rizadas, y hasta el piso de madera. Fulgencio sintió que ella lo abrazó más fuerte y escondió la cara en su pecho. Él la abrazó. Deseó poder sostenerla abrazada hasta el final del tiempo y no soltarla jamás.

Durante baladas y canciones rápidas, Elvis y Frankie, Dean y Jerry Lee, ellos seguían al centro de la pista en un tórrido abrazo, meciéndose suavemente con la música, rodeados de una multitud que bailaba y reía alegremente. Después de todo, era la noche posterior al juego de Homecoming. Era el gran Baile de Homecoming. Habían salido victoriosos una vez más. Y las almas de Fulgencio Ramírez y Carolina Mendelssohn habían recorrido un largo camino hasta encontrarse. Con ella en sus brazos, Fulgencio sentía que el de ellos era un destino bendecido por poderes divinos. Y su corazonada se reforzó al notar que el Hermano William los observaba de lejos, con una sonrisa sutil y un brillo en los ojos.

NUEVE

Fulgencio se llevó la mano al bolsillo de la camisa y sacó la pequeña bolsita que contenía la medalla de oro. La dejó caer en su mano callosa. Estaba a la entrada de su farmacia con la puerta cerrada detrás suyo. Recordando. Deseando poder cambiar el pasado. Veinticinco miserables años. Casi tres décadas sin ella. ¿Cómo podría recuperar el tiempo perdido? ¿Se lo permitiría ella, siquiera? En el camposanto ella había gritado, llorando y acusándolo de arruinar su vida. Él podía sentir el amargo sabor de pérdida en su boca. Era un sabor que solo el tequila podía cubrir. Caminó lentamente tras el mostrador, hacia la oficina que tenía en la bodega de atrás, el escritorio lleno de trabajo acumulado. Sacando una botella de tequila que guardaba en el escritorio, se sirvió un caballito y se recargó en la silla de madera. Se dio cuenta de que su oficina se parecía mucho a la que el Sr. Mendelssohn solía tener, un espacio modesto, amontonado y libre de adornos, tan útil para reflexionar como para trabajar.

El Sr. Mendelssohn, que en paz descanse. En el cementerio, después de que la limosina de Carolina había desaparecido de vista, Fulgencio se sintió en el deber de visitar el sepulcro de su antiguo jefe. Caminando sombríamente por el cementerio, Fulgencio se dirigió directamente al sepulcro con la seguridad de alguien que había hecho la peregrinación muchas veces.

Su mentor había muerto demasiado joven, de cáncer, aproximadamente cinco años antes. Todavía recordaba abrir el periódico en aquel desolado día de invierno, solo en el frio y húmedo ambiente de la oscura farmacia al amanecer.

Arthur Mendelssohn, fallecido a la edad de 62 años. Le sobreviven su esposa e hija. En vez de flores, se solicitaba hacer donativos a San Juan del Atole o a la Asociación Americana de Cáncer.

Arthur Mendelssohn. Diecisiete letras. No las que el buscaba durante su ritual diario.

No había asistido a ninguno de los servicios porque no quería someterse al suplicio de ver a Carolina al lado de su esposo. Había, sin embargo, visitado el sepulcro a través de los años, deseando poder hablar con el Sr. Mendelssohn de nuevo, de la misma forma que lo seguía haciendo con los espíritus de su abuelo y del Hermano William. Pero el Sr. Mendelssohn nunca estaba ahí. De acuerdo con Fernando Cisneros y el Hermano William, los fantasmas necesitaban tener una razón de peso para materializarse. Y cuando lo lograban, no se entretenían en cementerios comerciales saturados. Preferían permanecer cerca de sus huesos solo si habían sido sepultados en un lugar de significado personal para ellos. Esta era una razón por la cual el Hermano William había sido firme en su deseo de morir, y ser sepultado, en El Dos de Copas. Él sentía que era un gran lugar donde permanecer por toda la eternidad. Y también porque tenía la corazonada de que el sitio ocultaba un misterio que le ofrecía el reto necesario para no aburrirse en la otra vida. Además, contaba con espacios abiertos, un estanque, la brisa del Golfo, caballos, un amigo bebedor y jugador en el abuelo de Fulgencio, y la Virgencita en la pared.

Desafortunadamente, esto para Fulgencio sugería que para poder conversar con el fantasma del Sr. Mendelssohn, debería contar con acceso al santuario de su hogar, el lugar donde con tanta frecuencia había pasado a recoger a Carolina para salir, la casa con rosales bajo la ventana, la casa donde tantas veces había llevado serenata a Carolina, cantando con el acompañamiento de las guitarras del Gordo Víctor, Bobby Balmori y Joe López. Había tenido la esperanza de que quizás ahora que existía la posibilidad de una reconciliación con Carolina, pudiese obtener ese acceso y verla una vez más. Pero el breve encuentro con ella en el funeral de su esposo había asestado un duro golpe a sus sueños y deseos, y preguntándose si no serían solo vanas ilusiones. Aparentemente, una reconciliación no entraba en los planes de Carolina. Al menos no todavía.

Era extraña la forma en que sucedían las cosas en la vida, pensó, recorriendo con la vista los polvorientos estantes de la farmacia. Ya se había hecho de noche. Las calles del centro se habían vuelto a dormir. Los travestis no tardarían en aparecer, y el sonido de sus tacones haría eco en los callejones. Los gatos golpearían los tambos de basura. Las sirenas de las patrullas chillarían su lamento nocturno. Se había esforzado tanto para convertirse en farmacéutico. Había intentado seguir los pasos del Sr. Mendelssohn. Todo por el amor de una mujer. Y había fallado por completo. Había logrado y adquirido todo lo que había creído necesario para ganarse y conservar el amor de Carolina. Y sin embargo la había perdido, no por haber sido incapaz de superar los obstáculos para alcanzar el Sueño Americano, sino porque su temperamento se había mezclado tóxica y explosivamente con la atracción inquietante del pasado problemático de su familia.

El Chotay carraspeó y tosió desde su desvencijada silla de

metal en la esquina, leyéndole a Fulgencio el pensamiento. —No se juzgue tan duramente, Patrón.

Fulgencio casi se cae de la silla. —Chotay. Casi me matas del susto. Ya te he dicho que no hagas eso.

—Pos a lo mejor eso es justamente por qué lo hago —dijo con una sonrisa desmolada—. Tal vez quiera matarlo de un susto pa' librarlo de su sufrimiento. Si fuera caballo, ya lo hubiera matado.

—Pinche Chotay —sonrió Fulgencio, dando un trago a su tequila—. Gracias por venir. Justo ahora necesito un amigo.

—Y que lo diga —dijo El Chotay—. No se ve bien, jefe. Se ve rete amolado.

Fulgencio miró a su viejo secuaz con ojos llenos de tristeza. Pobre Chotay. Hablando de amolado. Se veía fatal, justo como lucía la mañana en que había muerto dos años atrás.

Obviamente, El Chotay era bajo de estatura. De ahí el sobrenombre, «El Shorty», que pronunciado por la mayoría de sus amigos que hablaban español, los jornaleros, los choferes, y los clientes de la farmacia que lo conocían, se convirtió en «El Chotay». Sí, señor. Chaparro. Flaco como un riel. Su piel oscura y flácida parecía la de una anciana de noventa años. Pero era solo un año menor que Fulgencio Ramírez. La ropa siempre le colgaba como si fuera varias tallas más grandes, quizás porque bajaba de peso y no podía estar comprando ropa acorde a su físico cada vez más deteriorado. En su era post-mortem, llevaba unos pantalones de poliéster color café que siempre parecía que estaban a punto de caerse, y una camiseta azul marino toda manchada de pintura. Su cabello rebelde, negro y canoso, sus cejas tupidas, y su bigote marcaban su rostro angular y vivaz. Dependiendo de la condición en que se encontraba El Chotay en determinado momento, su apariencia le recordaba a Fulgencio la de un perro, una comadreja, o un mapache. Tenía grandes ojeras negras bajo sus ojos grises. Pero nadie había trabajado tan duro como El Chotay en sus buenos tiempos, ni por tan poco dinero. El Chotay, al igual que muchos de los seguidores y parásitos pegados a Fulgencio Ramírez, recordaban a los esbirros y vasallos de la edad media. Un día, cuando Fulgencio estaba joven y en la cima de su éxito comercial, El Chotay se apareció en el momento justo. El negocio de la farmacia estaba rebosante, los clientes hacían filas entre los pasillos, las entregas se amontonaban hasta el techo en bolsas blancas, y Fulgencio estaba solo. El repartidor y el empleado se habían reportado enfermos. La temporada de gripe estaba en su apogeo y todos en el pueblo estaban enfermos, incluyendo a todo su personal. Viendo el caos en la farmacia, El Chotay entró y se colocó tras el mostrador como si hubiese trabajado ahí toda la vida.

—Dígame jefe, ¿qué quiere que haga primero? —preguntó con desparpajo.

Fulgencio, que se encontraba atareado preparando un complicado medicamento para una mujer que padecía de tres enfermedades tropicales distintas además de diabetes, giró la vista hacia el diminuto individuo, señaló la torre de bolsas blancas que esperaban ser entregadas a las direcciones anotadas en la superficie, e instintivamente supo que podría confiarle a ese hombre su vida.

Mientras el duendecillo mexicano acomodaba las recetas en una caja de cartón, Fulgencio Ramírez apuntó hacia la entrada de servicio, situada en la parte trasera de la tienda. —Hey —gritó—. ¡Shorty!

El Chotay se volteó con una sonrisa en el rostro y una bolsa blanca colgada de su boca.

—Llévate la camioneta de reparto que está afuera. Las llaves están puestas.

El Chotay asintió y se apuró a salir. El Chotay permaneció

al lado de Fulgencio desde entonces y hasta el día que murió por complicaciones de la diabetes. Para entonces parecía que cada sistema y órgano de su cuerpo se había sencillamente desmoronado. Y cuando yacía moribundo en el piso de la farmacia tras el mostrador alto donde nadie lo podía ver, susurró: —Tengo miedo, patrón. —Sus ojos se movían nerviosos al jadear sus últimos alientos—. ¿Qué voy a hacer allá arriba en el Cielo sin tenerlo a usted para hacerle sus mandados?

Fulgencio posó sus manos sobre la camiseta azul marino del Chotay. Se la había manchado esa mañana repintando estantes en la bodega. —Calmantes montes, Chotay. Todo va a estar bien — dijo tranquilizando a su viejo amigo.

—No, jefe —dijo El Chotay—. Ora sí va en serio. Ningún hospital podrá salvarme esta vez. Al menos los del Medicaid se van a alegrar. Ya no tendrán que gastar más dinero en mí.

Fulgencio forzó una sonrisa para su moribundo camarada.

—Solo espero que la farmacia sobreviva sin mi patrocinio — bromeó El Chotay, tratando de aliviar con humor el dolor de su partida.

Tosió violentamente, escupiendo una espesa flema negra al piso. El humor se le escapó. —Tengo miedo, jefe. Tengo muchas ganas de vivir. De trabajar como antes. ¿Se acuerda cuando podía manejar un tractocamión por cuarenta y ocho horas seguidas sin pestañear y luego regresar, entregar los pedidos y llevarlo hasta el rancho?

Fulgencio recordaba, meneando la cabeza. El Chotay jamás dormía. Solo trabajaba. Y no solamente en la farmacia. Fulgencio se había diversificado a otros negocios, incluyendo la importación de legumbres y materiales de construcción desde México. El Chotay había sido su mejor transportista. Hasta se había convertido en el chofer personal de Fulgencio con el correr de los años, llevándolo hasta su casa en El Dos de Copas en la noche después que cerraban la farmacia. Y también, cada madrugada, cuando Fulgencio emergía del arco de la puerta de la cabaña de su abuelo, Chotay ya lo esperaba arriba de la troca, con donas y café.

Con el correr de los años se incrementaron los problemas de salud de Chotay y también la cantidad que recibía de asistencia social, y consecuentemente, requería de un salario cada vez menor. Al final, Chotay trabajaba sin sueldo, solo porque lo disfrutaba. Poco a poco, de un empleado confiable, entusiasta e indispensable se había convertido en un gran apoyo y un amigo muy querido. Fulgencio Ramírez era su señor, su caballero, y su maestro. Y él se enorgullecía de servirle y ser su fiel vasallo.

Cuando El Chotay yacía muriendo en el piso de la farmacia, el estandarte cayendo de sus manos, apenas pudo murmurar — No estoy listo, patrón.

Fulgencio Ramírez buscó en lo más profundo de su ser las magras reservas de poder curativo que aún conservaba en su alma. Cerró sus ojos, y colocando sus manos en el pecho del Chotay, tarareó. Era la melodía de una canción mexicana muy famosa, «Cielito Lindo». En el rostro del Chotay se dibujó una sonrisa, su cuerpo se relajó, y en su voz temblorosa cantó la letra claramente: —Ay, ay, ay, ay . . . Canta y no llores . . . porque cantando se alegran . . . cielito lindo . . .los corazones —y su voz falló. Sus labios se volvieron lentos. Sus ojos se abrieron. Y se quedó mirando a través de Fulgencio Ramírez.

—Veo a la Virgencita, Ramírez. Veo a tu abuelo y al Hermano William. También veo a tu Sr. Mendelssohn . . . y . . . —hizo una pausa y Fulgencio por un momento pensó que ya había muerto.

—Y . . . —continuó— a ti, patrón. ¡Te veo a ti! ¿Cómo puede

ser eso? Tu todavía estas vivo. —Movió la cabeza. Era como si estuviese dormido y experimentando un sueño muy vívido.

—Tú no perteneces a esta foto, jefe. —El Chotay había dicho, con la mirada fija en los ojos color esmeralda de Fulgencio—. Tú perteneces aquí, entre los vivos. Todavía vivo. Sigue vivo. Y tienes razón. Todo va a salir bien. La Virgencita dice que yo regresaré, como los otros. Y aun podré ayudarte, *patrón*. —Sonrió. Era todo lo que él quería, una razón para vivir después de su muerte. Sus ojos se volvieron vidrio, y su cuerpo se hundió en el piso.

Fulgencio Ramírez miró con melancolía a su amigo de tantos años. Como equipo habían librado juntos muchas batallas. Hizo la señal de la cruz, deseando al Chotay buena suerte en este su último viaje, un mandado para Dios mismo, la entrega de su alma noble.

Desafortunadamente para El Chotay, sin embargo, los ángeles del Cielo podrán hacer milagros, pero no pueden hacer cambios de imagen. Y ambos se veían ya muy amolados.

—¿Tequila? —ofreció Fulgencio, acercando el caballito hacia su querido amigo difunto.

—¡Llénelo! —dijo El Chotay—. ¡Hasta el borde, jefe!

Y bebieron juntos en el tibio confort del silencio compartido, mientras la mente de Fulgencio empezaba a fraguar un plan para recuperar el corazón de Carolina, un plan para alcanzar su perdón y su amor.

DIEZ

En aquellos días, era costumbre que los alumnos de San Juan del Atole se pasaran del baile al Café Maldonado para comer algo antes de irse a casa. Rugiendo por las quietas calles del centro, su manada de coches brillantes llegó entre carcajadas y gritos de victoria. Garrapateados en las ventanas se leían los lemas de la victoria. «San Juan del Atole #1», era el lema escrito en betún blanco para zapatos sobre la ventana trasera de la camioneta Ford '54 verde del papa del Gordo Víctor. «¡Dios está de nuestro lado!» exclamaba el parabrisas frontal del brillante Thunderbird rojo convertible de Joe López.

Por supuesto que Fulgencio no iba a dañar la propiedad del Sr. Balmori, aun si el vandalismo fuese temporal. Además, no era su estilo. Qué los demás vociferasen basura; él hablaba en el campo de juego.

Mientras las otras parejas se apeaban de los coches apresuradamente y entraban a la tenuemente iluminada cafetería, Fulgencio y Carolina permanecían callados en el coche, que brillaba rojo bajo el reflejo del anuncio de neón del viejo Maldonado.

—He disfrutado de una noche maravillosa, Fully —dijo ella con una sonrisa dulce—. Quisiera que no terminara nunca.

—Quizá debería llevarte a casa ahora mismo, antes de que diga algo impropio o derrame algo sobre tu vestido blanco —comentó Fulgencio.

—No, hagamos que esto dure el mayor tiempo posible —respondió ella, retirando las manos de Fulgencio del volante.

—Pero, ¿y tu papá? —preguntó Fulgencio—. ¿No estará preocupado?

—Lo llamaré del teléfono público para avisarle donde estamos —dijo ella, jalándolo más cerca—. Por favor.

¿Cómo iba a poder negarse cuando lo que quería era gritar sí con todas sus fuerzas? —Está bien, solo por un ratito —concedió Fulgencio y entraron juntos de la mano al Café Maldonado.

Ya acomodados en una mesa grande, los chicos de la legendaria línea del Hermano William y sus parejas aplaudían y gritaban al verlos entrar.

—¿Qué tanto hacían ustedes allá afuera? —preguntó María del Refugio González, la novia del Gordo Víctor con tono malicioso para diversión de todos.

—Bueno, ya conocen a Fulgencio —les recordó Joe López—. Un caballero nunca besa y lo cuenta.

Carolina se ruborizó y Fulgencio cambio la plática lanzando a sus amigos una mirada penetrante que podía haber hecho enmudecer a una multitud en Año Nuevo.

—Buuueno —dijo Bobby Balmori, captando el mensaje—. Y ¿qué van a querer? —preguntó agitando el menú en el aire.

—Ahora vuelvo —dijo Fulgencio a Carolina con un guiño.

Unos cuantos minutos después, salió de la cocina junto con el Viejo Maldonado. Tras ellos venía el cocinero, empujando una carreta apilada de comida, chorizo con huevo, chilaquiles, machacado, y torres de tortillas de harina calientitas.

A Carolina le encantaba la manera en que Fulgencio siempre se hacía cargo de todo. Se acomodó feliz en su asiento, devorando con la mirada cada movimiento de Fulgencio.

Platicaron, bromearon, y comieron hasta saciarse. El viejo Maldonado acercó una silla, e hizo a Fulgencio su acostumbrada petición para que cantara «Veracruz». Y los chicos de la línea, que también formaban el trío que acompañaba a Fulgencio en las serenatas, se apresuraron a sus coches por las guitarras.

Bobby Balmori siempre decía: —Un sheriff siempre carga su pistola y un guitarrista siempre carga su hacha.

En el resplandor de neón rojo que entraba por el aparador, las chicas se desvanecían, atentas a los chicos que rascaban sus guitarras y las resonaban por todo el local.

La voz de Fulgencio Ramírez se elevó, clara y pura hasta el cielo, exaltando con nostalgia las virtudes de aquella lejana costa de piratas y rumbas y cielos estrellados sobre palmeras ondeantes.

Yo nací con la luna de plata
Y nací con alma de pirata
He nacido rumbero y jarocho
Trovador de veras
Y me fui
Lejos de Veracruz

Veracruz
Rinconcito donde hacen su nido
Las olas del mar

Pedacito de patria
Que sabe reír y cantar

Veracruz
Son tus noches diluvio de estrellas
Palmera y mujer
Veracruz
Vibra en mi ser
Algún día hasta tus playas lejanas
Tendré que volver

El grupo explotó en aplausos y el Sr. Maldonado se puso de pie y le dio a Fulgencio un gran abrazo.

—Amo esa canción, Fulgencio —gritó lleno de gozo—. ¡Y más como tú la cantas!

—Verás . . . —continuó el viejo y gordo cocinero, en sus pantalones y camiseta blancas, su mirada brillante y alegre posándose sobre los amigos de Fulgencio—. Yo nací ahí, en Veracruz, ¡en el corazón mismo de México! Y nunca he tenido oportunidad de volver; entre el negocio y el reumatismo de mi esposa, y tantas cosas . . .Y tú, Fulgencio . . . —concluyó, sacudiéndolo de los hombros—. Tú me llevas hasta allá, aunque sea por un momento. ¡Cantas con tanta pasión, m'ijo! ¿Quién podría imaginar que nunca has visto las costas del sagrado lugar donde nací?

Y era cierto. Fulgencio no había viajado ni al sur de Nueva Frontera ni al norte de La Frontera, con excepción de los pocos pueblos del Valle donde el equipo de fútbol había ido a jugar. Pero aun así cantaba «Veracruz» como si hubiese nacido y crecido ahí. Podía sentirla en sus venas, esa tierra lejana de aventureros y bailarines, de plantaciones de café y playas iluminadas por la luna. Y soñaba con ir algún día con Carolina Mendelssohn, y bailar bajo el diluvio de estrellas al ritmo de las palmas que se mecen con la brisa del Golfo.

Pero por ahora, el público gritaba: —¡Otra! ¡Otra!

Fulgencio Ramírez le susurró algo a Bobby Balmori al oído, y este a la vez se lo repitió a Joe y al Gordo Víctor. Se amontonaron junto a la sinfonola afinando las guitarras, e hicieron una señal a Fulgencio cuando estuvieron listos. Fulgencio dio un trago a su té helado, aclaró su garganta, y se volvió hacia Carolina.

Y cantó «Ojos Café», una balada mexicana romántica, mientras Carolina se ruborizaba y emitía una risilla, con sus manos apretadas nerviosamente sobre su regazo.

Café de un café oscuro son tus ojos
Con tintes luminosos de zafiro
Rubíes son tus labiecitos rojos
Rojos y ardientes como el corazón

Me miré en el fondo de tus lindos ojos
En ellos vi mi adoración, mi fe
Ese mi camino, vestido de abrojos
Como linda estrella lo iluminas tú

Al sentir mis labios cerca de los tuyos
La emoción me llega hasta el corazón
Y al contemplarte postrada de hinojos
Me miré en tus ojos de color café

El viejo Maldonado y los muchachos gritaron de júbilo cuando la apasionada voz de Fulgencio hizo eco en las vigas del techo. ¡Las chicas gritaban ¡Bravo! y se abanicaban con los menús intercambiando miradas de asombro.

Carolina estaba muda de emoción. Y cuando Fulgencio regresó a sentarse junto a ella, solo pudo hablar con los ojos llenos de lágrimas. Y estas le revelaron a Fulgencio volúmenes. Tomó con delicadeza las nerviosas manos de ella entre las suyas y el resto del salón pareció desvanecerse en las sombras.

—No digas nada, mi amor —susurró él.

Ella negó con la cabeza, intentando contener las lágrimas. —No quiero mantener estos pensamientos y sentimientos atrapados dentro de mí. Quiero compartirlos contigo. Yo nunca supe que podría sentirme así. Ni que esto pudiese surgir con tanta rapidez y ferocidad.

—Como truenos y relámpagos . . . —asintió Fulgencio, acariciando su cara tiernamente con sus manos.

—Truenos y relámpagos, galopando hasta mi alma —Carolina colocó su mejilla junto a la de él, haciendo que su corazón latiera acelerado.

—Tu español suena tan bien como el mío —se asombró Fulgencio—. Me ha sorprendido tu entusiasmo por aprender, y que tu familia te lo permita, porque en tu círculo social, hasta los mexicoamericanos ricos evitan hablar español en público.

—Yo sé lo orgulloso que estás de tu cultura —dijo Carolina. He estado practicando cada vez que puedo. Hasta he estado escuchando algunas de las canciones que cantas en tu casa. Y estoy muy agradecida con mis padres porque no han intentado disuadirme, ni han tratado de evitar que pase tiempo contigo.

—¿Podrían impedírtelo?

—No se atreverían.

—¿Y hablando de tus padres, no deberías llamarlos? —sugirió Fulgencio.

Mientras el viejo Maldonado recogía los platos y los amigos de Fulgencio bailaban con la música de los Platters en la sinfonola, ella llamó a su casa del teléfono que había tras el mostrador. Parado junto a ella, de espaldas al aparador, la silueta de Fulgencio aparecía iluminada por un aura de neón rojo.

—Papi, ¿por qué tardaste tanto en contestar? —preguntó Carolina preocupada—. ¿Mami está bien? ¿Ocurre algo?

—No, no te preocupes, ángel —la voz del Sr. Mendelssohn se quebró en la línea—. Tu madre y yo estábamos afuera viendo la luna. ¿Pero tú? ¿Estás bien? ¿Qué hora es? ¿No se está haciendo tarde?

—Sí, papi —dijo ella—. Voy a llegar pronto a casa. Solo quería decirte que nos detuvimos a comer algo, pero Fulgencio me llevará a casa en un minuto.

—Bien —contestó el—, te estaré esperando.

—Te quiero, Papi —susurró ella al tosco transmisor negro.

—Yo también te quiero —dijo el Sr. Mendelssohn, y a sus palabras siguió el clic al colgar el aparato.

Fulgencio escuchaba con mucha atención, su mirada cautivada por sus labios, y anhelando tener la dulce y armoniosa vida familiar de la que ella disfrutaba.

Al dispersarse los victoriosos de la noche para dirigirse a sus casas, el viejo Maldonado los despedía desde la puerta con un secador blanco en la mano, indicando el final de la noche. Después que Fulgencio cerró la puerta de Carolina, el viejo cocinero rodeó el coche con Fulgencio, y colocando su mano en el hombro del muchacho, le dijo: —Juntos, ustedes dos podrían formar una hermosa familia, m'ijo. Hijos hermosos. Una vida hermosa. No dejes que nadie te diga que no se puede, solo porque no eres gringo.

El Imperial '54 negro del Sr. Balmori se detuvo silenciosamente frente a la cerca blanca de madera de la casa de Carolina. Tomados de la mano, caminaron muy lentamente hacia la puerta del frente.

Parados bajo una luna brillante, los ojos de Carolina brillaban. Su pecho se elevaba y bajaba en un ritmo constante. Sus mejillas suaves aun llenas de rubor con la emoción de la noche.

—Esta noche fue como un sueño —dijo ella sonriente.

—Inolvidable —dijo Fulgencio, atrayéndola hacia él.

—¿Alguna vez pensaste que sería así?

—Durante todo un año he soñado con esta noche —susurró el en la brisa fresca, viendo sus rizos fluir—. Y, aun así, ha sido mucho más de lo que pude haber imaginado.

Sus caras se ladearon al unísono, y con ternura, instintivamente, sus labios se unieron. Sus ojos se cerraron mientras se besaban, suavemente al principio, y después perdiéndose en la profundidad de sus almas. El tiempo mismo pareció detenerse. Y el rosal bajo la ventana explotó a la vida, con docenas de rosas rojas haciendo caer las ramas hasta el suelo.

Al separar sus labios, comprendieron que su suerte estaba echada. Cuando sus ojos se abrieron, todo se veía diferente. Cada uno percibió en el otro algo impronunciable, un anhelo y una fusión indefinida. Era como si hubiesen estado esperando durante muchas vidas este momento, como si hubiesen estado buscándose a través de los tiempos, recorriendo tierras lejanas bajo nombres diferentes. Y ahora, por la gracia de Dios, aquí estaban. Juntos al fin.

Carolina tuvo que acordarse de que debía respirar. Y cayeron nuevamente uno en brazos del otro.

—Me quedaría dormida aquí parada si pudiésemos —susurró ella.

Fulgencio sonrió, acariciando sus rizos con sus dedos. Y

entonces ella brincó impulsivamente hacia el rosal, cortó una rosa, y se la dio a Fulgencio.

—Para ti —dijo.

—Nadie me había dado nunca una flor —dijo él, colocándosela en la solapa.

Y cuando ella dijo que era la primera de muchas, él le creyó con todo su corazón. La vio desaparecer dentro de la casa y se regresó hacia el coche. Sus ojos miraron con gratitud hacia el cielo estrellado.

—Gracias, Dios. Gracias. —Temblaba de emoción mientras manejaba rumbo a casa, golpeando el tablero del coche con sus manos, lleno de incredulidad, asombro, y gozo. Veía la imagen de Carolina Mendelssohn donde quiera que miraba, sus rizos dorados, su vestido de chiffon blanco, su sonrisa de rubí. Ansiaba cantar desde los techos. Estaba vivo. Estaba vivo. Gracias a Dios, estaba vivo.

ONCE

No se había sentido tan vivo por muchos años. Desde los días de su descolorida juventud. Y ahora, planeando reconquistar a Carolina Mendelssohn, pedía consejo a aquellos que estaban mucho menos vivos que él.

—Ve a verla en persona —dijo El Chotay—. Es la única forma.

Pero al ver su sombrero Stetson negro y su grueso bigote a través de la mirilla de la puerta de la casa de dos plantas de la familia Mendelssohn, con la cerca blanca colgada, la bandada de mujeres que protegían a Carolina se negó a abrir la puerta.

Es curioso, notó Fulgencio al partir. Todo lucía muy diferente desde aquella lejana noche de Homecoming hacía ya tantos otoños. El rosal que había explotado en flores ahora estaba en ruinas, retorcido y seco. El otrora inmaculado césped se había convertido en un espacio lleno de retazos de tierra y hierbas. Y la cerca blanca de madera estaba colgada y a punto de caer. Todo el barrio había cambiado, notó Fulgencio mientras se alejaba. De hecho, la ciudad entera se había deteriorado lentamente a su alrededor, pero Fulgencio solo había notado la transformación al regresar a la casa de Carolina. Lo que otrora había sido el barrio de los ricos era ahora el hogar arruinado de viudas y terreno fértil para los vándalos prestos a saquear los últimos vestigios de su dignidad. Las calles solitarias bostezaban, olvidadas y destrozadas. Y el centro donde él aun trabajaba estaba ahora compuesto principalmente de edificios vacíos, tiendas de ropa usada, y tiendas de baratijas. Hacía ya mucho tiempo que los días del auge del algodón de los '50s se habían ido. Esas épocas inocentes y optimistas habían sido reemplazadas por una profunda dependencia en el comercio con México, y las devaluaciones del peso durante los 80 habían agotado la vida de la economía otrora robusta de la región, tanto que en la actualidad hasta los otrora barrios elegantes estaban ahora en mal estado.

Una vez de regreso en los confines de la farmacia, Fulgencio le platicó al difunto repartidor los pormenores de su breve expedición.

El Chotay le dijo: —El gueto de un hombre es el paraíso de otro. ¿Por qué no intentas llamarla por teléfono?

Pero ese intento también resultó infructuoso. Día tras día, dejaba torpes mensajes en una máquina infernal.

—Detesto esas cosas —exclamaba, colgando con rabia el teléfono al terminar de grabar lo que sabía era otro mensaje desastroso.

Disgustado, optó por pedir ayuda al Hermano William durante una de sus cabalgatas nocturnas en El Dos de Copas. El Hermano William sugirió escribirle una carta. —¿Hay algo romántico y anticuado acerca de una carta de amor, no crees? Tal vez ella pueda apreciarlo. Tal vez le llame la atención, le recuerde como eran alguna vez las cosas entre ustedes.

El Hermano William tenía razón, supuso Fulgencio. Había sido presuntuoso de su parte pensar que Carolina se lanzaría a sus brazos a la primera oportunidad. Una carta le permitiría dar voz a sus sentimientos sin ser interrumpido por bien merecidas recriminaciones.

En lo alto de un estante lleno de polvo en su diminuta oficina, detrás de una olvidada botella de Joya, Fulgencio encontró un paquete de hojas de papel amarillentas. Sentado ante su antigua máquina de escribir, con gran cuidado expresó sus pensamientos.

Querida Carolina:

Jamás fue mi intención arruinar tu vida ni ocasionarte ningún dolor. He esperado durante todos estos años para poder hablar contigo y ser tu amigo sin ocasionarte incomodidad por estar casada. ¿Ahora que ya has cumplido con tus compromisos y obligaciones, me concederías el honor de visitarte en tu hora de duelo?

Sinceramente,

Fulgencio Ramírez, R. Ph.

Dobló la carta con cuidado, selló el sobre y se lo entregó al pequeño David para que la entregara cuando hiciera el reparto de la noche. A la mañana siguiente esperó con impaciencia que el pequeño David se reportara al trabajo, esperando una respuesta. Pero sufrió una gran decepción al ver entre el puño apretado del pequeño David, el sobre cerrado.

—*Lo siento, Fully* —dijo el pequeño David en el dialecto que solo su familia inmediata podía entender debido a su impedimento en el habla resultado de la parálisis cerebral con que había nacido.

—Dame eso —gruñó Fulgencio, arrebatando el sobre del apretado puño del pequeño David—. Y no me llames Fully.

—*Peyo ashí te dishe ella, ¿te acuedas? ¿Cuano éyamos joven y monitos?*

—Yo nunca fui bonito, pequeño David —suspiró Fulgencio, guardando el sobre en el cajón del escritorio junto a una botella vacía de tequila.

—*Peyo ella shí* —susurró el pequeño David con melancolía.

Diez años menor que él, el pequeño David había sido testigo del tempestuoso romance de Fulgencio con Carolina. La joven pareja lo llevaba (era apenas un niñito entonces) en sus viajes a la playa en los interminables días de verano antes del último año de preparatoria de Fulgencio. El cabello de ella era tan brillante como el sol, y los tres bailaban tomados de las manos en el agua poco profunda. Construían castillos de arena que luego se tragaba la marea implacable. Y al atardecer, Fulgencio cantaba desde lo alto de una duna. Y él, el pequeño David, gozaba maravillado.

Fulgencio comprendió entonces, como ahora, que el pequeño David los amaba profundamente y que atesoraba sus recuerdos de ellos como pareja porque habían sido las únicas dos personas en el mundo que verdaderamente disfrutaban de su compañía. Lo llevaban porque querían, porque les gustaba, porque disfrutaban de su compañía, y no por lástima, o por obligación.

Una noche, mientras regresaban de la playa por la angosta carretera, el pequeño David se había quedado dormido durante el trayecto en el transbordador, y despertó para ver a Fulgencio y Carolina abrazados en el asiento del frente durante el trayecto en el coche. Emocionado, había exclamado: —Fugencio, tu eyes el ley del mar. Y tú, Cayoina, eyes la leina de la olas.

Los dos sonrieron y se acurrucaron, sintiéndose renovados en sus pieles doradas por el sol, sus brazos rozándose, la mejilla de ella sobre su hombro.

Carolina se volvió hacia el pequeño David, acariciándolo con su sonrisa. —Y tú, pequeño David, ¡tú eres el Príncipe del Castillo de Arena!

—*¡Me guta!* —exclamó el pequeño David, su rostro radiante de orgullo, como si la misma le hubiese ungido con su cetro—. *Yo nuca pelsé que yo ella un pínchipe.* —Y con una tranquila sonrisa en su rostro, el pequeño David se volvió a dormir mientras Fulgencio y Carolina soñaban con casarse y tener hijos.

—Fully —dijo ella con seriedad—, algún día cuando estemos casados, si tus padres no pudiesen ya estar ahí para el pequeño David, yo querría que viviese con nosotros.

Fulgencio orilló el coche y se detuvo. Se aseguró de que su hermano siguiera dormido y giró su cuerpo hacia ella, tomó su cara en sus manos, y la besó apasionadamente.

—Nunca seré capaz de expresarte lo que tus palabras significan para mí —le dijo, mirándola a los ojos—. Eres muchísimo más que la muchacha bonita de la que me enamoré en la farmacia. Eres una persona asombrosa.

Ella lo abrazó con fuerza, permitiendo que el amor de él la bañase como otra ola del mar.

Al reiniciar el camino a casa, Fulgencio comprendió con asombro cuánto había crecido su amor por Carolina esa noche.

—Nunca pensé que fuera posible amarte más —le dijo—. Pero cada día dices o haces algo sorprendente, y me encuentro cada vez más profundamente bajo tu hechizo.

—Lo sé —susurró ella, colocando su cabeza en el hombro de Fulgencio—. A mí me pasa lo mismo, Fully.

* * *

—*Fully, ¿y oya que?* —preguntó el pequeño David a Fulgencio en la penumbra de la farmacia al tiempo que aparecía El Chotay, masticando un taco—. *¡Ei, Shotai!*

Fulgencio elevó la vista al cielo en busca de una respuesta, pero su frustración se volvió desesperación a medida que las semanas transcurrían y día tras día el pequeño David regresaba con la cabeza agachada. Cartas sin abrir, tarjetas sin leer, flores sin desempacar, cajas de chocolates sin abrir. Cuatro meses habían pasado ya desde que las veintidós letras habían caído hacia el piso de la farmacia.

Fulgencio empezaba a creer que no había esperanza. Hasta que una noche, en el rancho, apareció el Hermano William a la puerta de la cabaña.

—Percibo el hedor de la derrota en el aire —declaró el Hermano William con énfasis—. ¡Has luchado tan duro para vencer la maldición de Caja Pinta, que no puedes darte por vencido ahora!

El Hermano William siempre fue un maestro para idear planes ganadores. Se unió a su compañero fantasma, el incansable descendiente de trovadores, Fernando Cisneros, para ayudar a Fulgencio a tramar un esquema inspirado.

El día de San Valentín, Fulgencio reunió a su trío favorito en El Dos de Copas. Frotó una mezcla especial de hierbas en las cuerdas de las guitarras mientras Fernando Cisneros y Cipriano repetían unos oscuros conjuros en Náhuatl. El Hermano William y la Virgencita de Guadalupe observaban rezando (en caso de que los dioses Aztecas necesitaran ayuda de Nuestro Señor Jesucristo). Justo al caer el sol sobre La Frontera, Fulgencio cruzó el puente y se dirigió a casa de Carolina, y el cálido y metálico encanto de las cuerdas de la guitarra llenaba el aire.

La voz de Fulgencio, instrumento forjado por la gracia de ángeles y el tormento de demonios, se elevó tan libre como un espíritu camino al cielo. Y las palabras de «Sin ti», una antigua canción popular mexicana que con frecuencia había cantado a Carolina en las primeras serenatas, brotaron de sus labios mientras se posaba sobre las espinas del rosal vencido y elevaba sus brazos hacia la ventana de Carolina en el piso superior. A través de la letra de la canción, le expresó la futilidad de vivir sin ella; la imposibilidad de olvidarla, y la insensatez de seguir adelante en su ausencia.

Sin ti
No podré vivir jamás
Y pensar que nunca más
Estaré junto a ti

Sin ti
No hay clemencia en mi dolor
La esperanza de mi amor
Está lejos de aquí

Sin ti
Es inútil vivir
Como inútil será
El quererte olvidar

Al terminar la canción, Fulgencio sintió que tenía el corazón en la garganta al igual que aquel primer día en la farmacia con las vendas en el piso. Alguien estaba en la ventana. Una sombra se vislumbraba tras las delgadas cortinas. ¿Sería posible? Pensó, su mente galopando. ¿Podría ser que su amor finalmente estuviese escuchando el llamado de su corazón? ¿Al canto de la sirena de su destino en espera?

El trío contuvo el aliento en empática anticipación, listos para arrancar con una interpretación celebratoria de «Las Mañanitas», la melodía con que tradicionalmente se inicia una serenata. Afinaron sus guitarras tarareando en voz baja.

Pero el corazón de Fulgencio Ramírez se desplomó de su precaria percha al escuchar la inquietantemente conocida voz de un anciano que flotaba desde arriba. Al abrirse la ventana, Fulgencio escuchó:

—Dice Carolina que, en atención a los incontables intentos de tu hermano menor por entregar tus cartas y regalos, te concederá el deseo de verla. Pero debes esperar al menos un año a partir de la fecha que enviudó, cuando el periodo de duelo haya llegado a su fin. Ahora retírate, hijo. No es apropiado llevar serenata a una viuda tan pronto después de la muerte de su esposo.

La ventana se cerró justo cuando la voz incorpórea se disipó en la brisa nocturna. Con tristeza, los músicos ofrecieron a Fulgencio Ramírez sus sentidas condolencias y treparon a su destartalada furgoneta para dirigirse a su siguiente compromiso.

Fulgencio Ramírez ya no sabía ni que debería sentir, mientras se dirigía en su camioneta hacia El Dos de Copas al otro lado del río. Se sentía rechazado porque Carolina no se había asomado a la ventana. Se sentía devastado ante el prospecto de esperar ocho meses más. ¿Pero cómo no sentirse alentado por la ventana de esperanza que se había abierto? ¿Ocho meses más? ¿Qué tanto era un año a estas alturas? ¿Pero de quién era esa voz que había flotado hacia abajo como una niebla desde lo alto del cielo? ¿Qué hombre se atrevería a aparecer en la ventana de la recámara de una viuda a estas horas de la noche en el día de San Valentín? Sus celos machistas empezaron a surgir, pero se contuvo para no permitir que fueran la causa de su desventura.

Con los brincos que daba la camioneta de Fulgencio sobre el camino de tierra que llevaba a la cabaña, y en la penumbra de la sombra que arrojaba la línea de mezquites, Fulgencio de pronto cayó en la cuenta: ¡Lo sabía! Pisó con fuerza el freno y golpeó el volante con la mano: ¡Esa voz!

Era la voz del padre de Carolina, Arthur Mendelssohn, R. Ph.

DOCE

Rabia. En ocasiones, Fulgencio Ramírez podía físicamente escucharla, elevándose desde su interior y ahogando todo lo demás a su alrededor. Esto le ocurría desde su infancia, se había exacerbado a causa del tormento de su padre, y había escalado a un nivel alarmante a partir del día que conoció a Carolina Mendelssohn. El ímpetu de mil burbujas hirviendo, cada una de ellas llevando el amargo sabor del dolor, arrepentimiento y resentimiento a su boca, a sus venas, a su sangre. Elevándose desde alguna oscura y prohibida cámara de su alma.

Él podía escucharla, como un tren de carga llegando desde México bajo el estrellado velo de la noche. A veces la sentía como desde lejos, como cuando el tren pitaba mientras aún se encontraba del otro lado, y después se sacudía con el estruendo de ruedas de metal chirriando sobre los rieles. A veces, despertaba aterrorizado, con el sonido de una banda de latón infernal emitiendo un estruendo disonante. En la oscuridad de la noche. Los nervios alterados y temblando. Desorientado. Corriendo como un niño a través de la casa de sus padres, tropezando en la oscuridad, buscando el consuelo de los brazos de su madre en medio de la noche. El tren implacable arando a ciegas a través de su mente en una mancha confusa de letras y dígitos aleatorios escritos en blanco sobre herrumbre. Furgones. Rollos de acero. Contenedores llenos de secretos importados del más allá, extraños en esta tierra, pero nativos de su alma. Hierro chillante sobre hierro. Chispas y cohetes. Letras girando y cayendo, formando palabras sin sentido, palabras como *chahualiztli, mexicolhuiliztli, ellelaci, tlatzitzicayōtl.* El tren seguía rodando, avanzando, retorciéndose sobre rieles resbalosos como una serpiente sin fin salida de los recesos más oscuros de México.

Cuando lo escuchaba venir, podía sentir el temor que corría a su lado. ¿Qué podría hacer? ¿Quién saldría lastimado? ¿Quién podría pagar el costo de su venganza mal dirigida?

Cuando niño, habían sido sus amigos de la escuela y del barrio a quienes había sorprendido con la inesperada rapidez y furor de sus puños. La palabra equivocada, una expresión o mirada mal calculada o interpretada podría provocar a Fulgencio. El chico normalmente sereno y alegre explotaría castigando a sus víctimas hasta que lo apartaban y castigaban. Los maestros con la paleta. Y después en casa lo castigaba su madre con la chancla. Y todavía después su padre con el cinturón. Forzado a permanecer de rodillas afuera durante horas frente a un plato de frijoles, forzado a ver la comida durante horas, sin permitírsele comer.

Luchaba por entrenarse a anticipar la rabia, para detenerla y desviarla de su mente, para evitar repetir sus actos de hostilidad y violencia, pero la mayoría de las veces, fallaba en el intento. Y cuando lo sorprendía, una vez consumada la catástrofe, era incapaz de sostenerse a flote en un mar de culpa que lo ahogaba.

Era precisamente esta inclinación de Fulgencio Ramírez a la

violencia lo que hacía de él un jugador de fútbol temido. El Hermano William había reconocido rápidamente el peligro de esta condición de Fulgencio Ramírez. Una tarde, después de una especialmente violenta práctica de futbol, el Hermano William habló con gran elocuencia sobre el tema, caminando frente a Fulgencio, que estaba sentado, encorvado en la banca.

—Acechando en las sombras de tu alma, hay un caldero de tumulto —exclamó, elevando sus brazos en el aire—. De una u otra forma, esa energía se va a escapar. Puedes optar entre canalizarla en una forma positiva, como un río que ha sido represado y recaudado. O puedes permitir que sea liberado como una fuerza destructiva, una que arrasa con todo lo que está en su camino, como un río que se ha desbordado, destruyendo las ciudades que han sido construidas en sus orillas. ¿Qué opción escogería Cristo? ¿Cuál escogerás tú?

Fulgencio Ramírez estaba demasiado joven para tomar en serio esa filosofía acerca de sus sentimientos, pero confiaba en el hermano William. Estaba dispuesto a intentar lo que fuera para evitar que su temperamento interfiriese con el curso que había trazado para alcanzar sus metas. Durante un breve periodo, parecía funcionar. Cuando su coraje o sus celos amenazaban con descarrilarlo, enfocaba su energía hacia el trabajo o el fútbol. Por un momento durante el curso de su décimo y onceavo grados parecía que tal vez pudiese superar estas tendencias destructivas. Con la ayuda del Hermano William y el compañerismo de Carolina, Fulgencio se sentía invencible.

Solo una persona con una perspectiva mucho más amplia podría haber previsto el vuelco drástico que la psique torturada de Fulgencio lo podría forzar a tomar. Un día, unos cuantos meses después de haber empezado a salir con Carolina, se encontró con su madre en la tienda de abarrotes. De pie en la sección de frutas y verduras, mientras colocaba unos aguacates en la báscula, la mirada dolorida de su madre le marchitó el corazón.

—¡Mamá! —exclamó Fulgencio, ansiando ser abrazado por ella como cuando de niño huía de sus pesadillas nocturnas.

—Fulgencio —lo saludó ella cortante.

Era la primera vez que había visto o hablado con algún miembro de su familia desde el día que había dejado de dormir bajo su techo meses antes.

—¿Cómo están todos, Mamá? —preguntó Fulgencio colocando los aguacates en una bolsa de papel mientras se acercaba. Ella vestía una bata de casa de color rosa desteñida y parecía cargar el peso del mundo sobre su espalda. —¿Cómo está el pequeño David?

—Todos estamos bien —dijo ella—. No te preocupes por nosotros.

—Pero me preocupo, Mamá. Me preocupo todas las noches cuando le rezo a la Virgencita.

—Pues si te preocupas tanto —se animó ella—, ¿cuándo piensas regresar a casa?

La cara de Fulgencio se cayó hasta el piso sucio. Él no tenía ni el menor deseo de regresar a ese mundo volátil.

—Ya sé que te está yendo muy bien en tu elegante escuela privada —dijo ella, con sus cejas levantadas mientras sus ojos lo recorrían—. Y parece que has crecido.

—Sí, mamá. Y después de graduarme iré a la Universidad de Texas en Austin para convertirme en un Farmacéutico Registrado, como el Sr. Arthur Mendelssohn.

—¿Y después? —preguntó ella.

—Después me casaré con su hija Carolina y viviré feliz para

siempre —dijo él sonriente, recitando el plan que con tanta frecuencia repasaba en su mente.

—Pues parece que ya tienes todo planeado —dijo Ninfa del Rosario lentamente—. Al parecer, nosotros ya no formamos parte de tu vida.

—Esta es mi nueva vida, Mamá —dijo él—, pero yo aún los quiero a todos ustedes.

—Bueno —dijo ella, recuperando sus sentidos—. Tengo que apurarme. Tú sabes cómo se pone tu padre si la cena no está lista cuando llega a casa.

Al retirarse ella, Fulgencio comprendió hasta qué punto había abandonado a su madre y hermanos. Pensando solamente en sí mismo y en sus sueños, no se había detenido a considerar el hecho de que ellos estaban aún viviendo en ese infierno del que él había tenido el valor de escapar. Y se sintió como algo que nunca se había sentido, como un traidor.

Casi como si ella le hubiese leído el pensamiento, Ninfa del Rosario se volvió hacia él y se quedó mirándolo vengativamente, con un brillo de ira incontrolable en sus ojos oscuros. —Puedes correr tan lejos como quieras, Fulgencio Ramírez Cisneros, pero jamás podrás escapar de tu lado oscuro ni de tu origen. —Ella abrió la boca como para seguir hablando, pero luego pareció detenerse, su mano voló hacia su boca, sus dientes mordiendo ansiosamente su labio inferior antes de cubrirse el rostro consternada.

Madre e hijo estaban a solo unos cuantos pies de distancia sobre el mugriento piso de linóleo, pero ellos sentían que los separaba un abismo tan amplio como si hubiese sido esculpido por ríos durante milenios. El incómodo silencio entre ellos parecía colgar como un grueso telón entre el escenario y el público. Y justo cuando ambos estaban a punto de retirarse cada uno a su esquina y desaparecer entre las sombras de pasillos diferentes, fueron sorprendidos por un espía a quien no habían detectado.

—Tienes razón, Ninfa —comentó la Sra. Villarreal, una pariente lejana cuya familia también provenía de las tierras cercanas a El Dos de Copas. Meneando la cabeza, agregó abatida: —El pobre niño carga con la maldición. Al igual que su abuelo, y el padre de su abuelo, ha abandonado a su familia sin volver la vista atrás. Qué Dios te salve, m'ijo . . . —Hizo la señal de la cruz mientras sus aguacates rodaban y se caían de la balanza. —Si no tienes cuidado, esa sangre que llevas en tus venas tornará en pesadillas esos tus sueños tan acariciados. —Ella lo miró con tristeza, y sus húmedos ojos grises brillaban como canicas de cristal sobre la máscara de piedra cocida que era su piel oscura. Saludando con la cabeza a ambos, coloco sus aguacates en una bolsa y tomando de la mano a su hilera de niños, se encaminó hacia la carnicería.

La sangre había huido de pánico del rostro de Fulgencio, dejándolo por un momento tan blanco como un gringo. Sus brazos colgaban sin vida. Su madre dejó el carrito en su lugar y salió del local sin pronunciar otra palabra.

Más tarde, en el asiento trasero del coche del Sr. Balmori, rodeado por los brazos de Carolina, Fulgencio preguntó:

—¿Tú crees que yo tengo un lado oscuro, Carolina?

Acercando sus labios hacia los suyos, Carolina susurró: —Es lo que te hace atractivo.

—¿Cómo?

—Cuando me besas —dijo ella con un dejo de melancolía—, es como poner un cerillo al papel, una chispa a la leña. Y cuando me abrazas, yo sé que igual podrías destruirme que protegerme. Sí, tú tienes un lado oscuro, Fulgencio. Gracias a Dios que tienes un lado oscuro. —Ella se rio maliciosamente y lo jaló arriba de ella sobre el asiento pegajoso de vinilo.

Consumido por la lujuria, Fulgencio hizo a un lado sus dudas y sus temores. Los pensamientos acerca de la maldición de su familia se resbalaron de su mente como las gotas de condensación resbalan de un panel de vidrio, mientras que el calor de sus labios y cuerpos enredados empañaban las ventanas.

TRECE

Fulgencio y sus amigos elevaron la violencia de los juegos llevándola hasta alturas alarmantes. Se peleaban por un batir de pestañas,
por los caprichos volubles de una chica y, con la misma frecuencia,
por insultos raciales lanzados por las élites blancas a los empo-
brecidos y desplazados mexicanoamericanos cuyas tierras habían
sido conquistadas un siglo antes. A través de esa conquista, fortunas y posiciones sociales habían cambiado de manos, e igualmente
había cambiado de manos el control sobre las leyes y su aplicación.
Así era que un lugar de nombre hispano era gobernado por recién
llegados norteños decididos a hacer valer su autoridad para mantener el control y llenarse los bolsillos.

Mocasines y zapatos deportivos chocaban con botas y hua-
raches. Camisas de boliche y chaquetas de piel competían con
guayaberas. Convertibles se enfrentaban a motocicletas. Los pantalones de mezclilla, la Vaselina, y los peines para el bolsillo trasero
eran del gusto de todos mientras que las sinfonolas sonaban, las
caderas se mecían, y los puños volaban. Y en medio de todo ello,
el doceavo grado de Fulgencio avanzó en un vaho frenético.

A medida que las tensiones raciales hervían por todo el Sur, a lo largo de la frontera, la dinámica del prejuicio y la discriminación se manifestaba en la lucha constante entre gringos y mexicanos. Ciertos establecimientos colocaban letreros que negaban el acceso a negros, mexicanos, y perros. Con frecuencia en el cine, el parque, la playa y hasta en las calles del centro, las demostraciones románticas de afecto entre Fulgencio y Carolina eran interrumpidas por cáusticos insultos raciales, un chiste subido de tono, un comentario mordaz, o una mirada crítica. Y en ninguna ocasión podría Fulgencio dejar pasar el insulto sin respuesta.

Al principio, Carolina suplicaba: —¿Por qué no puedes ignorarlo?

—Porque tú mereces respeto —contestaba él.

—Algún día las cosas mejorarán —insistía ella—. Solo tenemos que ser pacientes. Los tiempos están cambiando, y la gente cambiará con los tiempos.

—A algunas personas hay que impulsarlas al cambio —respondía él.

Él la admiraba por ver hacia el futuro. Suponía que esa era probablemente la razón por la que podía pasar por alto su apellido, el tono de su piel, y la pobreza de su familia. Pero no podía resistir el placer que le daba sentir el impacto tremendo de sus puños sobre piel y huesos que lo merecían.

A medida que los contrincantes de Fulgencio en el campo de juego dejaban de presentar un reto, volvía cada vez más sus energías hacia otro lado. Los salones de baile, cafeterías, callejones, para él todos esos sitios eran como escenarios para su romance prohibido y sus consiguientes actos de venganza. Mientras más se enamoraba de Carolina, más agresivo se tornaba. Sentía un enorme temor de perderla, de que otros tramaran robársela o interponerse entre ellos. No podía concebir la vida sin ella. Y a medida que se acercaba la fecha de su graduación de la preparatoria, le carcomía el temor de darse cuenta de que él tendría que irse a la universidad mientras que ella se quedaría para cursar su doceavo grado. La duda se deslizó a los rincones oscuros de su mente, susurrando en forma etérea en palabras incorpóreas que resonaban inexplicablemente de forma disonante en sus oídos. *Atle ipam motta* y *anel niteitta*, los cantos antiguos que ocasionalmente lo habían atormentado en el pasado, volvían ahora a aturdirlo con creciente regularidad. ¿Cómo él podría ser merecedor de ella? ¿Será que los fanáticos que reprobaban su relación tenían la razón? ¿Cómo podría un pobre méndigo como él merecerla? ¿Y cómo podría conservarla estando lejos? Dentro de su alma atormentada, las semillas insidiosas plantadas por detractores retrasados brotaron y crecieron convirtiéndose en hiedras que estrangulaban su corazón, quebrantando su autoestima. Junto a ella, en los ojos de sus acusadores, secretamente se sentía avergonzado y sucio mientras que ella brillaba limpia y gloriosa.

Dios no permitiera que un chico inocente coqueteara con Carolina, pues sería pulverizado antes que pudiese darse cuenta de qué lo había golpeado. Y por supuesto, con la belleza de Carolina floreciendo cada día más, la fórmula era una ecuación para el desastre. Cuando la gente hablaba de su aspecto, su elegancia y su estilo, con frecuencia la comparaban con Grace Kelly. ¿Cómo podría él, prácticamente un mojado, acercarse a ella? ¿No debería ella estar con alguno de los chicos blancos ricos con apellidos anglosajones que fluían en inglés y asemejaban los apellidos de los héroes en los libros de texto y de las estrellas de cine en la pantalla de plata?

Sus inseguridades y celos se intensificaban cada día que pasaba. La rabia audible que le había torturado desde la infancia no le daba tregua; el tren que acelerado se aproximaba desde México parecía no tener fin, sus letras codificadas crípticamente deletreando las palabras que escuchaba cada vez que destrozaba a alguien por tan solo volver la vista en dirección a Carolina.

—Estás perdiendo el control, Fully —le dijo ella atemorizada, una noche mientras él se limpiaba las heridas en el asiento trasero del coche.

—¿Control sobre qué? —preguntó él, abrazándola muy cerca.

—El lado oscuro del que me hablabas —susurró ella—. Me preocupa que lleves las cosas demasiado lejos, que lastimes a alguien demasiado, que arruines nuestro futuro por nada.

—A veces me siento tan confundido —admitió—. ¿Por qué estoy tan enojado? Tú eres todo lo que yo anhelaba. Y ahora te tengo.

—¿Es mi culpa? —se preguntó ella en voz alta—. ¿Tengo yo la culpa? ¿Es mi forma de vestir y actuar lo que atrae tantas miradas? ¿Debería cambiar mi estilo, peinarme de forma diferente?

—No —respondió él con firmeza—. Tú eres perfecta.

—Y tú también —y lloró junto con él, limpiándole la sangre de las manos después de cada pleito—. Amo tu pasión. Es algo que siempre ha estado ausente de mi vida. Tú me haces sentir viva. Me emociona verte pelear tanto como escucharte cantar. Eso no está bien. Y lo sé. Pero no puedo cambiar mi forma de sentir.

Así pues, su comportamiento se hizo cómplice. Avergonzados pero regocijados, el comprendió la forma en que ella utilizaba su belleza para atraer su presa. Noche tras noche, sus labios humedecidos con la sangre de sus víctimas, sus manos tentaban y arañaban la piel uno del otro. Las ventanas se empañaban de vapor. Sudaban sobre el vinilo. Cada noche descartaban un artículo de ropa, cada vez más cercano a la última y prohibida unión que las monjas y los hermanos aseguraban los condenaría al infierno. A veces, mientras se mecían rítmicamente, al borde de dejarse ir, los ojos de ella encendidos de pasión, sus rizos cayendo alrededor de sus cuerpos entrelazados, se preguntaban si el infierno podría realmente ser tan malo si tan solo pudiesen ser sentenciados a compartir el fuego eternamente.

Pero al final, prevalecía el sentido del deber de Fulgencio. Con ternura la alejaba y rezaba suplicando perdón, paciencia, y la voluntad para esperar hasta el día en que pudiesen unirse ante Dios, preservando el honor de ella. Su frustración no tenía límites, ya que a ambos los consumía el deseo. Cada uno de ellos anhelaba ser el vasto océano en que el otro se ahogara.

Ambos estaban plenamente conscientes de que el padre de ella se preocupaba por ellos, pero también comprendían que él nunca podría entender la profundidad del tumulto en que ellos se agitaban, como barcas arrancadas de sus amarras y perdidos sobre mares embravecidos. Porque en casa y en el trabajo, Carolina y Fulgencio mantenían las apariencias de una pareja muy propia, destinada a llegar al matrimonio a su debido tiempo. Él le llevaba serenata cada fin de semana sin fallar. Ella le horneaba galletitas de chocolate y pastel de zanahoria con ayuda de su cada vez más debilitada madre. Y Fulgencio trabajaba más arduamente que nadie en la farmacia del Sr. Mendelssohn.

Aun así, el Sr. Mendelssohn se preocupaba y expresaba sus temores a ambos. Primero, le pregunto a Fulgencio si algo andaba mal, pero Fulgencio se hizo el tonto, achacando sus golpes y heridas al fútbol, sus estados de ánimo veleidosos a la presión de aplicar a la universidad al tiempo que equilibraba la escuela, el fútbol, el trabajo y Carolina.

—Temo haberme quizás equivocado al permitir que ustedes salieran —le confió el Sr. Mendelssohn a Carolina, quien después le comunicó la conversación a Fulgencio—. Nuestra sociedad hace muy difícil que personas de diferentes antecedentes se relacionen. Me preocupa que su amor pueda hacerles gran daño de una u otra forma. Pero ahora es demasiado tarde para deshacer lo que ya está hecho. Yo sé que, si tratase de separarlos, solo lograría unirlos aún más. Así es la rebeldía de la juventud. Yo ya he vivido mi vida y no intentaré evitar que tú vivas la tuya. Pero por favor, ten cuidado. Eres la única hija que tengo.

Cuando le repitió las palabras a Fulgencio, este lloró en sus brazos.

—¿Qué pasa, Fully? ¿No lo entiendes? Él no intentara separarnos.

—Es justamente eso. Mi padre jamás podía encontrar las palabras para razonar con nosotros. En vez de eso, nos golpeaba. Tú, Carolina, has sido bendecida. Tus padres ven en ti a una persona a quien educar, un ser igual a quien valorar, no a un sujeto ni a un esclavo nacido para hacer la voluntad de ellos.

Carolina lo meció en sus brazos y lo besó con ternura, asegurándole que, de alguna forma, saldrían adelante. —Tenemos que ser fuertes. Tenemos que elevarnos por encima de todos estos obstáculos. En vez de pelear contra otras personas, debemos luchar contra nuestros propios demonios.

—Yo quiero paz —exclamó Fulgencio—. Pero no puedo encontrarla, ni siquiera en tus brazos. Me temo que hay algo que no está bien conmigo y que no puedo vencerlo.

—Solo recuerda, Fully —le susurró cariñosamente—. No estás solo. Estamos juntos en esto.

—¿Carolina?

—¿Sí, mi amor? —dijo ella en un perfecto acento castellano.

—Tengo miedo de perderte cuando me vaya a la universidad.

¿Qué pasará si conoces a alguien más? ¿Y si te das cuenta de que estas mejor sin mí?

Ella lo apretó aún más fuerte. —Eso es ridículo, Fully. Te voy a extrañar tanto. Todo mi amor es tuyo. Te lo prometo. Lo único que podría separarnos seríamos nosotros mismos. —Para calmar sus preocupaciones, lo besó con tal pasión que lo hizo olvidar sus temores, al menos por el momento.

Durante el doceavo grado de Fulgencio, el equipo de fútbol del Hermano William se mantuvo invicto, ganando sin esfuerzo el campeonato estatal de escuelas católicas. Aun así, el Hermano William sentía que algo no estaba del todo bien. Compartiendo su preocupación con Fulgencio, sentados ambos en las gradas después de la práctica, le habló sombríamente a su alumno. —Percibo un vacío en esta línea de acero. No conozco todo lo que sucede en tu vida, Fulgencio, pero me preocupo por ti. Le pido a Dios incansablemente que interceda por ti, le pido a la Virgencita que alivie tu sufrimiento y te guíe en la dirección correcta. Estás tan cerca de todas tus metas, de todos los sueños que te llevaron hacia mí aquel día de verano hace unos años. Pero temo que hay algo que amenaza evitar que alcances tu destino. No debes permitir que esa oscuridad te desvíe del rumbo, Fulgencio.

Fulgencio asintió en silencio y aspiró profundamente. Sabía que su mentor tenía razón. Si tan solo pudiese encontrar la manera de mantener todo perfecto por un poco más de tiempo, justo el suficiente para obtener ese título de farmacéutico y casarse con Carolina. Solo faltaban cuatro años, pero ese lapso se extendía ante él como una eternidad.

El día de la graduación, el hermano William abrazó a Fulgencio en las escaleras al frente de la academia. —Felicidades, hijo. —El director y entrenador dio un paso atrás, diciendo: —Tu sonrisa me recuerda aquel día en la carcacha cuando regresábamos de mi primera visita a tu rancho.

—Hace mucho tiempo que no me sentía tan feliz, Hermano William —explicó Fulgencio—. Vi a mi padre. Pienso que quizás deba reconectarme con él y mi familia para poder encontrar la paz dentro de mi propio corazón.

El Hermano William escuchó esperanzado.

—¡Él me regaló esto! —y Fulgencio señaló una caja grande de madera que estaba sobre el asiento trasero del coche.

—¿Qué es? —preguntó el Hermano William.

Los ojos de Fulgencio se iluminaron, su cara parecía la de un niño en la mañana de Navidad al abrir la caja para mostrar una brillante máquina de escribir Remington negra. Para él, la máquina simbolizaba los grandes avances que estaba logrando a nombre de su familia. No era la herramienta de un jornalero, sino la de un profesional.

—¡Es nuevecita! —exclamó Fulgencio. —Mi padre nunca me había dado un regalo. ¡Nunca!

El hermano William sonrió, palmeando a Fulgencio en el hombro.

—Esta noche iré de regreso a la casa por primera vez, a una cena especial—. Ellos quieren conocer a Carolina.

El hermano William sacudió su cabeza, asombrado. —Es la respuesta a mis oraciones. Tendremos que planear un viaje al Dos de Copas para agradecer a la Virgencita y llevarle un poco de ese whiskey irlandés que tanto le gusta. Mi hijo, me he preocupado tanto por ti todo este año, percibiendo las sombras ocasionadas por el problema de tu alma. Pero ahora, agradezco al Señor por su benevolencia. Has salido victorioso una vez más.

Inmediatamente, Fulgencio comprendió las traicioneras

profundidades de la oscuridad violenta en la que había estado flotando. Sintió vergüenza por las pecaminosas mareas a las que había expuesto a Carolina Mendelssohn. Y juró arrepentirse. Empezó a sollozar en los brazos del hermano William. —He estado perdido, hermano William, pero creo que hoy finalmente he encontrado el camino. Qué Dios me perdone.

—Por eso le llaman *commencement*, Don Fulgencio —le dijo el hermano William para consolarlo—. Hoy puedes comenzar de nuevo. Tú y tu futura esposa.

—Pero primero, debo convertirme en un farmacéutico —le recordó Fulgencio.

—Por supuesto —dijo el hermano William con una risita picara y entornando los ojos—, eso sobra decirlo. —Palmeó a Fulgencio en la espalda de su toga roja de graduación al tiempo que el chico subía al coche, y cerró la pesada puerta de acero. —¡Dios te bendiga, Fulgencio Ramírez! —gritó a su protegido mientras el chico se alejaba levantando una nube de polvo.

Esa noche, Fulgencio y Carolina se sentaron muy juntos a la orilla de la mesa, que estaba repleta en la tibia y acogedora cocina en la calle Garfield. Carolina irradiaba luz mágica, cual aparición de la mismísima Virgen María. Ninfa del Rosario sirvió los frijoles refritos más sabrosos que había preparado jamás, y la plática animada llenaba el aire fragante. Nicolás Junior aún estaba en Corea con el ejército, pero Fernando observaba con envidia a Carolina y a su hermano con el rabo del ojo. El pequeño David mecía su pesada cabeza de un hombro al otro, viendo a Carolina con una mirada de adoración, preguntando una y otra vez cuando podrían los tres escaparse a la playa otra vez. Y el padre de Fulgencio mostraba una faceta de su personalidad que sus hijos no habían visto nunca. Lucía muy bien en una guayabera blanca limpia y almidonada y unos pantalones negros. Sus botines negros se veían nuevos y brillantes. Su cabello negro brillaba bajo la luz de la lámpara de la cocina. Y habiendo guardado bajo llave las botellas de licor y limitándose a una mesurada participación en la conversación, permitía a su familia relajarse y disfrutar de la velada.

Carolina estaba encantada de conocer a la familia de Fulgencio. Sentía calor bajo su blanco vestido dominguero y sus mejillas de porcelana estaban chapeadas con la emoción. Nerviosa, buscó la mano de Fulgencio bajo la mesa y su sonrisa iluminaba la casa.

Mientras recogían la mesa, el padre de Fulgencio empujó su silla hacia atrás e invito al silencio con sus palabras:

—Yo quiero que todos ustedes sepan lo orgulloso que me siento de mi hijo —dijo, con la mirada fija en los ojos de Fulgencio—. Nadie le puso el ejemplo. Nadie lo llevó de la mano. Él solo se hizo hombre, a pesar de mi conducta. Hoy se convirtió en el primer Ramírez que se gradúa de la preparatoria. Y será el primero en asistir a la universidad. Tus logros, hijo, hacen que todos nuestros sacrificios hayan valido la pena. —Poniéndose de pie mientras la familia completa lo miraba asombrada, extendió su callosa mano a Fulgencio. Al estrecharse las manos, agregó: —Te regalé esa máquina de escribir para que puedas usarla mientras obtienes tu título de farmacéutico. Consérvala siempre como un recuerdo de tu padre. Yo no sé cuánto tiempo me quede sobre esta tierra, pero les doy a ambos mi bendición.

Nicolás Ramírez Padre se volvió hacia Carolina y le dijo: —Yo sé que mi hijo sabrá proveer para ti. Por favor cuida de mi hijo. —Sin decir más, salió a la galería a fumar un cigarro.

Ignorando las protestas de Ninfa del Rosario, Fulgencio y Carolina la ayudaron a limpiar la cocina. Y cuando llegó la hora de irse, todos se despidieron. Y mientras la familia los despedía desde la galería, el padre de Fulgencio los encaminó hasta el coche. Le abrió la puerta a Carolina, y después caminó con Fulgencio hasta el lado opuesto y abrió la puerta para Fulgencio también.

Al encenderse el motor, Nicolás Ramírez Padre se inclinó y por la ventana abrazó a Fulgencio y colocando la piel áspera de su cara junto a la mejilla de Fulgencio, le dijo al oído: —M'ijo, por mucho tiempo pensé que todo lo había hecho mal en mi vida. Pero ahora sé que no es el caso.

En la puerta de la casa de los Mendelssohn esa noche, Fulgencio contemplaba los ojos de Carolina. Con su mano izquierda tomó la mano derecha de ella y colocó un pequeño saquito de tela transparente en su palma. La luz amarilla del pórtico iluminaba una brillante cadena de oro. La sonrisa de ella se hizo más amplia al ver la delicada medalla de la Madonna y el Nino. Se abrazó a Fulgencio con fuerza mientras él la colocaba con ternura alrededor de su cuello.

—Me iré pronto —dijo él mientras los ojos de ella se llenaban de lágrimas—. Lo siento mucho si alguna vez te he hecho sufrir, si por mi culpa has vislumbrado el infierno.

—Yo te amaría hasta allá y de regreso —respondió Carolina, y su cuerpo temblaba de emoción.

—Bueno, pues creo que ya estamos de regreso —sonrió él.

Su cuerpo se quedó sin fuerzas en los brazos de él mientras sollozaba: —Yo solo quiero que regreses. Ya quiero que regreses de Austin, y ni siquiera te has ido.

No te preocupes —susurró Fulgencio, acariciándole el cabello bajo la luz de la luna—. El tiempo volará.

CATORCE

La segunda manecilla tronaba en el reloj de pared que colgaba vigilante en La Farmacia Ramírez. Un Fulgencio fatigado se inclinaba sobre su antigua Remington, negra y tan brillante como el día en que su padre se la regaló. Una vieja hoja de papel permanecía en blanco en el carro, y sus dedos estaban listos para recorrer las teclas.

Querida Carolina:

Estoy sentado aquí, solo en mi farmacia. Deseando que no se hubiese perdido todo. Siento que esta vida me ha pasado de largo. Y sé que tú debes sentirte igual. ¿Por qué otra razón hubieses dicho que yo arruiné tu vida? Debes haberme amado una vez. Debes haber lamentado que nuestras vidas tomaran rumbos diferentes, cuando debimos haber tomado juntos el mismo camino.

Te agradezco que hayas accedido a verme otra vez. Aun si faltan meses todavía. Al menos espero que recuerdes lo que alguna vez sentiste. Espero que puedas perdonarme. Porque la esperanza es lo único que me ha sostenido durante todos estos años de soledad. Esperanza en nosotros. Esperanza de obtener otra oportunidad para enderezar las cosas.

Con amor,
Fulgencio Ramírez, R. Ph.

Los sonidos de la máquina de escribir manual se detuvieron. Mientras doblaba la carta y la colocaba en un sobre, se preguntaba si siquiera la leería Carolina. Le entregó la carta al pequeño David para que se la llevara cuando hiciera las entregas. Y se regresó a atender a su diario desfile de ancianos, viejitos, madres embarazadas subsistiendo gracias a la asistencia social, y por supuesto, su séquito de parásitos.

Fulgencio siempre había atraído seguidores, de los ranchos cercanos al Dos de Copas, hasta las calles de La Frontera. Una hilera de sillas de metal cubría las paredes de su farmacia. Ahí, un flujo constante de clientes habituales entraba y salían cada día sin excepción. Al menos hasta que morían. Y ni la muerte detenía a algunos de ellos. Estaba su primo El Loco Gustavo, Eleodoro el de los cabritos, El Gordo Jiménez, y la lista continuaba. Invariablemente, uno o dos de estos pintorescos personajes estaban sentados junto a la pared cuando alguien llegaba a surtir una receta.

A Ninfa del Rosario le parecía que su presencia era incómoda e innecesaria. Indignada, le decía a su hijo: —¿Por qué Fulgencio? ¿Por qué permites que estas gentes se te cuelguen? Córrelos. Solo te perjudican, pidiéndote dinero y medicinas. Estoy segura de que has pagado los estudios de la mitad de sus hijos.

Era cierto que Fulgencio había ayudado a más de un puñado de familias a sobrevivir a lo largo de los años, no solo brindándoles descuentos y regalándoles los medicamentos cuando se les agotaba el Medicaid, sino también prestándoles dinero que sabía no le pagarían nunca. —Estos son mis amigos, Mamá —le decía—. Además, no es asunto tuyo.

—Bien, ¿cómo puede ser bueno para tu negocio? —continuaba Ninfa del Rosario, apuntando al aire con su dedo—. Cuando un cliente entra por esa puerta, ve a esta fila de indigentes, lisiados y ancianos moribundos sosteniendo la pared. Una farmacia no es el lugar apropiado para esta gente. Ellos parece que deberían estar en el depósito de cadáveres. ¡De hecho, esa es probablemente su siguiente parada!

Fulgencio se reía de las exageraciones de su madre. Él pensaba que la verdadera razón por la que ella detestaba su bandada de seguidores era que representaban para ella la imagen del fracaso, que presagiaban el futuro de sus propios hijos. Apestaban a desventura y ella temía que esta fuese contagiosa.

—¡Ay, no! —se lamentaba—. ¡Qué gente tan fea! —se lamentaba, frunciendo la nariz al pasar junto a ellos, con su bufanda atada en el cabello y sus lentes de sol ocultando el desdén en su mirada.

Fulgencio disfrutaba de la presencia de sus compinches por muchas razones. Para empezar, le hacían compañía. Compañía viva, al menos por el momento. En segundo lugar, sus fracasos colectivos hacían que él pareciera un éxito brillante, lo que elevaba su maltratada autoestima. En tercer lugar, él creía que ellos necesitaban cura. No la clase de cura que viene en una botella de medicina, sino una cura del corazón y del alma. Y eso era algo que tenían en común.

—Es curioso —le comentó Fulgencio en una ocasión al hermano William en El Dos de Copas durante aquel largo y tortuoso año de espera para poder ver de nuevo el rostro de Carolina—. Ahí estamos sentados en la farmacia, mis viejos y cansados amigos y yo. Rodeados de pastillas y jarabes, narcóticos y anfetaminas, barbitúricos y antihistamínicos, antibióticos y substancias controladas. Hay drogas en los estantes, sobre el mostrador. Hay drogas inundando las calles. Pero nada de eso puede curar lo que nosotros tenemos.

—No —respondió el hermano William tristemente, empatizando con el dolor de su discípulo—. Solo nosotros podemos lograrlo.

—¿Y Dios, hermano William? —le preguntó Fulgencio—. ¿Puede Él aliviarnos a todos? ¿Podemos encontrar en Él nuestra salvación?

—Si no has curado tu alma desde adentro —respondió el hermano William mientras estaban sentados junto a la hoguera, las llamas danzando en la oscuridad—, ni Dios puede salvarte.

En ese tiempo, aún menos clientes entraban a la farmacia. Hasta Eleodoro el de los cabritos surtía sus recetas en la nueva tienda Walmart que estaba a las afueras de la ciudad, y después venía a tomar café y a pasar la tarde sentado en su silla metálica. Se había propuesto convertir esta actividad en una especie de deporte competitivo para tratar de ser al fin campeón de algo.

—¡Pinche Walmart te va a matar, Ramírez! —exclamaba Eleodoro—. Walmart va a acabar contigo. Están casi regalando las medicinas allá.

Fulgencio contemplaba divertido a su traicionero amigo. Eleodoro vestía su uniforme normal: pantalón caqui, guayabera blanca, sombrero de paja. Era un vejestorio desaliñado y panzón. Siempre colorado como un tomate gordo y pasado de maduro. Barba escasa y canosa cubría sus cachetes rubicundos.

—¿Qué clase de amigo eres, Eleodoro? ¿Comprándole a la competencia? —preguntó Fulgencio.

—¡También tienen toneladas de papas fritas congeladas! —dijo Eleodoro—. ¿Cómo puedes competir con eso? Yo por lo menos te traigo cabritos. A Walmart no le llevo.

—Te echarían de ahí si te atrevieras a entrar cargando un chivo muerto —agregó Gustavo, el Primo Loco.

—Él es un chivo muerto —dijo el Gordo Jiménez, recargándose en su silla.

Fulgencio se inclinó hacia delante, sobre su mostrador, y observó a su pandilla de holgazanes.

Gustavo, el Primo Loco, se mecía ansiosamente en su asiento. Parecía un gnomo, la piel y los huesos se estiraban sobre lo que alguna vez había sido un bastidor amplio. La ropa le colgaba, y siempre llevaba una corbata de los años sesenta, de colores psicodélicos, remolinos verdes y naranja. Llevaba lentes con pesados aros negros sobre su rostro de pescado. Y un remolino de pelos negrísimos salían de su cabeza y se extendían en todas las direcciones. Parecía un científico loco, este primo de Fulgencio, un Albert Einstein mexicano. Y, de hecho, en cierta forma lo era.

Gustavo el Primo Loco había sido una vez el mejor experto en estadística en todo México. Él provenía de otra rama de la familia Ramírez, establecida en el interior de México. Reconocido desde niño como un genio de las matemáticas, Gustavo había estudiado su carrera en la Universidad Nacional Autónoma de México, con beca completa. Y por si eso no fuese suficiente para apantallar a toda la población de La Frontera y Nueva Frontera combinadas, después de titularse en la UNAM había hecho su doctorado en el MIT (Instituto Tecnológico de Massachussets, por sus siglas en inglés).

Según los rumores, Gustavo había amasado una cantidad enorme de datos estadísticos trabajando para el gobierno federal de México. Esta información, era prueba irrefutable de que los líderes políticos del país estaban robando al pueblo en forma descarada; y esto lo había atormentado durante años de investigación y análisis, mientras laboraba en las oficinas de una oscura agencia gubernamental. Finalmente, un día Gustavo irrumpió en la oficina de su superior, el viceministro de asuntos internos. Arrojando montones de papeles sobre el escritorio del burócrata, exclamó: —¡Aquí esta! Prueba irrefutable de que nuestros líderes están robando a la gente. Podemos poner fin a esta locura, ¡obtienen préstamos por millones de todo el mundo supuestamente para construir carreteras y sistemas de drenaje mientras que en realidad depositan los fondos en cuentas de bancos suizos y lo derrochan en villas, yates y estrellas de cine!

—Discúlpeme por un momento, Gustavo —replicó el burócrata, levantándose de su sillón de piel y saliendo de su elegante oficina—. Tome asiento —le indicó al salir.

Momentos después, un destacamento de la policía presidencial irrumpió en forma violenta en el despacho y arrastró a Gustavo hasta una sombría y húmeda celda donde languideció por cinco años. Cuando salió, su esposa se había casado con el burócrata y habían enviado a sus hijos a un internado en Suiza. Hasta sus antiguos sirvientes fingían no conocerlo. La gente lo señalaba en la calle, burlándose de él a carcajadas, y llamándolo *El Loco*. Desde entonces, no había llegado a ser el mismo. Lo había perdido todo, incluyendo la razón. Ahora solo languidecía en las sombras de la farmacia de Fulgencio, meciéndose de un lado a otro, escupiendo estadísticas sin sentido, y esperando convertirse en una estadística más.

Fulgencio había intentado repetidamente utilizar sus poderes de curación para ayudar a su primo. Mientras que Gustavo, el primo loco, repasaba manuales de química y resultados de investigaciones al fondo de la farmacia, Fulgencio trabajaba desesperadamente, mezclando una multitud de polvos y frascos, midiendo y agitando, hirviendo y cocinando, moliendo remedios herbales antiguos para formar un compuesto místico de medicina moderna y remedios antiguos.

—Esta puede ser la definitiva, Fulgencio —exclamo Gustavo, el primo loco, vomitando formulas y porcentajes—. Según mis proyecciones, estaré 92,37 % más cuerdo después de tomar tu poción. Quizás pueda volver a encontrar trabajo. ¡Recuperar a mi esposa y a mis hijos! ¡Quizás la gente dejará de señalarme en la calle y burlarse de mí!

—Un simple corte de pelo y un nuevo par de lentes podrían alcanzar el mismo resultado —apuntó Eleodoro con calma, observando divertido las febriles maquinaciones de los dos primos.

—Okay, tómate esto y descansa en tu silla mientras te hace efecto —le dijo Fulgencio a su paciente.

Gustavo el primo loco se bebió todo el contenido del frasco, una mezcla de color azul ahumado, y regresó a su lugar, meciéndose de un lado a otro tan nervioso como siempre. Eleodoro se retiró aprensivo al ver que empezaba a salir humo de los oídos de Gustavo. Una joven atractiva entró en ese momento a la farmacia, el rostro angustiado de Gustavo se tornó reposado, su color recupero el tono normal, su cabello milagrosamente se acomodó, y sus lentes resbalaron de su nariz aguileña y fueron a caer justo en el bolsillo de su camisa. Sus músculos atrofiados se contrajeron y se inflaron, llenando su ropa al ponerse de pie. La chica lo vio de reojo mientras se dirigía hacia el mostrador vistiendo una ajustada minifalda azul marino y una camiseta blanca, con el cabello color caoba cayéndole hasta la cintura. Gustavo se acercaba a ella pavoneándose y ella sonreía tratando de adivinar lo que el encantador erudito le fuera a decir.

Y justo entonces, el cuerpo de Gustavo el primo loco se empezó a retorcer, a convulsionar, y a arrojar espuma por la boca. Los ojos se le saltaron como los de un sapo. Sus pelos se pusieron de punta como si hubiese metido los dedos en una toma de electricidad, y empezó a mecerse hacia delante y atrás sobre las bolas de sus pies.

—Cinco millones, seiscientos mil, cuatrocientos treinta y siete —gritó Gustavo el primo loco, y el rostro de la chica se transformó en un gesto de temor y asombro ante la pasmosa transformación.

—¿Qué? —exclamó temblando, sujetando con fuerza su bolso y retrocediendo.

—Tornillos —dijo él, su cabeza girando fuera de control sobre sus encogidos hombros—. Tornillos en la Torre Latinoamericana. Cinco millones, seiscientos mil, cuatrocientos treinta y siete para ser exactos. Eso es 25,79 % más que cualquier otro edificio en la República mexicana. ¡Eso es un montón de tornillos!

¡Tal vez deberías pedir uno prestado! —gritó la chica mientras salía corriendo de la farmacia y desaparecía entre la gente.

—¡Está más loco que una cabra! —gritó Eleodoro.

Fulgencio meneó el cabeza decepcionado. Parecía acercarse cada vez más, pero aún no lograba reparar el aparentemente irreparable daño que su primo había sufrido durante años de locura.

Gustavo, el primo loco, parecía haber olvidado todo acerca de su casi recuperación y el esfuerzo que lo había llevado hasta ahí. Solo se mecía hacia delante y atrás en su silla, jugando con sus lentes y contando los pasajeros de los camiones que pasaban frente a los aparadores de la farmacia. —Diecisiete —dijo—. —Diecisiete . . . en promedio, ese es el 4,538 % de todas las personas que utilizan el camión en La Frontera.

Fulgencio meneó su cabeza y siguió surtiendo recetas. La

segunda manecilla siguió su camino. El pequeño David entró cojeando por la puerta trasera, con una amplia sonrisa en su rostro.

—Ella tomó la carta —dijo el pequeño David a su hermano.

—¿La aceptó?

—Sí, ahí en el pórtico. La tomó. Y me dijo: —Gracias, pequeño David. —Y entró a la casa.

Las esperanzas de Fulgencio se elevaron hasta alturas insospechadas. Observó su sequito patético. Eleodoro el de los cabritos se estaba armando un taco de cabrito. El gordo Jiménez roncaba estruendosamente, y su papada triple se sacudía en su pecho. Y Gustavo, el primo loco, trataba de atrapar una mosca con palillos chinos, fallando siempre a causa de su incesante meneo.

Los ojos de Fulgencio se posaron en la máquina de escribir. Esto estaba aparentando ser un año muy largo, pero tal vez si le escribiera a Carolina una vez por semana, el tiempo pasaría más rápido. Y se decidió a hacerlo, palmeando al pequeño David en la espalda y sentándose frente a la máquina. Deseaba que ya hubiese pasado una semana. La segunda manecilla seguía su marcha y su movimiento hacia eco. Gustavo, el primo loco, farfullaba algo acerca de que las moscas eran más abundantes que los humanos y se alimentaban de su propia regurgitación.

Fulgencio suspiró: —Qué rayos, empezaré a escribir ahora mismo.

QUINCE

Pensó en ella todo aquel día, al inicio del abrasador verano del '59, caminando sobre la carretera rumbo al norte. El brazo extendido. El pulgar apuntando al cielo. La gastada maleta de piel de su abuelo en una mano. La caja con la máquina de escribir sobre el asfalto.

Se había despedido de todos el día anterior, recorriendo la casa en el 1448 de la calle Garfield, la farmacia Mendelssohn, y la casa de Carolina.

Había esperado partir sin mucha ceremonia, prometiéndose que no derramaría una lágrima. Y lo logró cuando se despidió de sus padres, y también cuando estrechó la mano del Sr. Mendelssohn en la farmacia, negándose a aceptar el fajo de billetes que su jefe le colocó en la palma de su mano.

—Solo quiero ayudarte, hijo —dijo el Sr. Mendelssohn.

—Gracias, Señor —respondió Fulgencio—. Usted ya me ha ayudado bastante. Yo voy a hacer esto solo. Estoy ya eternamente endeudado con usted.

El Sr. Mendelssohn sacudió su cabeza sonriendo. —Tú

siempre has sido diferente, Fulgencio. A pesar de lo que algunas personas puedan decir, es por eso por lo que te aprecio.

Después de un apretado abrazo, Fulgencio lo miró fijamente a los ojos: —No, Sr. Mendelssohn, es por eso por lo que usted me respeta.

Mientras se dirigía hacia la puerta a través de la cual había pasado por vez primera tres años antes, todos los empleados le estrecharon la mano, y la vieja Vera lloraba detrás de la fuente de sodas. Con una mano en la puerta, Fulgencio se volvió y agitó la mano con una amplia sonrisa en su cara. Su voz se elevó como un ángel que volara hacia el cielo: —*Ay, ay, ay, ay . . . Canta y no llores . . . porque cantando se alegran . . . Cielito lindo . . . los corazones.* El aire se llenó de porras: —¡Eso, Fulgencio! ¡Haznos sentir orgullosos! ¡Te estaremos esperando! —La sonrisa temblorosa del Sr. Mendelssohn lo enterneció, y salió al implacable sol.

Su despedida de Carolina no fue tan fácil. Su intención de evitar un flagrante desplante de emoción resultó no ser viable. Desde el momento en que ella abrió la puerta en un sencillo vestido blanco, el corazón se le encogió.

—Pareces un ángel —le dijo.

—Un ángel a punto de perder sus alas —gimió ella y sus lágrimas hicieron salir su propio dolor.

—Juramos que no nos perderíamos uno al otro —dijo él—. Tenemos que superar esto, solo este año.

—Y lo haremos —dijo ella con determinación—. Te estaré esperando, Fully.

Él nunca olvidaría la imagen de ella en la puerta al partir él, su blanco vestido manchado de lágrimas turbias y rayas de rímel, y sus ojos húmedos brillando como ámbar destrozado exudando su dolor.

El calor se elevaba en olas desde la carretera y Fulgencio se secaba la frente. La mañana aún estaba oscura cuando se despertó en la cama contigua a la de Bobby Balmori. Su maleta ya estaba empacada junto a la cama. Se vistió con la ropa que había preparado, pantalones de algodón y una ligera camisa de bolos color *aqua* con rayas blancas a ambos lados del frente. Su cabello negro y quebrado estaba peinado hacia atrás, y colocó sus lentes de sol en el bolsillo de la camisa. La casa estaba aún silenciosa cuando salió por la puerta trasera, atravesó el patio y alcanzo el callejón. El sol se alzó cuando alcanzaba las orillas del pueblo. Y para cuando llevaba recorrido la mitad del camino a Austin, sentado en la dura caja metálica de una misericordiosa camioneta pickup, ya había cambiado su ropa de aspirante a colegial por su tradicional y más fresco atuendo mexicano de pantalón caqui, guayabera blanca, y sombrero de paja. Muy pocos chicos de su edad se vestían así. Era un atuendo demasiado mexicano. Sus hermanos Nicolás y Fernando se burlaban de él, diciéndole que parecía un ranchero. Pero a él no le importaba. Se sentía cómodo de esta manera. ¿Y después de todo, a quién le importaba como se vistiera? Iba a la Universidad de Texas a convertirse en farmacéutico, no a ganar un concurso de moda.

El granjero que lo había levantado en la orilla norte de La Frontera se dirigía a Dallas, así que no era una molestia para él dejar a Fulgencio en el centro de Austin mientras que la puesta de sol arrojaba su brillo color naranja sobre la monumental torre de la Universidad.

Los asombrados ojos de Fulgencio recorrían el pueblo mientras caminaba rumbo al campus. Para él, esto era una metrópolis. La torre era el edificio más alto que había visto. Carros brillantes llenaban las calles, de color azul celeste con vinilo blanco, verde lima y cromo, rojo manzana enmelada. Chicos bien vestidos gritaban y saludaban desde sus convertibles a las impecables chicas de las hermandades colegiales de cabello dorado que les coqueteaban desde sus propios convertibles.

Se maravilló ante los altos edificios de ladrillo en el centro. Pensaba donde pasaría su primera noche en este mundo nuevo. Y ni siquiera notaba las miradas extrañadas de los transeúntes al ver a este niño hombre de otra tierra.

A la orilla del campus, sus ojos brillaron al contemplar la entrada enorme con el escudo de la Universidad colgado encima. «Entren aquí quienes busquen conocimiento», decía la piedra en tonos cincelados bajo el emblema.

Fulgencio miró a su alrededor. Cruzó la calle y se paró bajo la entrada, su cabeza arqueada hacia arriba contemplando la sombra de su grandeza. Pronunció las palabras al cruzar la entrada, «Entren aquí quienes busquen conocimiento». Sonrió. Ya se sentía más inteligente. Claro, estaba cansado, sediento y cubierto por una gruesa capa de sudor seco y polvo por el largo viaje, pero no sentía eso ahora. Se sentía como un universitario, un Longhorn, un futuro farmacéutico.

Con el rabo del ojo, alcanzó a ver un letrero en un aparador, al otro lado de la calle y como a media cuadra. En medio de una hilera de tiendas y restaurantes, el anuncio de gas neón azul decía, «Buzzy's Diner». Y el letrero rojo en la ventana decía las dos palabras a las que ansiaba responder «Estamos contratando».

El traqueteo y estrépito de cuchillería barata, la charla y el parloteo de los colegiales eufóricos repasando las aventuras del día llenaban el aire bochornoso del café al entrar Fulgencio, sombrero en mano. El lugar estaba abarrotado de estudiantes comiendo hamburguesas y papas fritas, y bebiendo malteadas de vainilla. De la sinfonola salía la voz de Buddy Holly a todo volumen y un viejo canoso y con los brazos cubiertos por tatuajes, se esforzaba por alimentar a la turba

hambrienta. —Ya no me doy abasto con ellos —lo escuchó murmurar Fulgencio al pasar, equilibrando charolas a lo largo de todos sus
brazos, con ayuda de dragones y sirenas. Al pasar junto al observador
Fulgencio y dar vuelta hacia una pared llena de cabinas abarrotadas,
su pie se atoró en la pata de una mesa y fue lanzado hacia adelante,
las charolas volando. El viejo marino aterrizó en el piso de baldosas blando y negro, con una mueca de dolor en el arrugado rostro
y preparándose para una explosión de vajilla estrellándose contra el
piso y las carcajadas que le seguirían. Pero la explosión nunca llegó.

Fulgencio Ramírez observó la escena desarrollarse aun antes de
que el pie de Buzzy tropezara sobre la pata cromada. Sus ojos siguieron la trayectoria de los platos aun antes de que estos dejaran los
brazos de Buzzy. Y mientras su sombrero, su maleta de piel y la caja
de la máquina de escribir rebotaban en el piso, sus brazos y manos
se deslizaron bajo los platos que flotaban en el aire. Ni una pizca de
comida cayó al piso. Ni una mancha cayó en su guayabera.

La explosión que siguió fue una de aplausos de los asombrados parroquianos que gritaban: —Bravo, ¡hombre! ¡Qué atrapada!

Buzzy se sacudió aturdido y perplejo y vio a Fulgencio Ramírez
pasar a su lado y entregar cada platillo a la persona que lo había
ordenado.

El viejo vio el sombrero, la maleta y la caja en el piso. Sus ojos
observaron al extraño de cabello negro azabache y piel bronceada.
—¿Cómo? Qué ra . . . —Buzzy tartamudeaba sin poderse reponer
de la sorpresa—. ¿Cómo lo hiciste?

—¿Qué? ¿Atrapar los platos, o servirlos? —respondió Fulgencio.

—Ambos.

—No estoy seguro. Solo lo hice —sonrió Fulgencio—. Yo
veo cosas.

—Yo veo a alguien que me gustaría tener a mi lado —dijo

Buzzy—. Esto es una guerra y yo necesito un teniente . . . ¿Necesitas un empleo?

—Por eso estoy aquí.

Buzzy se quitó la gorra de marinero de su cabeza calva y la colocó en la cabeza de Fulgencio. —¡Estás contratado!

Horas después, ya que incontables comidas se habían servido, los pisos se habían barrido y las mesas se habían limpiado, Buzzy y Fulgencio se sentaron en la barra con un par de tazas de café viejo. Buzzy sopló aros de humo en el aire.

—¿De dónde eres, chico? —gruñó.

—La Frontera

—Rudo lugar, y bastante lejos de aquí —exhaló Buzzy.

—No está tan lejos —Fulgencio pensó en voz alta—. Lo llevo aquí —dijo tocándose el pecho.

—¿Siempre eres tan dramático?

—Yo solo soy yo.

Buzzy fue hacia la caja registradora y sacó algunos billetes, colocándolos sobre el mostrador. —¿Tienes dónde quedarte?

—Aún no —contestó Fulgencio.

—Hay un cuarto atrás —ofreció Buzzy—. Almacén. Tengo mi viejo catre de la Marina ahí.

—Me lo quedo —se apresuró a decir Fulgencio, a la manera del Hermano William.

—Qué bueno, porque ya puse tu equipaje ahí —sonrió Buzzy con picardía, sus ojos brillaban con destellos naranja por el brillo del cigarro—. ¿Qué horario podrías cubrir?

—Las mañanas y las noches, tal vez la comida, dependiendo de mis clases —contesto Fulgencio.

—¿Clases? —Buzzy pareció sorprenderse—. ¿Qué clases?

—Las clases de la universidad.

—¿Asistes a la UT? —preguntó Buzzy sorprendido.

—Sí, ¿porque te sorprende tanto? —preguntó Fulgencio.

—Bueno, pues yo . . . tú . . . yo nunca he visto . . . mmm —Buzzy se frotó los ojos y se rascó los pocos cabellos que crecían en su cabeza—. ¿Ya te aceptaron?

—Me enviaron una carta —dijo Fulgencio crípticamente.

Buzzy emitió una risita. —Bueno, todos podemos soñar, chico. Mira. Duermes aquí. Comes aquí. Abres el café. Lo cierras. Olvídate del turno de la comida. Puedes comer aquí, pero olvídate de lo demás. Necesitarás tiempo para estudiar. Cuando te acepten, por supuesto. Te pagaré el salario mínimo, menos habitación y comida.

—Es usted un hombre generoso, Sr. Buzzy —dijo Fulgencio con una sonrisa, en la oscuridad del silencioso café. —Qué Dios le pague su generosidad al mil por uno, y la Virgen de Guadalupe lo proteja siempre de todo mal.

—¡Si sigues hablando así, vas a ser el único que salga dañado aquí! —rio Buzzy—. Anda, vete a dormir.

Buzzy desapareció por el callejón, y Fulgencio se quedó solo, a la luz de un foco desnudo, con todas sus pertenencias a sus pies. Se sentó a la orilla del catre y abrió la maleta de su abuelo. Arriba de la ropa estaba una carta de la Universidad de Texas. La abrió y la leyó como había hecho tantas veces desde que la recibió. Sus cejas se unieron en un gesto de consternación. Él se enorgullecía de ser honesto, especialmente con Carolina, pero había optado por no revelar el contenido de la carta. No había mentido, no exactamente, pero no había revelado toda la verdad. Después de años de repetir constantemente sus planes, no había tenido el valor de desilusionar a todos. Les había dicho que había recibido una carta, y que iba a la Universidad de Texas en Austin. Las dos cosas eran ciertas. Sin embargo, la carta no era una admisión a la universidad.

Lo que decía es que debía entrevistarse con el decano a la primera oportunidad para discutir su aplicación. Así que aquí estaba. Había venido mucho antes del inicio de clases, ignorando las protestas frenéticas de Carolina, para asegurarse de ser admitido y buscar un lugar donde vivir. Conseguir donde vivir había sido fácil, pero se preguntaba qué clase de reto enfrentaría en la oficina del decano.

Doblando la carta, sacó de entre los dobleces de una camisa, un marco con la imagen amarillenta y descolorida del Sagrado Corazón. Era un regalo que su abuelo le había dado cuando era niño.

—M'ijo —le había dicho Fernando Cisneros—, antes de morir, mi madre me dio esto. Y dondequiera que he ido la he llevado. Me ha mantenido a salvo. Ahora quiero que tú la tengas. Yo estoy viejo y ya no voy a ninguna parte.

Fulgencio la colocó en un estante junto al catre, haciendo en su pecho la señal de la cruz.

Luego, sacó una imagen más pequeña. Esta era de su amada. La foto de Carolina del anuario del colegio, en blanco y negro. Ella la había autografiado: —Con amor, para Fully. C.M. —La colocó recargada en la imagen de Jesús. Se dio un baño en la regadera que Buzzy le había mostrado antes de irse, jaló la cadena para apagar el foco, y se acostó en sus boxers sobre el desvencijado catre. Hacía calor. De alguna forma había esperado que en Austin hiciera frío, por estar tan al norte. Tal vez pudiese ahorrar para comprar un abanico. Pero probablemente no, porque necesitaría todo su dinero para comprar libros y pagar colegiatura. Se quedó dormido recordando a Carolina.

Cuando abrió los ojos, aún estaba oscuro afuera. Se bañó, se vistió, encendió las luces y la parrilla. Para cuando Buzzy llegó, ya había servido el primer almuerzo del día, a un camionero que iba de paso. Y estaba estudiando el maltratado menú, preguntándose dónde estaba lo sabroso. —No hay chorizo con huevo, no hay machacado con huevo, no hay tacos de papa con huevo. —Meneó la cabeza pensando: —¿Dónde vine a parar?

El turno del desayuno terminó, y cada uno de los parroquianos le comentó a Buzzy que la comida sabía mucho mejor. Buzzy observaba a Fulgencio que trabajaba arduamente sobre la parrilla, con una espátula en cada mano, volteando pancakes con una y omelets con la otra. Cuando la clientela se hubo marchado, Buzzy palmeó a Fulgencio en la espalda y le dijo: —¿Por qué no vas a cambiarte para la escuela?

Fulgencio sonrió y pasando al cuarto trasero, se quitó el delantal y lo colocó sobre el catre. Ahí, en el centro del amontonado cuarto, con estantes llenos de latas de todos colores, estaba un brillante abanico de piso, el cromo brillante bajo la luz del foco. En el café, Buzzy silbaba contento acompañando a Buddy Holly en la sinfonola, y el aire estaba saturado del aroma de grasa y tocino mientras Fulgencio se aprestaba a visitar al decano.

DIECISÉIS

Esa primera mañana después del almuerzo, Buzzy sacudió la cabeza y sonrió al ver a Fulgencio salir por la puerta del frente, cruzar la calle, y con gran orgullo cruzar el portón para acceder al campus. Pantalones caqui, guayabera azul celeste, y sus lentes de sol con armadura de carey.

Fulgencio entró a la oficina del decano, pasando junto a una desconcertada secretaria de lentes negros con forma de gato. Y ahí estaba, sentado frente al temido Decano Bizzell, un hombre legendario con el poder de controlar el destino de miles de personas. Pero por supuesto que Fulgencio no sentía ningún temor porque no tenía idea de quién era el DecanoBizzell, sino el hombre que podía admitirlo a la universidad.

—Como puedo ayudarlo, joven —dijo el Decano Bizzell con su poderosa voz, frunciendo el ceño ante la intrusión.

—Recibí su carta, señor —dijo Fulgencio respetuosamente, enunciando cuidadosamente cada palabra, desde la silla de piel frente al masivo escritorio de madera de cerezo. Mostrando el sobre, Fulgencio le pasó la carta al decano. Mientras el hombre revisaba la carta a través de sus lentes, Fulgencio volvía la vista de un lado a otro, cruzando la mirada con la de hombres descoloridos que llevaban mucho tiempo fallecidos y cuyas fotografías colgaban de las paredes.

El decano Bizzell, pensativo, se frotó la barbilla, repasando la carta. —¿Tú eres el alumno del Hermano William, de La Frontera?

Fulgencio se enderezó, orgulloso ante la mención de su querido mentor. —¡Sí! ¿Usted lo conoce?

El decano Bizzell lo miró a través de sus diminutos lentes. —Hace mucho tiempo que lo conozco. Es toda una institución en la frontera.

Fulgencio asintió con la cabeza, mirando expectante al decano.

El decano se acomodó en su silla bajo la mirada fija de Fulgencio. —Mmmm —gruñó nervioso, mojándose los labios—. ¿Tenemos tu aplicación? Buscó nerviosamente entre el montón de papeles sobre su escritorio. Al encontrarla, procedió a estudiarla, vaciló por unos instantes, y comentó que el promedio general de Fulgencio y los resultados de sus exámenes estaban por debajo de la media.

Fulgencio se puso de pie lentamente, y su sombra cubrió al rechoncho y quisquilloso administrador. —Decano —dijo Fulgencio con calma—, he venido desde un lugar lejano, un lugar donde los resultados de exámenes y los promedios tienen escaso valor. Vengo de un lugar donde el valor de un hombre es su palabra. Y donde sus acciones no difieren de su palabra. No he venido aquí porque alguien me lo haya ordenado o porque mi padre se haya graduado aquí. No, no señor. He venido aquí por mi propia voluntad. Estoy aquí para convertirme en un farmacéutico para poder regresar a casa y casarme con el amor de mi vida. Este es mi destino, decano. La gente de La Frontera necesita de alguien como yo para ayudarlos a aliviarse, alguien que hable inglés y español, alguien que los comprenda y se preocupe por ellos y por sus familias, y no solamente busque quedarse con su dinero. Dígame, decano, ¿qué necesito hacer para lograr mi propósito?

Los ojos del decano Bizzell casi se salían de sus orbitas. Su redonda y rotunda cara parecía a punto de explotar. Fulgencio no podía decidir si lo que el decano intentaba contener era temor, risa, o rabia.

El decano Bizzell se levantó lentamente de su amplia silla y se enderezó la corbata; su rostro recuperó su palidez normal. Dirigió su mirada sobre su hombro hacia el crucifijo que colgaba en la pared. Su mirada furtiva se detuvo en todas partes menos en los ojos de Fulgencio. Finalmente, recobró la compostura y habló. —Sr. Ramírez, por varias razones, incluyendo la carta de recomendación del hermano William que afirma que usted es un candidato singular, algo que ahora puedo apreciar por mí mismo, estoy dispuesto a ayudarlo.

Fulgencio se sentó de nuevo y el decano Bizzell hizo lo mismo. —¿Qué quiere usted decir? Decano, ¿significa esto que puedo asistir a clases aquí?

—Condicionalmente —respondió el decano, llenando un formulario mientras hablaba.

—¿Qué significa eso?

—Tendrá usted que mantener un promedio alto, lo suficiente alto para alcanzar un sitio en la Lista del Decano. De esa forma, nadie podrá cuestionar mi decisión.

—¿Y qué pasa si mis calificaciones bajan?

—Me temo que en ese caso tendría usted que abandonar la escuela. —El decano le entregó a Fulgencio el formulario que había firmado. —Lleve esto a la oficina de Admisiones e inscríbase.

Buena suerte. Y la próxima vez que vea al hermano William, por favor salúdelo de mi parte.

Fulgencio se puso de pie de un salto y apretó vigorosamente la mano del decano. —Gracias, decano. No se arrepentirá de esta decisión. Se lo prometo.

La secretaria del decano se sobresaltó cuando Fulgencio atravesó su oficina gritando y celebrando. —¡Soy un Longhorn! —gritaba mientras extasiado atravesaba el campus.

Unas cuantas semanas después, Fulgencio estaba limpiando unas mesas en el café de Buzzy y el decano Bizzell estaba sentado en una mesa acompañado de un sacerdote. Se disponía a saludarlo y ofrecerle un té helado en agradecimiento, pero cuando escuchó la conversación que sostenían los dos hombres, volvió la espalda para seguir escuchando.

La voz del decano temblaba. —Estaba yo en mi oficina cuando este joven mexicano entró. Hablaba con gran pasión e intensidad acerca de su deseo de convertirse en un farmacéutico y un sanador. Yo estaba tratando de decidir qué hacer con respecto a su aplicación. Sus calificaciones eran buenas, pero no sobresalientes. Era un buen jugador de fútbol, pero no lo suficiente para jugar aquí. Me inclinaba a enviarlo al colegio comunitario, y de pronto la vi.

—¿A quién viste? —preguntó el sacerdote perplejo—. ¿A tu secretaria?

—No, Padre O'Ginley. La vi a *Ella*. El chico estaba de pie frente a mí. Sus ojos estaban iluminados como el manto de esa Virgen de Guadalupe que los mexicanos adoran. Y detrás de él y a su derecha, apareció un halo brillante igual al de Ella. Cuando él hablaba, escuché un coro de ángeles hablando al unísono. Y entonces la vi . . . la vi a Ella.

—¿A quién, hijo mío, a quién? —preguntó ansioso el sacerdote, inclinándose sobre la mesa.

—Usted va a pensar que estoy loco, pero le juro que vi a la Virgen de Guadalupe parada junto al chico.

—¿Quién es este chico, decano? ¡Yo necesito conocerlo! —exclamó el padre O´Ginley, levantándose de un salto.

—No estoy seguro —murmuró el decano, sosteniendo su cabeza en sus manos. —Solo sé que lamento todos esos años durante los cuales yo no creía. Me sentía tan solo, tan perdido, pero ahora ya sé. ¿Cómo pude haber dudado durante tanto tiempo?

El sacerdote estiró el brazo sobre la mesa y lo palmeó en el hombro, consolándolo. —Está bien, decano. Ha sido testigo de una intervención divina. Muy pocas almas son tan bendecidas. Yo mismo, un devoto siervo del Señor, nunca he tenido tal suerte. Hizo una pausa momentánea, de pie junto al atribulado decano, acomodando su sotana. —Ahora dígame quién es este chico y dónde puedo encontrarlo.

—Su nombre es Fulgencio Ramírez. Le concedí la admisión, así que debe encontrarse en alguna parte del campus —murmuró el decano mientras el sacerdote salía apresurado en busca de la afirmación que siempre lo había eludido.

Su amplia sotana volaba tras él mientras se apresuraba por llegar al campus. Tan enfrascado estaba en su búsqueda que olvidó mirar hacia ambos lados antes de cruzar la calle. Un autobús aceleró ante la luz verde y el chofer ni siquiera vio lo que había golpeado hasta que el hombre santo voló por los aires, su cuerpo destrozado aterrizando en la esquina, a unos pasos del anuncio de neón del café.

Instantáneamente se formó una multitud alrededor del sacerdote caído, con el decano Bizzell agachado a su lado temeroso, las expresiones de las estudiantes congeladas por el pánico y el horror de lo que acababan de presenciar.

—El padre O´Ginley se está muriendo en la banqueta —gritaba frenética una chica.

Nadie se atrevía a tocar al moribundo clérigo mientras un charco rojo y espeso se formaba a su alrededor.

De pronto, la multitud se hizo a un lado al paso de Fulgencio. Sin pensarlo, volteó al sacerdote colocándolo sobre su espalda y lo miró a los ojos. —Todo va a estar bien, Padre. Llamamos a la ambulancia —le susurró Fulgencio al oído mientras sostenía la helada mano del Padre O'Ginley.

—¿Quién eres, hijo? —jadeó el sacerdote.

—Soy Fulgencio Ramírez.

—Ramírez —los ojos del sacerdote se tornaron vidriosos, su espíritu se desvanecía rápidamente—. Eres solo un chico —murmuró. Con el corazón debilitándose, no tenía ya la energía para seguir hablando—. ¿Dónde está la Virgen? —Luchaba por aspirar algo de aire. Sus pestañas se agitaban mientras se esforzaba por ver lo que el decano había descrito con tanta precisión. —Déjame ver —murmuró roncamente, la sangre fluyendo lentamente de su boca. —Déjame ver algo, una señal.

Fulgencio se hizo ligeramente a un lado para dejar pasar a los paramédicos. Y al hacerlo, la mirada del sacerdote se posó en algo atrás de él. Al volverse para seguir la mirada del padre, Fulgencio pudo ver al igual que él, las letras blancas sobre metal verde. En la esquina, el letrero mostraba el nombre de la calle: «Guadalupe».

El padre O´Ginley murió con una sonrisa en su rostro pálido.

Al partir la ambulancia que llevaba el cuerpo y dispersarse la multitud, el decano Bizzell estrechó solemnemente la mano de Fulgencio.

—Gracias por confortarlo en sus últimos momentos —dijo el decano tristemente, alejándose cabizbajo.

Al caer la noche, Buzzy y Fulgencio estaban parados frente al café. Buzzy fumaba un cigarro, soplando hilos de humo hacia el viento de otoño. Juntos contemplaban la sangre seca sobre la banqueta, a tan solo unos pasos de distancia. Había sido una noche sombría en el local, las parejas consolándose una al otro por la tragedia que habían presenciado. No se escuchaba nada, salvo el sonido de sollozos y el chocar de los cubiertos porque Buzzy había desconectado la sinfonola por respeto al sacerdote fallecido.

—Todos conocían al padre O′Ginley —comentó Buzzy—. Les simpatizara o no. Tiró la colilla de su cigarro al suelo y la aplastó con el tacón de su bota—. A mí nunca me ha interesado la religión.

—Me preguntó mi nombre —dijo Fulgencio.

—Yo creo que quería saber a quién estaba viendo mientras cruzaba la Gran División —opinó Buzzy.

—Dijo que yo era solamente un chico —Fulgencio se frotó la barba mientras ambos seguían mirando la mancha de sangre—. Me pregunto ¿por qué diría eso?

Bueno, pues eso no tiene vuelta de hoja —respondió Buzzy—. Dijo eso porque no te conocía.

—¿Qué quieres decir?

—Pues que si te hubiese conocido sabría lo que todos los que te conocen saben —dijo Buzzy con su acento sureño—. Tú no eres ningún chico, Fulgencio Ramírez. Eres un hombre.

Fulgencio Ramírez siguió mirando la sangre seca del hombre santo cuya mano sin vida había sostenido. Se preguntaba si le habría brindado algún consuelo en la hora de su muerte. Esa noche, al arrodillarse ante las imágenes del Sagrado Corazón y

Carolina Mendelssohn en el pequeño almacén detrás del Buzzy's Diner, oró por el eterno descanso del sacerdote.

Al quedarse dormido bajo la suave caricia del abanico, soñó con la Virgen de Guadalupe. No la imagen hermosa y a colores de la tilma de Juan Diego que se venera en la Basílica de la ciudad de México, sino la monocroma imagen que se encontraba en la pared de adobe de la cabaña de su abuelo. Sonaba que bailaba con ella el Jarabe Tapatío en la esquina de la calle. Zapateaban sobre el concreto, borrando la mancha de sangre seca que había en el suelo. Bailaban bajo el letrero donde se leía el nombre de la calle que llevaba su nombre. Se reían de lo gracioso que era que una calle tan lejos de las montañas donde se había aparecido llevando rosas en la nieve llevara su nombre. Y se carcajeaban de la forma en que los gringos pronunciaban su nombre como si fuera cualquier otro nombre de una calle estadounidense, ignorantes por completo del significado original del nombre.

—¡Gwadaloop! —la llamaban—. ¡Te veo en la Gwadaloop! ¡Comeremos una hamburguesa en el Buzzy's Diner de la Gwadaloop! ¿Se enteraron del padre que fue atropellado por un autobús en la Gwadaloop?

Fulgencio y la Virgen se preguntaban si a los gringos les caería alguna vez el veinte. ¿Entenderían los gringos alguna vez que las palabras y su pronunciación correcta tenían un significado? Se imaginaban que no, pero ¿qué importaba eso? ¿A quién le importaba mientras ellos dos supieran la verdad?

La Virgen de Guadalupe y Fulgencio bebían de una botella de ron que Buzzy guardaba en el pequeño almacén, y bailaban bajo el nombre de su calle y las estrellas hasta el amanecer, cuando Fulgencio despertó de su sueño y les sirvió chorizo con huevo a los choferes que iban de paso, por la Gwadaloop.

DIECISIETE

Día tras día, Fulgencio trabajaba con gran empeño. Conservaba la parrilla inmaculada, los mostradores limpios, las baldosas bajo las mesas libres de migajas. Pulía el cromo de los servilleteros dejándolo tan brillante que se podía ver el aura de La Virgen reflejada en él cuando los rayos del sol entraban por las ventanas del café en las mañanas. Y modernizó el menú para incluir todas sus especialidades mexicanas favoritas. Al negocio nunca le había ido mejor. El café de Buzzy era el único sitio al oeste de la carretera 35 que servía un buen taco. Y ahora no solo para los chicos. Los maestros y los comerciantes también acudían a comer ahí. Buzzy estaba convencido de que Fulgencio tenía un toque mágico. Y nada había contribuido más a convencerlo que el hecho de que había logrado ser aceptado en la universidad.

Cada mañana después del turno del desayuno, Fulgencio cruzaba la calle Guadalupe para asistir a clases. Y desde el día que el sacerdote murió, no era el único que se aseguraba de ver hacia ambos lados antes de cruzar la calle. Sus clases eran mucho más difíciles que las que había tomado en La Frontera. Al ver que se quedaba relegado en materias como química, biología y anatomía, se inscribió para recibir tutoría, luchando por alcanzar y mantener las calificaciones que necesitaba para no perder su inscripción condicionada. Después de cerrar el café por las noches, Buzzy se quedaba con él en el mostrador, preparando café y echando humo a sus ojos cansados. El mostrador cubierto de libros. Fórmulas y ecuaciones flotando en el aire entre el humo que los rodeaba.

Buzzy era sorprendentemente bueno para las matemáticas, considerando que era un viejo marino que había aprendido a contar mientras horneaba panes en la cocina de un buque de guerra durante la Gran Guerra.

—Esto es más difícil de lo que yo esperaba —admitió Fulgencio a su jefe mientras se esforzaba por resolver un problema de práctica para un examen próximo de química.

—Nada que valga la pena es fácil —le recordó Buzzy.

Abrumado por la escuela y el trabajo, Fulgencio no tenía tiempo de pensar en nada más, pero a Carolina siempre la tenía en mente. Los domingos, amontonaba pesetas arriba del teléfono público que estaba junto a los baños del café para llamarla por larga distancia.

—Es tan difícil escucharte y no poder verte —le dijo Fulgencio a Carolina.

—Te extraño tanto, Fully —contestó ella con voz temblorosa. Se escuchaba tan pequeña y lejana. Ella siempre se había mostrado alegre y atrevida. Ahora parecía triste y temerosa.

En ocasiones cuando ella le platicaba acerca de lo que pasaba en La Frontera, el sentía surgir los celos desde el caldero de fuego en su interior, las palabras misteriosas precipitándose a sus oídos como olas de rápidos entre rocas traicioneras. Él anhelaba ser parte de todas sus historias. Y no podía evitar el temor de que alguien lo suplantara.

—No tienes nada por qué preocuparte —le aseguraba Carolina—. Hasta parecería que soy una monja por la forma en que me comporto.

La imagen de ella en un hábito rompió el hechizo de sus celos y sus inseguridades perturbadoras y lo hizo reír.

—¡No es un chiste! —le recriminó Carolina—. Pero me alegra escuchar tu risa. Imagino la sonrisa en tu cara y es contagiosa.

—No aguanto las ganas de estar contigo —le repetía el al final de cada tortuosa pero vital conversación.

Ese primer invierno regresó de aventón, las rodillas le temblaban por el frío, en la caja de la camioneta pickup de un extraño. Fue a ver a Carolina bajo las estrellas que iluminaban los escalones del pórtico de la casa de su padre. Ahí, la abrazó con fuerza en el frío húmedo de la noche, y se besaron a la luz de la luna. A pesar de la temperatura gélida la Virgencita de Guadalupe hizo brotar una rosa roja del rosal que estaba bajo la ventana de Carolina, y Fulgencio la cortó para su amada.

Juntos, se preparaban para recibir el 1960 en la acogedora sala de la elegante casa del Sr. Mendelssohn, sentados lado a lado en el sofá forrado de plástico. Después de cenar, mientras Carolina y su mamá lavaban los platos, el Sr. Mendelssohn le hizo una señal a Fulgencio para que lo siguiera a su estudio. Ahí se acomodaron en los sillones de piel, saboreando brandy mexicano.

—Fulgencio —empezó el Sr. Mendelssohn deliberadamente; era claro que había escogido con gran cuidado sus palabras—. Este año mi hija se gradúa de la preparatoria.

—Sí, señor. Me alegro mucho por ella.

—Sí, yo también —continuó el Sr. Mendelssohn—. Y entonces será tiempo de que se vaya a la universidad.

Fulgencio sabía que este día llegaría, pero no se había preparado. Eran pocas las chicas mexicanas de la calle Garfield que terminaban la preparatoria, menos asistían a la universidad. Claro, Carolina era diferente. Muchas más mujeres jóvenes de su estrato social estaban buscando titularse en alguna profesión. Ella incluso había mencionado que le gustaría convertirse en maestra de Educación Especial para ayudar a niños como el pequeño David, pero Fulgencio no había puesto mucha atención a los planes de ella. Se preguntaba si eso habría sido un error de su parte. Mientras contemplaba esa posibilidad, cayó en la cuenta de que cada vez que Carolina mencionaba sus propios sueños, esa marea enloquecedora de ruido y palabras incomprensibles ahogaba la voz de ella. Y desde que él se había ido a la universidad, estaba tan ocupado trabajando para lograr su meta que se había olvidado de que el resto del mundo, incluyendo La Frontera, seguía avanzando en su ausencia.

—Quiero proponerte algo, Fulgencio —le dijo el Sr. Mendelssohn lentamente—. Si tú y Carolina llegasen a decidir casarse en un futuro cercano, yo con gusto los apoyaría en sus esfuerzos académicos en la Universidad de Texas en Austin.

Fulgencio permaneció callado, saboreando el agridulce sabor del brandy en su lengua y sus labios, observando el majestuoso estudio, el elegante escritorio, los estantes de libros que cubrían las paredes.

El Sr. Mendelssohn se acomodó nervioso en su asiento, haciendo rechinar la piel. —Este ha sido un año difícil para Carolina aquí. Más de lo que podrías imaginar. Estoy seguro de que ella no querría que yo te lo dijera, por miedo a herir tus sentimientos, pero ha tenido que soportar algunos comentarios desagradables por mantenerse firme a su compromiso a larga distancia contigo.

Eso captó inmediatamente la atención de Fulgencio. —¿Desagradables? ¿Quiere usted decir . . .. racistas?

El Sr. Mendelssohn asintió, ceñudo. —La verdad es que hay a quienes les desagrada ver a una pareja como ustedes. Debes estar consciente de que, en el mejor de los casos, si ustedes continúan con su relación, es probable que deban enfrentarse a algunas serias dificultades. En vista de ello, yo preferiría ver su enlace legitimado antes de que . . . e hizo una pausa aclarando su garganta. Mientras no estén casados, la gente la atormentará, se aferrará a la esperanza de que podrán separarlos. Pero una vez casados, tal vez puedan encontrar la paz juntos.

Fulgencio asintió en silencio, escuchando con mucha atención a su mentor, pero el sonido de la marea y de las antiguas e ininteligibles palabras amenazaba con ahogar el consejo racional del Sr. Mendelssohn.

—Mi sueño es que tú te asocies conmigo en la farmacia cuando ambos regresen con tu título en la mano —propuso el Sr. Mendelssohn.

—Sr. Mendelssohn —dijo Fulgencio en voz baja y un tono serio—. Me siento muy honrado por su oferta. Pero yo debo forjar mi propio camino en esta vida. Debo terminar lo que he iniciado y ganarme el derecho de mantener a su hija como mi esposa. Yo no quiero escuchar los murmullos de mis rivales, de los celosos y los ambiciosos, diciendo que me casé con Carolina por su dinero, por las llaves de la Farmacia Mendelssohn. No, no Señor.

Desilusionado, el Sr. Mendelssohn suplicó —No quieres todo esto, ¿Fulgencio?

El Sr. Mendelssohn se dejó caer en su silla. —Temo las

dificultades que ustedes puedan tener que enfrentar, o acarrearse, pero ¿qué más puedo hacer? Como siempre, Fulgencio, te respeto por tu dignidad.

—Hay algo más, Sr. Mendelssohn —continuo —Fulgencio—. Voy a pedirle a Carolina que, si en realidad me ama, no vaya a la Universidad de Texas.

—¿Qué? —el Sr. Mendelssohn casi derrama el brandy sobre su saco—. Pero ¿por qué? Es mi alma mater.

—Sr. Mendelssohn —explicó Fulgencio—, yo trabajo mañana, tarde y noche para mantenerme y pagar mi colegiatura. En el poco tiempo que me queda entre las clases y el trabajo, estudio. Y todo se va a poner aún más difícil cuando tenga que llevar laboratorios. Usted sabe cómo es eso. No le he dicho a Carolina porque no quiero preocuparla, pero mi admisión fue condicionada. Debo mantener calificación de 100 en todas las materias o mi admisión será revocada.

El tono de voz del Sr. Mendelssohn se tornó preocupado cuando respondió. —Ya veo. Recuerdo bien las incontables horas de estudio en la escuela de farmacia, pero, aun así, Fulgencio, yo creo que estás siendo muy injusto con Carolina. ¿No podrías reconsiderar? —Se desplazó incómodamente en su asiento, y se notó su agitación.

—Si Carolina fuese a Austin, yo estaría perdido —concluyó Fulgencio—. ¿De dónde sacaría el tiempo suficiente para cumplir con todas mis obligaciones y brindarle la atención que ella merece? ¿Cómo podría agasajarla dentro del grupo al que ella inevitablemente pertenecería? Ya podía imaginarla, la glamorosa chica de hermandad de mujeres, esperando que su novio cocinero cerrara el café. Sus hermanas, frescas y arregladas, con cabello largo y rubio, mofándose y haciendo burla desde sus convertibles brillantes. Yo sé que no podría lograrlo, Sr. Mendelssohn. Ella debe ir a otra universidad.

—Temo que estás cometiendo un muy grave error, Fulgencio —le advirtió el Sr. Mendelssohn, sus mejillas enrojeciendo al ponerse de pie—. Yo no voy a meterme donde no me llaman, ni en la vida de mi hija, ni en la tuya. Pero pienso que no estás pensando bien. Tienes que comprender que la vida no se trata solo de tus planes y tus sueños, sino también de los de las personas a quienes quieres. Negarte a aceptar mi oferta de ayuda económica es una cosa, pero ¿cómo puedes negarle a Carolina el derecho de asistir a la universidad que ella quiere? ¿Tú crees que eso es justo? Meneó su cabeza en señal de desaprobación y dijo colocando enfáticamente su trago en la mesa que estaba entre ellos: —Yo con toda certeza te puedo decir que no apruebo de tu decisión. Y abrigo serias dudas de que a mi hija vayan a agradarle tus ideas acerca de su futuro.

Aturdido, Fulgencio observó incómodamente como el Sr. Mendelssohn salía violentamente del cuarto. Jamás había visto al Sr. Mendelssohn enojarse. Pero claramente estaba enojado ahora.

Fulgencio permaneció en su silla cuando el Sr. Mendelssohn abandonó el estudio presuroso. Nunca le había llevado la contraria al Sr. Mendelssohn, nunca lo había decepcionado. Esta era una sensación extraña. Sentía en su interior una mezcla toxica de vergüenza y orgullo. ¿Qué le pasaba? ¿Era demasiado obcecado? ¿Era esto parte de la maldición de la que la Sra. Villarreal le había hablado? ¿O era simplemente su forma de ser? ¿Siguiendo sus instintos había llegado hasta aquí, porque debía dudar ahora?

Como lo había pronosticado su padre, Carolina estaba pasmada ante los deseos de Fulgencio. —¿Quéee? —exclamó, haciendo eco a la reacción inicial de su padre—. ¿Estás loco, Fully? —gritó mientras se acurrucaban en sus abrigos a le entrada de la casa esperando que los fuegos artificiales de Año Nuevo iluminasen el cielo—. ¿Cómo pudiste rechazar la oferta de mi padre?'

—Te casarás con un hombre, no con un niño mantenido por tu padre —respondió Fulgencio.

Carolina sacudió la cabeza riendo. —Siempre hablas como si supieras tanto. ¿Y se supone que no solo debo esperar cuatro años más para convertirme en tu esposa, sino que debo asistir a otra universidad para darte gusto?

—Confía en mí —le rogó él, tomando su mano entre las suyas, su mirada fija en la de ella a través de la bruma helada—. Será lo mejor. No podré estar enfocado en alcanzar las calificaciones que necesito si tú asistes a la misma escuela.

—Me estás pidiendo que sacrifique mi educación a cambio de la tuya —dijo ella cruzando los brazos indignada.

—Pero cuando nos casemos, ni siquiera vas a tener que trabajar. No importará dónde hayas estudiado.

A Carolina se le cayó la quijada. —No puedo creerlo. Solo piensas en ti. He esperado tanto por verte, para estar contigo esta noche. Mi papá me había hablado de esto desde hace varios meses. Y yo pensaba que tú harías lo que fuera necesario para estar conmigo. En vez de eso, lo has arruinado todo. Feliz Año Nuevo, Fulgencio. Y si piensas que me vas a mandar o decirme lo que debo hacer, estás muy equivocado.

Dándose vuelta, entró en la casa y cerró de un golpe la puerta tras ella, dejándolo solo en el pórtico helado. Esta no era la forma en que él había esperado recibir el Año Nuevo. No, no Señor.

Caminando lentamente por el barrio oscuro rumbo a casa de los Balmori, apretó con fuerza el abrigo para proteger su cuerpo que temblaba y meditaba acerca de las dudas que lo seguían molestando. ¿Estaba siendo irrazonable? ¿Estaba cometiendo un error? Luchaba por alejar el ruido blanco y las antiguas palabras aztecas de su mente. No le permitían concentrarse ni pensar con claridad.

Sacudió su cabeza en un vano intento por aclarar su mente. «Enfócate», se dijo. Y lo intentaba, pero sus esfuerzos eran inútiles. En el cielo lejano, se escuchaban explosiones, distrayéndolo de sus incomodas meditaciones. Luces brillantes caían como lluvia, disipando sus pensamientos como las centellas efímeras en el cielo ahumado, y se detuvo al lado del camino para admirar los fuegos artificiales.

DIECIOCHO

Cinco meses después, Carolina se graduó de preparatoria. En contra de los deseos y el consejo de sus padres, accedió a las tercas demandas de Fulgencio, desechó la Universidad de Texas y se inscribió en el Colegio del Verbo Encarnado, una escuelita de monjas en San Antonio, a un par de horas de Austin por carretera. —Mi padre dice que estoy cometiendo un error —le dijo a Fulgencio—. Desde que era una niña pequeña, ambos soñábamos que yo estudiaría en su alma mater. Pero ahora soy una persona adulta. He sido tu novia durante cuatro años y algún día me casaré contigo. Mi mayor sueño hoy eres tú, Fulgencio. Así que, por ti, haré a un lado todo lo demás.

A pesar de estar agradecido por el sacrificio de Carolina, Fulgencio aún se sentía extrañamente insatisfecho y preocupado por sus nuevas circunstancias. Ahora que ella asistía a la universidad en otra ciudad, estaba alejada del ambiente protegido de la casa de sus padres. Por primera vez en su vida, ella estaba sola, salía con amigas, y, sin duda, era cortejada por otros hombres. Le preocupaba que quizás había cometido un terrible error. ¿Había optado por proteger sus aspiraciones universitarias a cambio de exponer su relación a un riesgo mayor?

A pesar de los temores y dudas que lo carcomían, se aferraba con terquedad a su creencia de que, si vivían en la misma ciudad, no tendría más remedio que verla a diario, imposibilitándolo para alcanzar sus metas académicas. Mientras lavaba los platos que había llenado con sus propias creaciones culinarias en el café de Buzzy, se convenció de que había forzado la decisión correcta, que confiaba en ella, que ella llegaría a reconocer la sabiduría de sus costumbres y no le guardaría ningún resentimiento, y que su relación superaría todos los retos.

Ella tenía un Thunderbird convertible modelo 1957, color amarillo plátano, con asientos de vinilo blanco, adorno en dos tonos, y neumáticos de cara blanca. Sus rizos rubios se agitaban en el aire al ritmo de las risas de sus hermanas. Un par de ocasiones viajó a Austin a sorprenderlo mientras él trabajaba en la parrilla del café de Buzzy. Él intentaba al máximo no sentirse avergonzado, pero la verdad era que no le gustaba que ella lo viera trabajando de esa manera mientras ella vivía a todo lujo en su universidad. Por alguna razón que no podía explicar, era diferente que cuando trabajaba en la farmacia de su padre en La Frontera. Se imaginaba los comentarios de sus compañeras de la hermandad estudiantil a sus espaldas. —¿Por qué andas con ese cocinero? ¿Qué le ves? ¿Por qué no sales con alguno de los hermanos de fraternidad del colegio Trinity, alguien con dinero?, ¡No un mexicano pobre trabajando para pagarse sus estudios de farmacia?

Así y todo, le servía malteadas de vainilla mientras ella esperaba en el mostrador a que el terminara de cerrar. Luego paseaban por las calles abandonadas de la ciudad adormilada, la cabeza de ella en su hombro mientras él guiaba el coche bajo las luces de la calle. Más tarde, cuando el cielo empezaba a clarear, la llevaba de regreso a San Antonio mientras ella dormía a su lado en el coche. Una vez la dejaba en su dormitorio, tomaba un autobús o pedía un aventón para regresar a Austin. Jamás permitía que ella se quedara con él en Austin, a pesar de su insistencia. No, no señor. Él pensaba que eso no sería correcto, ella durmiendo con él en el catre de Buzzy. No era lo apropiado para una dama como ella. Y sería también una falta de respeto para el Señor y la Señora Mendelssohn. Fue por su insistencia en esas noches apasionadas en el asiento trasero de su convertible que decidieron que esperarían a su noche de bodas para consumar su amor. Él no podía faltarle al respeto, a este ángel a quien había colocado en un pedestal.

El verano siguiente al primer año de Carolina en la universidad, ella regresó a casa para estar con su madre moribunda mientras que Fulgencio seguía trabajando y asistiendo a cursos de verano. Ambos sufrían por sus anhelos, a través del vasto espacio de millas que los separaban de nuevo, deseando sentir el abrazo y el calor el uno del otro, extrañando con urgencia sus ocasionales encuentros de fin de semana.

En la cima de su desesperación, ambos depositaron su confianza en un amigo mutuo para llevar y traer sus recados y regalos. Miguel Rodríguez Esparza asistía ahora a cursos de verano en la Universidad de Texas, y viajaba cada dos semanas a casa a visitar a sus padres. Él era uno de esos chicos bobos con quien todas las chicas querían platicar, pequeño y sin pretensiones. Sus suéteres colegiales le quedaban demasiado grandes. En San Juan del Atole languidecía a la sombra de otros, había sido un mariscal de campo suplente que nunca tuvo un momento de gloria.

Fulgencio sentía lástima por él, y había decidido protegerlo, librándolo de algunas broncas en que se metía debido a su tendencia a beber y hablar más de la cuenta.

Mientras estaba en Austin, Miguel frecuentaba el café de Buzzy, donde Fulgencio le servía tortillas de harina calientitas mientras recordaban vivencias de La Frontera.

Fulgencio nunca se sintió amenazado por Miguel. ¿Cómo podría? Miguel tenía la apariencia de una astilla. Le gustaba tener a un amigo cerca, alguien que entendía de dónde provenía, alguien para quien Austin era igualmente nuevo y extraño.

Sin embargo, con cada entrega que Miguel hizo durante ese verano, incluía un comentario o dos que se quedaban grabados en la mente de Fulgencio hasta mucho después de su partida.

—No pude ver a Carolina este fin de semana cuando le llevé tus flores, Fulgencio —mencionó Miguel sobre una taza de café en el mostrador de Buzzy's.

—¿No? —preguntó Fulgencio alzando una ceja.

—No —dijo Miguel despreocupado—. Escuche que había salido con la vieja pandilla, a bailar al otro lado de la frontera o algo parecido.

—¿A bailar al otro lado? —Fulgencio frunció el ceño—. Eso no parece algo que Carolina haría.

—Lo sé —respondió Miguel—, yo también pensé que no podía ser cierto. Pero ya sabes cómo son los rumores, Fulgencio —comentó mientras masticaba su taco de papas con huevo—. No puedes creerlos. Tienes que confiar, ¿no? El amor es ciego, ¿no?

Fulgencio estaba solo, sentado en su catre en el cuarto de atrás, contemplando ceñudo la fotografía de anuario de Carolina. —Solo rumores —se dijo—. No puedes creer en chismes. Tienes que tener confianza. —Rezó por su amor, su lealtad, y su honor. Pero, aun así, sentía nauseas mientras esperaba quedarse dormido, preguntándose si ella estaría saliendo, bailando con otros tipos, conociendo personas nuevas, festejando como una chica rica decadente al otro lado de la frontera. No, no, no Señor. Eso sencillamente no era posible. Se frotó los ojos en la oscuridad hasta que se fastidió de ver estrellas inexistentes. Su Carolina no. Ella jamás erraría. Ella nunca lo decepcionaría.

En sus pesadillas, veía el tren sinuoso que cruzaba a gran velocidad el puente de ferrocarril proveniente de México, las letras blancas luchando entre sí que pasaban volando, y los canticos de una mujer antigua hablando en un idioma desconocido pero familiar. *Cemmauizcui. Aco. Axcualli.*

Despertó con el sonido de cien trompetas resonando en sus oídos, bañado en un sudor frío. Al encender la luz, fijó la vista en la fotografía de ella y rezó a la imagen de Jesús, pidiendo protección contra los demonios que insistían en atormentarlo, pidiendo ayuda para no perder a Carolina.

En sus cartas ellos seguían mostrando afecto, pero la duda se filtraba entre las líneas, mitigando su pasión con el temor a ser traicionado, el recelo de descuidarse y bajar las defensas ante el peligro.

En sus cada vez más inseguras cartas, alimentadas por los comentarios de Miguel, Fulgencio presionaba a Carolina para que no saliera sin él, que no hablara ni coqueteara con otros hombres, que pasara todo su tiempo con su madre enferma.

Contagiada por los valores cambiantes de la nueva década, a Carolina le irritaban sus ideas tan exageradamente tradicionales, y le escribió:

Fully:

¡Estamos en América! ¡Son los 60! ¿No lo entiendes? No soy tu propiedad, no puedes controlarme. ¡No puedo creer que te permití decidir a qué universidad debería asistir! Yo debería estar ahí contigo, en Austin. Ya podríamos estar casados. Y entonces no tendríamos que liderar con todos estos problemas que tú mismo creas.

Carolina

Aturdido, Fulgencio compartió el contenido de la carta con Miguel, esperando recibir apoyo de él. —¿Puedes creerlo? —le preguntó a su amigo—. ¡Todo lo que pido es que se comporte como debe comportarse una novia!

Miguel meneó la cabeza en desaprobación. —Fulgencio, la verdad es que ella es una mujer anglosajona y con educación universitaria. Ella probablemente piensa que eres demasiado machista, atrapado en las costumbres de la raza del Sur de la frontera.

Con la rabia cuajada, Fulgencio por días no pudo dejar de pensar en la respuesta de Miguel. Pero su rabia no iba dirigida hacia su amigo, sino a Carolina. Sus llamadas se hicieron menos frecuentes, y a menudo se convertían en tormentosas peleas impulsadas por los celos de Fulgencio y exacerbados por la actitud cada vez más independiente de Carolina. Le enviaba menos cartas por temor a empeorar el asunto. Y al disminuir el volumen de su correspondencia, el de Carolina también disminuyó. Si tan solo pudiese verla, hablar en persona, se dijo. Entonces todo se resolvería. Pero simplemente tenía demasiado trabajo y no podía irse a pasar un fin de semana en La Frontera, como hacía Miguel.

Una noche de sábado antes del inicio del semestre de otoño

del '61, Miguel se presentó en el café y dijo: —Fulgencio, supe que en Incarnate Word se va a celebrar un gran baile este fin de semana. ¿Porque no vamos? ¿Tal vez Carolina ya esté ahí preparándose para el inicio del semestre? ¡Tal vez podrías verla!

Con el corazón acelerado, Fulgencio le pidió permiso a Buzzy y, llevando su traje negro, salto presuroso al coche de Miguel. Estaba ansioso por verla, por borrar la distancia entre ellos.

Para cuando Fulgencio y Miguel llegaron a Incarnate Word, ya estaba oscuro. Podían escuchar el estruendo distorsionado de la música que salía del gimnasio. Los angostos caminos del campus, bordeados de árboles, estaban llenos de vehículos. Había parejas caminando por los senderos iluminados por la luna, recargados en los coches, y sentados junto a fuentes cantarinas.

Fulgencio podía escuchar los latidos de su corazón retumbando en sus tímpanos al abrir las puertas y entrar al baile, con Miguelito escurriéndose en su sombra. En su traje y corbata negros, con su melena negra y su ceño fruncido, Fulgencio parecía un villano que acababa de salirse de la pantalla de plata, listo para sacar una pistola de su saco y despacharse a cualquiera que cometiera el error de mirarlo de mala manera. Le dolía la garganta. Más valía que no estuviera ella aquí bailando. Bailando como había escuchado que había bailado durante todo el verano en La Frontera mientras él estaba esclavizado sobre una parrilla sofocante para pagarse los estudios y poder llegar a mantenerla en el estilo al que estaba acostumbrada como hija de un farmacéutico. Sintió una leve palmada en el hombro. Era Miguel.

—Por lo que más quieras —dijo con un estremecimiento—, no voltees hacia allá . . . —Miguel elevó un dedo tembloroso hacia la esquina derecha al fondo del tenuemente iluminado salón.

Los ojos de Fulgencio se contagiaron del fuego de su

corazón al precipitarse hacia la escena que lo había atormentado en sus pesadillas. Sin zapatos, con sus rizos agitándose violentamente en el aire, y riendo feliz, Carolina estaba bailando no con uno, ni dos, sino *tres* hombres al mismo tiempo. Sin duda pertenecían a una fraternidad de la universidad Trinity. Desatada, una marea de rabia lo impulsó hacia ella y mientras las conocidas y espumosas palabras surgían en su mente . . . *aco . . . calactihuetz . . .nacaxaqualoa . . .* lanzaba cuerpos a los lados en una furia desencadenada, mientras Miguelito se tropezaba y brincaba sobre ellos para presenciar la escena.

Carolina estaba boquiabierta, aterrorizada y en estado de shock viendo como los puños de Fulgencio se estrellaban contra las quijadas y barbillas de sus parejas de baile. Derribó a cada uno rápidamente, de un solo golpe, y sus cuerpos se deslizaron por el piso resbaloso hasta desaparecer de la vista. Su mirada acusadora le quemaba la piel y le quemaba el alma mientras él meneaba la cabeza y la contemplaba con el ceño fruncido.

—Cómo pudiste? —gritaba, su rostro irreconocible y retorcido, como una macabra máscara azteca. Por un instante, el parecía un demonio peligroso surgiendo sobre su forma frágil mientras ella se encogía y sollozaba temerosa en la esquina del salón.

Escupió en el piso, los canticos enloquecedores resonaban entre sus oídos, y entonces le escupió a ella las palabras en su cara, como veneno aspirado de la herida de una serpiente y vomitado con repugnancia: —Tú no mereces mis esfuerzos.

Giró sobre sus talones y se precipitó hacia la puerta en medio de las miradas de la multitud. Al salir dejando a una Carolina sollozando a sus espaldas, escuchó a Miguel consolándola.

—No te preocupes, Carolina. Aquí estoy para ti. Todo va a estar bien —dijo Miguel.

Disgustado, Fulgencio no volvió atrás. Caminó hasta el centro de la ciudad, a la estación de autobuses, y abordó el Greyhound de las 3 a. m. a Austin, echando humo de la furia durante todo el trayecto.

DIECINUEVE

Los meses siguientes fueron para Fulgencio angustiosos y aparentemente interminables.

Un par de días después de la fatídica pelea en el baile del Colegio del Verbo Encarnado, Miguel le había hecho llegar un mensaje final de Carolina.

—Lo siento, Fulgencio —le dijo con tristeza—. Dice Carolina que ya la cansaste. Ya no quiere seguir contigo. Dice que eres un macho. Ya no quiere saber más de ti.

Fulgencio asintió con estoicismo ante la mirada escrutadora de Miguel, pero más tarde, en el almacén donde dormía, cayó de rodillas ante las imágenes de Jesús y Carolina.

—¿Por qué? —gemía—. ¿Todo esto es por culpa mía? ¿O es culpa de Carolina? ¿Fue ella quien ocasionó esto, o fui yo? —Fulgencio extrañaba días más simples, sus primeros días trabajando en la Farmacia Mendelssohn, cuando todo parecía tan sencillo. Él había sabido lo que quería y había trabajado sin descanso para alcanzarlo. ¿Por qué era mucho más difícil conservar las cosas que lograrlas? ¿Por qué tendría la gente que ser tan complicada?

Alternaba entre sentirse justificado por su furia y sus celos y avergonzado por su inseguridad y violencia. ¿Había tenido razón, o se había equivocado? ¿Debería seguir adelante con su vida e intentar olvidar a Carolina, o tragarse el orgullo e ir a pedirle perdón? Mientras intentaba pensar las cosas y resolver su dilema, los canticos arcanos y las olas de dolor a las que ya se había acostumbrado luchaban contra sus facultades mentales y le impedían razonar.

Al no poder encontrar una solución para su dilema, Fulgencio se dedicó a trabajar y estudiar con fervor rabioso. Sus escasos momentos libres los pasaba en el gimnasio calle abajo, golpeando el costal y castigando su cuerpo hasta que lo único que podía hacer era sostenerse del costal para evitar caer al suelo, su pecho agitado por la fatiga. Nadie se atrevía a mirarlo a los ojos, y en el café de Buzzy actuaba como un tirano.

—Me preocupas, Fulgencio —admitió Buzzy—. Siento que nuestros clientes vienen solamente por temor a que, si no lo hacen, podrías ir a buscarlos, arrastrarlos hasta aquí y obligarlos a comer.

Finalmente, la noche antes al inicio de las vacaciones de Navidad, todo cambió. El café estaba vacío y limpio. Buzzy se había retirado a descansar. Fulgencio estaba sentado en su catre, con la arrugada y maltratada foto de Carolina en sus manos, la imagen descolorida por tantas lágrimas que había derramado sobre ella. Había medio empacado su maleta con desgano, mientras deliberaba si valía la pena ir a La Frontera. Estaba desesperado y pensaba que tal vez un par de semanas en el Dos de Copas con su difunto abuelo, la Virgencita, y el hermano William le ayudarían a poner los pies en la tierra. Mientras terminaba de empacar, una sombra delicada se proyectó en el suelo. Se volvió, levantando la vista. Y la vio. Parada en la puerta, un ángel vestido de blanco invernal. Apenas pudo encontrar en sus piernas la fuerza suficiente para ponerse de pie y saludarla. Las palabras se negaban a salir de sus labios mientras él la miraba boquiabierto. Y ambos empezaron a llorar avergonzados.

—Te amo, Fulgencio —exclamó Carolina con voz temblorosa—. No he dejado de pensar en ti ni por un momento. Nunca fue mi intención herir tus sentimientos.

—Estoy tan arrepentido por haber actuado de esa forma —dijo Fulgencio, meneando su cabeza avergonzado.

—Siento haberte hecho sentir tan mal. Te prometo que nunca lo volveré a hacer —sollozó ella, acercándose a él—. Pensé que no querrías verme nunca más.

—¡Yo pensé lo mismo! Yo . . . —los pensamientos de Fulgencio se desintegraron en fragmentos inteligibles mientras daba un paso hacia ella.

Ella estiró su mano y con ternura acarició su mejilla mientras sus cuerpos se encontraban, y al contacto de su mano, el cuerpo de él se estremecía. Arrebatados por una marea creciente de emoción, con la resaca jalando un alma a la otra, un cuerpo hacia el otro, se abrazaron bajo la luz del foco desnudo en el centro del atiborrado cuarto lleno de artículos enlatados. Sus labios se fusionaron como imanes de carne. Las manos de él acariciaron la piel de ella y los músculos doloridos y los muslos internos de ella se fundieron en deseo al derramarse el uno en el otro. El pobre catre no pudo sostener su pasión y cayeron al piso con la tela desteñida embrollada bajo sus cuerpos. Pedazos de metal arrojados hacia un lado. El foco desnudo brillando. Su vestido blanco hecho una bola al pie del catre colapsado. Sus suaves senos apretados contra su pecho firme. Las manos delicadas de ella tentando sus músculos tensos. El olor a saliva sobre piel ardiente. Jadeos. Los gritos de ella enviando escalofríos a su espalda. Exclamaciones de dolor y placer fundidos en uno. Ella le pertenecía. Y él le pertenecía a ella. De una vez por todas. Al apartarse, ella maldijo como nunca lo había hecho, su cabello cayendo alrededor de ambos, el único abrigo contra el aire frio de la medianoche. Y el lloró sobre el pecho de ella. Todo el amor. Todo el coraje. Toda la confusión explotó hacia el amor de su vida. Sus miradas clavadas el uno en el otro, gimieron y gritaron y se rieron y lloraron y lo único que podían decir era «Te Amo» hasta que se deshicieron en pedazos. El cuerpo desnudo de ella cubriendo el de él. La cabeza de ella sobre su hombro. Los brazos de él abrazándola. Durmieron. Y no soñaron en la oscuridad de la noche. Permanecieron tendidos en silencio en medio del caos que se desvanecía.

Sus ojos se abrieron de pronto entre la noche y ella le murmuró al oído. —Fully —susurró ella—, cásate conmigo ahora. Vamos a casa a decirles a mis padres. No puedo soportar apartarme de ti de nuevo.

Él sintió el impulso que inevitablemente lo arrastraba hacia ella. Se ahogaba en su mirada al contemplarla. Esta no era la forma en que él lo había planeado durante tantos años. Ella pidiéndoselo. La indiscreción cometida en un almacén prestado. Pero por una vez, su anhelo pudo más que su juicio equivocado. Todo lo que ahora deseaba era estar con ella. Vencer la lujuria y el deseo de ella. Contemplar su cuerpo puro y suntuoso. Derramar todo su ser en ella y sentirlo derretirse. Las frustraciones de toda una vida. El temor y la aversión. El odio a sí mismo. Dejarlo ir todo y observar a ella absorberlo, neutralizarlo, y conquistarlo, y a él también.

—Sí —susurro él—. Serás mi esposa. Yo seré tu marido. Y haremos el amor así por el resto de nuestras vidas.

Ella lo besó con ternura. —Te amo tanto, Fully. Nunca me dejes ahora.

—Nunca —dijo él.

Descansaron, soñando como sería. Estar casados. Compartiendo un hogar, una cama, y un futuro.

—Pero lo haremos por nosotros mismos —reafirmó Fulgencio—. Yo no aceptaré la ayuda de tu padre.

—Está bien —sonrió ella, acariciándole el cabello—. Tú eres todo lo que necesito.

—Va a ser muy duro —le advirtió—. Quiero decir . . .puedo costear algo más que este catre con lo que he ahorrado, pero no mucho más hasta graduarnos.

—El catre estuvo bien —dijo ella con una risita—. Bueno, casi.

Durmieron profundamente, envueltos en la tela del catre derrotado.

Temprano, la mañana siguiente, despertaron y entre risas ordenaron el cuarto. En su Thunderbird convertible color plátano se dirigieron a La Frontera. A casa a disfrutar de las vacaciones. Llenos de emoción. Ansiosos por anunciar su decisión.

Ella lo dejó en la casa de Bobby Balmori y le aventó un beso al arrancar el coche. —¡Te veo en la noche en mi casa! —le gritó.

Él le envió un saludo con la mano, con una sonrisa tan ancha como el Stetson en su cabeza. Meneó la cabeza pensando. Dios, cómo la quiero. La amaba tanto que ya no le importaba haber traicionado sus convicciones. Qué importaba, después de todo. Muy pronto serían marido y mujer. Él trabajaría para pagar la educación de ambos así tuviese que trabajar mañana, tarde y noche. Y luego, algún día, regresarían y le compraría la farmacia al Sr. Mendelssohn a su justo precio. Pagaría por cada centavo de mercancía y más. Él siempre la cuidaría.

Esa noche, vistió un traje negro con corbata roja. Peinó su cabello hacia atrás y tomó prestado el Imperial modelo '54 del Sr.

Balmori para ir a la casa de los Mendelssohn. En el camino, se detuvo en la florería Curiel para comprar un ramo de rosas.

—Buena suerte, m'ijo —le dijo el Sr. Curiel desde la caja registradora mientras Fulgencio

seleccionaba un espléndido ramo del refrigerador del estrecho local.

—Esta es la gran noche, señor Curiel —le dijo Fulgencio con una ancha sonrisa, sacando del bolsillo y mostrándole un pequeño estuche de terciopelo negro.

—¿Un diamante? —preguntó el Sr. Curiel.

—Sí, señor —asintió Fulgencio. Se había gastado la mitad de sus ahorros esa tarde, en el anillo.

Al bajarse del brillante sedán negro del Sr. Balmori y dirigirse hacia la entrada de la casa de los Mendelssohn, Fulgencio se sentía igual que la primera noche que pasó a recoger a Carolina para el baile de Homecoming. Al cruzar la cerca de madera blanca, el brillo de sus zapatos negros reflejó la luna mientras sus pisadas hacían eco en el helado silencio de la Noche Buena. El pasto bajo sus pies estaba cubierto de escarcha mientras que él se dirigía hacia la puerta trasera que daba a la cocina. Quería sorprenderla, con el ramo escondido tras su espalda, el diamante en el bolsillo, y una ancha sonrisa en el rostro. Se agachó sobre un arbusto, asomándose por la ventana de la cocina, esperando alcanzar a vislumbrarla.

De pronto, la magia cayó al suelo junto con la docena de rosas que dejaría tiradas en el pasto. Su quijada se trabó con la discordante rabia que lo dominaba desde los días de su infancia, cuando despertaba de sus pesadillas con el estruendo de cornetas, el tren desbocado, las letras crípticas, los cánticos que nunca podía entender ni repetir. *Nacaz tzizica . . .tecocoliztli . . . chochopica.* Su boca se llenó de sabor a sangre cuando se mordió la lengua de coraje. Ella estaba otra vez bailando con otro hombre, un anglo de aspecto adinerado de aproximadamente la misma edad de ellos. Ahí en el comedor. Podía verla. Descalza, levantando sus pies, aplaudiendo y bailando alegremente en un ceñido vestido rojo, los diamantes que pendían de sus oídos eran diez veces más grandes que cualquiera que el pudiese comprar con su sueldo de cocinero. ¿Habrían finalmente sus padres traído a un amigo de la familia para casarla con alguien de su clase? ¿Se habían fastidiado de sus costumbres desconcertantes y exasperantes? Dio vuelta a la casa regresando al pasto del frente, tallándose los ojos con violencia, deseando que todo se desvaneciera, que no fuera más que un truco de su imaginación desbordada por los celos. Pero no, ahí estaba ella bailando aún, sus pupilas brillando de gozo al mirar hacia los ojos azul cielo de su pareja de baile, abrazando su ancha espalda con sus brazos desnudos. Los mismos brazos desnudos que lo habían estrechado la noche anterior. Los brazos en los que él se había derretido. Su pecho ahora se agitaba con alegría desbordada, los senos en los que había enterrado su alma, su corazón, el altar ante el cual había sacrificado sus valores, ¡ahora rozaban el pecho de otro hombre en el hogar en el que él había planeado arrodillarse para pedirla en matrimonio! Ella había prometido no volver a provocar su furia de celos. ¿Cómo podía romper esa promesa, y tan pronto?

Él se había abierto, abandonado sus defensas, se había atrevido a mostrarse tal cual era, en su estado más crudo y vulnerable, y ella lo había traicionado una vez más. ¿Él se había preocupado pensando que su forma de pensar estaba equivocada, pero . . . ¿y si ella era el verdadero problema? Él podría perdonar y olvidar una vez, pero no dos. No después de lo que había transcurrido entre ellos. Anhelaba con cada fibra de su ser, precipitarse a la sala, arrancarle al engreído gringo los brazos, las piernas, y como un potro salvaje, estrellar y destruir cada uno de los adornos de cristal y porcelana que decoraban el cuarto, envueltos en mantelitos y encaje. Un gringo. ¿Esto es lo que ella quería? Tal vez es lo que ella merecía, no un pobre, pinche indio como él, todavía mojado de cruzar el río, todavía enlodando las elegantes alfombras de su casa con sus zapatos. Estaba a punto de abrir por la fuerza la puerta principal, pero, haciendo un esfuerzo hercúleo, se contuvo por respeto al Sr. Mendelssohn y su esposa, a pesar de no estar ya seguro si ellos lo merecían. Ciertamente no si este nuevo pretendiente era idea de ellos, señal de que habían optado por un camino más fácil para su hija después de todo. Cerró sus ojos con fuerza, permitiendo que las palabras arcanas lo bañaran, como la marea en la playa cercana al Dos de Copas, ahogando todo, y de una extraña manera reconfortándolo en su ya familiar ritmo, aun cuando no entendía nada de lo que decían. *Cahua. Cel. Cahua. Cel.* Un puente era arrasado, la puerta a su alma, la entrada a su corazón destrozada como un río poderoso en medio de una inundación violenta. El sonido metálico de la puerta del coche haciendo eco al cerrarse antes de partir le perseguiría y atormentaría por muchos años. Los pétalos de rosa regados en el pasto. Una caja negra de terciopelo que nunca había sido entregada, relegada a llenarse de polvo dentro de un cajón de su escritorio en su farmacia. Y las preguntas que quedaron sin respuesta, sin haber sido preguntadas.

La sombra que acechaba dentro del alma de Fulgencio había estado ahí desde mucho antes, como un defecto congénito o las cicatrices y el trauma de su tortuosa infancia. Y se había necesitado esta cadena de eventos para finalmente consumirlo. Alejándose de la casa de Carolina en esa helada noche de diciembre, se sintió transportado. No por sus piernas ni su voluntad, sino como si fuese arrastrado por la corriente del río, fluyendo hacia el Golfo de México. *Amac. Analco. Atlaza.*

Ansiaba gritar y llorar yendo de regreso a casa de los Balmori, pero no encontraba la voluntad para hacerlo. Algo dentro de él estaba muriendo. Permaneció sentado en la entrada de coches, con la lluvia traqueteando sobre el techo de metal. Con gran tristeza podía ver a su viejo amigo y su familia prestada a través de la ventana de la sala compartir el gozo de la Navidad. Buscando algo que aliviara su dolor, para calmar su alma herida, recordó una canción amarga que había escuchado a su abuelo cantar. Se titulaba «Error» y la cantó en el interior helado del coche.

No me había dado cuenta
De mi error
De la dicha fingida
De tu amor
De que fui tu juguete

Y te quise
Y te sigo queriendo
Eso es lo peor

Mas cuando pase
El sopor de mi tortura
Y me olvide de tu embrujo
De mujer

Y comprenda que ese amor
Fue una locura
Te prometo que nunca
Te volveré a querer

Después de esa desgarradora interpretación, se quedó callado. Nunca se había preocupado por aprender las canciones que se adecuaran a esta situación, las melodías que pronto llenarían su repertorio con pena, amargura y dolor. Así que permaneció el resto de la noche sentado en silencio dentro del coche, considerando la profundidad de su desdicha. La mañana siguiente, Navidad de 1961, regresó a Austin de aventón, sentado en su húmedo y arrugado traje negro en la caja de la camioneta de un extraño, con las lágrimas adheridas a su rostro bajo la frígida lluvia.

Fulgencio nunca regresó a la casa de Carolina. Nunca explicó nada. Nunca abrió sus cartas ni contestó sus llamadas. Simplemente deseaba olvidar. Pero vivió para recordar.

PARTE II

VEINTE

1987

Sus miradas se cruzaron por primera vez desde aquel día en que ella le dijo adiós desde el asiento del frente de su convertible color amarillo veintiséis años antes. Y a pesar de que su cutis mostraba el paso inevitable del tiempo, sus ojos aúun brillaban como el oro, y sus rizos aún amenazaban con surgir, ahora estirados y recogidos detrás de su cabeza. Ella era una mujer hermosa, pensó, con su Stetson negro apretado en sus manos mientras permanecía de pie, nervioso a su puerta. Vestida de negro, su figura delicada aún conservaba los graciosos rasgos de la chica que él había conocido y amado. Y sus labios de rubí, solo levemente descoloridos, aún le atraían como su eterno destino.

El largo año de espera había pasado. Y aquí estaba él al fin, para su largamente esperada audiencia.

Ella lo miró impasible, bloqueando la entrada con sus brazos cruzados, y una expresión inflexible en su bello rostro. Él se preguntaba qué pensaría ella de la forma en que él había cambiado con los años. Él también iba vestido del color de la noche. Deben haber asemejado un par de cuervos meditando entre pelear o huir, pensaba Fulgencio. Él aún presentaba una figura imponente, más duro y más fuerte por el flujo del tiempo a través de sus venas. Un poco más grueso alrededor del pecho y la cintura. Sólido. Era todavía la figura imponente que otros habían temido pero que ella había adorado. Su piel estaba curtida por el sol y el viento en el Dos de Copas. Sus ojos eran aún un bosque de tonos de tierra y esmeralda en los que ella podía perderse. Aun ahora que se había endurecido contra sus avances, podía sentir su atracción misteriosa.

El aire permanecía inmóvil alrededor de ellos. Las últimas hojas del otoño caían de los árboles y se arremolinaban sobre el pasto estéril. Los restos del rosal bajo la ventana se desmoronaban en el viento.

—Gracias por recibirme —dijo Fulgencio.

A regañadientes, le permitió la entrada al vestíbulo oscuro, donde él pudo ver sus cartas semanales abiertas y desparramadas sobre la mesa de la entrada.

—Puedes agradecerle al pequeño David que accediera a esta locura —dijo Carolina—. Me apenaba que lo enviaras con tus regalos y tus cartas.

Tentativamente, él siguió el sonido de sus pasos hacia los sombríos recesos de la sala.

El plástico había desaparecido. Los muebles habían sido reemplazados. Ya no había figuritas ni mantelitos de encaje. Se había convertido en una habitación austera, las cortinas cerradas en luto permanente.

Ella le indicó que se sentara en el sofá. Fulgencio asintió y se sentó con el sombrero sobre su regazo, los nudillos blancos. Y Carolina se sentó precariamente en la orilla de un sillón de respaldo alto frente a él, una distancia incómoda entre los dos.

No la distancia de la mesita de centro, sino más bien la distancia de décadas de soledad y anhelos, la distancia del sufrimiento interminable, la distancia del remordimiento, la confusión, el malentendido. La distancia de una muerte, la muerte de su relación hacía ya tantos años.

—Y bien —susurró Carolina con voz ronca—, aquí estas.

—Sí —fue todo lo que Fulgencio pudo decir.

Ella esperaba, la mirada fija en el suelo.

—Ha sido un año muy largo —dijo Fulgencio.

—Ha sido una vida larga —dijo ella, con los labios formando una mueca austera que él jamás había visto en su rostro su juventud.

Él se acomodó en su asiento, desalentado por la amargura que su voz denotaba.

—¿Recibiste mis cartas? —se atrevió a decir, intentando iniciar una conversación.

—Sí —dijo ella—. Nunca imagine que la vida de un farmacéutico pudiese ser tan fascinante.

Él advirtió el sarcasmo en su tono. Había escrito las reflexiones ociosas de su vida diaria. Había temido descargar demasiada pasión o amor reprimido, sospechando que podría asustarla después de tantos años de silencio. Claro que comprendía que las cartas eran probablemente aburridas, pero era lo mejor que se le ocurría para estar en contacto con ella bajo las circunstancias, para intentar construir algún tipo de terreno en común, algún tipo de cimiento donde iniciar al final del año de espera.

Intentó de nuevo. —Tu mamá —preguntó—, ¿está bien?

—Sí, ella permanece en su habitación la mayor parte del tiempo. Piensa que este será su último invierno, pero lo mismo pensaba hace mucho tiempo, como tú podrías recordar.

—Sí —dijo él—, esa fue la razón por la que regresaste del internado para estudiar aquí en La Frontera.

—Tiene suerte de que yo no le guarde rencor por eso . . . —sus ojos lanzaron una mirada de coraje a su rostro, quemándolo por un instante.

Él siempre se había preguntado si hubiesen tenido la bendita suerte de casarse y traer hijos al mundo, de qué color habrían sido sus ojos.

Buscando en lo profundo de su alma enterrada, luchaba por recuperar la magia que alguna vez fluía desde dentro, como el Espíritu Santo. —Carolina —le dijo—, jamás pude entender por qué te comportaste como lo hiciste. Tú sabías lo posesivo que era, y sin embargo me provocaste. A través de los años, siempre me he arrepentido de mi comportamiento, he cuestionado mis reacciones y decisiones. Durante años he repasado todo en mi mente, nuestros últimos momentos juntos, la última vez que te vi. Me he preguntado si pude haber hecho algo diferente, algo que nos hubiera salvado de la vida miserable que hemos llevado.

Una solitaria lágrima cayó suavemente de su cabeza inclinada hacia la alfombra.

—¿Sientes lo mismo que yo? —le suplicó, elevando sus manos en el aire—. ¿Desearías que las cosas hubiesen sido diferentes?

Silencio.

Él espero por lo que le pareció otra eternidad, preguntándose si la noche había llegado y partido detrás del santuario conventual de esas paredes sombrías. Hasta que, finalmente, ella habló.

—Yo también me lo he preguntado —dijo con voz temblorosa—. Me he preguntado qué pasó. Te esperé esa noche. Tú nunca llegaste. Te llamé. Tú nunca contestaste. Te escribí. Tú nunca respondiste. —Se detuvo para contener las lágrimas, sal en sus labios—. Te lo di todo. Me entregué a ti. Te juré mi amor . . .y tú prometiste . . . pero nunca te apareciste. Nunca viniste. Me abandonaste. —Su voz se quebró y empezó a sollozar, doblada sobre sus rodillas.

Él no se atrevía a intentar consolarla. En vez de eso, sintió surgir el coraje dentro de sí, como siempre. Recordó los eventos de esa Noche Buena, y el fiasco que por primera vez los apartó meses antes en el baile de su colegio. Por años había luchado contra esa rabia. Había hecho un esfuerzo enorme para aceptar qué era lo que había ocasionado su derrota. Había trabajado incansablemente para derrotar las fuerzas y los demonios internos que habían conspirado contra su prometedor futuro con Carolina.

Sabía que, en último caso, él era culpable de sus decisiones, independientemente de las acciones de Carolina. Y anhelaba no volver a visitar esas cámaras torturadas de su memoria. Anhelaba volver a empezar, de nuevo, sin desenterrar todo lo que había destrozado su amor. Pero muy dentro de sí sabía (el hermano William se lo había aconsejado) que tenía que confesar sus atormentados sentimientos y las acciones finales que habían destruido su relación para poder merecer otra oportunidad de amistad, de algo que solo Dios podría profetizar para esta etapa de sus vidas.

—¿Por qué Fulgencio? —sollozó ella, mirándolo a los ojos fijamente—. ¿Por qué me abandonaste después de todo lo que teníamos y todo lo que habíamos soñado juntos?

Él podía escuchar su garganta luchando por deglutir, podía ver su cuello delicado convulsionado de angustia.

Incontrolable, gritó sollozando: —¿Por qué?

Sintió su grito atravesar su corazón como un cuchillo mientras intentaba encontrar las palabras adecuadas para lo que tenía que revelar. —Vine, Carolina —empezó—. Vine esa noche aquí a la casa de tu padre. Traía una docena de rosas para ti, de la florería Curiel —recordó, sus ojos buscando significado al diseño de la alfombra—. Traía un estuche de terciopelo negro con un anillo de compromiso . . .

Ella levantó su cabeza hacia él, sus ojos devorándolo entero.

—Quería sorprenderte. Di la vuelta a la casa para entrar por la cocina, y ahí . . . me detuve para verte por la ventana. —Giró la vista a través del vestíbulo hacia el comedor donde la había visto bailando en los brazos de otro hombre. La marea ardiente de rabia amenazaba con surgir de nuevo, pero, a diferencia del pasado, logró suprimirla—. Y te vi, Carolina. Te vi bailando con otro hombre. Justo como la noche del baile en el colegio del Verbo Encarnado. Justo como yo pensaba que jamás volvería a suceder. —Y sacudió su cabeza, dejándola caer en sus manos con tristeza.

El hermano William le había aconsejado no desbordarse con sus explicaciones para evitar parecer un loco, o peor aún, como alguien que no está dispuesto a aceptar sus defectos, alguien ansioso por culpar a cualquier persona o circunstancia menos a sí mismo.

Despacio, ella le lanzó una mirada que se enganchó en el rabo de su ojo. Ella parecía perpleja y horrorizada al mismo tiempo, sus labios se torcieron en una sonrisa de asombro. Sus ojos se tornaron vidriosos por un instante al recordar los sucesos de esa noche.

—¡Idiota! —exclamó, poniéndose de pie.

Los ojos de él buscaron los de ella para intentar comprender.

—Era mi primo con quien yo bailaba, ¡imbécil!

Asombrado, Fulgencio consternado se golpeó la frente con su mano, exclamando: —¿Quéee?

—¡Yo estaba ansiosa por presentártelo!

—Pero era un gringo al que yo nunca había visto antes —las palabras de Fulgencio cayeron de sus labios sin sentido—. No era de aquí. No podía ser tu primo.

—La hermana de mi mamá y su familia habían venido del norte a visitarnos. Yo no lo veía desde que éramos unos niños. Como ambos éramos hijos únicos, nos queríamos como hermanos. No puedo creerlo. Eres más estúpido y estás más loco de lo que jamás pude imaginar.

Y no sabe ni la mitad, pensó él. Quizás este no era el mejor momento para decirle el resto de su patética excusa. Ella probablemente se burlaría de él y llamaría al asilo de dementes para que se lo llevaran en una camisa de fuerza.

Su corazón se hundió en la profundidad de la mullida alfombra, mientras escuchaba el sonido de sus pasos apresurados subiendo la escalera. Ella se había ido, dejándolo ahí sin decirle una sola palabra. La casa se quedó en silencio una vez más. Y cuando nadie llegó, tímidamente y de puntas se dirigió a la puerta del frente. Estaba ya oscuro cuando salió, girando para dar una mirada final a sus espaldas, pero no encontró nada tras él. Podía haber jurado que por un instante había alguien en el vestíbulo, en la puerta del estudio del Sr. Mendelssohn, viéndolo marcharse, sumido en tristeza. Pero en ausencia de observadores, cerró con delicadeza la puerta y arrastrando los pies taciturnos se encaminó hacia su vieja y oxidada camioneta. Hacía mucho frio bajo el manto de estrellas de la noche. Y se preguntaba cuando volvería a ver a Carolina, si la volvería a ver. Se le ocurrió que quizás había sido el Sr. Mendelssohn quien lo observaba desde la puerta de su estudio, meneando la cabeza, consternado.

«¡Qué idiota, en efecto!», pensó al alejarse en la camioneta.

Meneó la cabeza, disgustado. ¡Su primo! ¡Había echado a perder su vida, por su primo! ¡Porque ella estaba bailando con su inocente primo gringuito! ¿Qué le pasaba? Idiota. Pendejo. Hijo de su chingada madre. Por supuesto, sabía la razón, por más que no había querido nunca creerlo totalmente. La maldición.

Detuvo la camioneta con un chirrido y la estacionó a la orilla del camino, cerca del sitio donde él y Carolina se habían detenido aquella primera noche, camino al baile de Homecoming. Golpeando el volante de plástico con el puño, lo partió en pedazos. Rompió el vinilo descolorido que alguna vez había sido de color azul marino. Se estiró los negros cabellos rizados, bajo de la camioneta, cerró la puerta de un golpe, y dejó la camioneta detrás de él, con el motor encendido.

En la tenue luz de los faros, pateó el polvo y la basura amontonados junto al borde de la banqueta. Volvió sus ojos y levantó los brazos al cielo. —¿Por qué? —gritó, espantando una parvada de cuervos de los árboles cercanos—. ¿Por qué? —imploraba a la fuerza invisible arriba y en el más allá—. Todo por nada. ¡Yo estaba equivocado! ¡Yo estaba equivocado! ¡Mi coraje! ¡Mi rabia! ¡Todo por nada! Dios me perdone . . . —Cayó de rodillas al tiempo que pasaba un coche raudo—. Perdóname por este pecado. ¡Carolina, perdóname! ¿Qué he hecho? Estaba tirado, en ruinas, sollozando en el suelo, reducido a nada por la locura y la ironía de su propio grandioso error.

Cipriano siempre le había dicho: «El que se enoja pierde». ¡Y vaya que si había perdido! Lo había perdido todo. Años perdidos que jamás podría recuperar. Amor perdido que solo podía soñar con redescubrir antes que su final llegase. Y decidió que, pues valía más. —Qué se acabe, ay Gran Dios . . . ¡Qué se termine, gran Dios! ¡Deja que se termine! —Sepultó su cara en el polvo, saboreó el sabor amargo de la derrota. Sudor y lágrimas hicieron arder sus ojos, ahí sentado en la banqueta, a la luz parpadeante de los faros, su voz luchando a través de los sollozos.

Oh gran Dios
Cómo sufro en la vida
Por no querer ser menos que nadie

En esta vida todo se acaba
Ay, cuánto diera por la vida de antes
En cuanto amores a mí no me faltaron,

En este mundo de Dios todo se acaba
Por eso quiero esta vida terminar

Pobre Carolina Mendelssohn. ¿Cómo pudo haber sido tan tonto? ¿Cómo pudo haber estado tan ciego a su propia falla, a la carga que había inconscientemente traído consigo desde México, como un contrabandista que inadvertidamente trae consigo un contrabando mortal? Se puso de pie y su esqueleto cansado difícilmente podía sostener el equilibrio. Sus ojos entrecerrados frente a la luz de las farolas. Había trabajado incansablemente durante todos esos años de espera, desde que había descifrado la naturaleza de su enfermedad espiritual, para superar su fatídico pasado, codificado y programado dentro de él con el único propósito de su propia destrucción. Pero ahora se cuestionaba si eso pudiera hacer la diferencia. Solo porque ahora era más capaz de controlar sus emociones, no significaba que pudiera controlar las de Carolina. Y ni siquiera lo deseaba. Solo anhelaba su perdón y su amor, pero eso tendría que fluir voluntariamente de su corazón. Él no podía culparla por no querer tener ya nada que ver con él. ¿Y qué pensaría si le confiara toda la verdad acerca de sus acciones estrafalarias, mal aconsejadas e hirientes? ¿Pensaría que estaba completamente loco? Exhausto, caminó hacia la camioneta arrastrando los pies. Dudaba de poder seguir adelante. Y, justo antes de alcanzar la puerta, la camioneta tosió y se ahogó. Muerta. Sin gasolina.

VEINTIUNO

1961

La camioneta que lo había llevado a Austin en aquel desolado día de Navidad en 1961 se detuvo frente a un Buzzy's Diner vacío y oscuro. Bajo un lluvioso cielo nocturno, Fulgencio buscó entre las llaves para encontrar la que daba acceso al callejón y se precipitó empapado al almacén que llamaba hogar. El aroma de gardenias aún flotaba en el aire. Su perfume. Su corazón nadó, pero no pudo sostenerse a flote. Su foto, manchada con sangre seca, estaba junto al marco estrellado del Sagrado Corazón. Se sentó en el suelo en la esquina del cuarto entre los fragmentos del catre destrozado. Por largo rato se quedó mirando al Sagrado Corazón. No tenía el valor para ir al Dos de Copas a ver a su abuelo y a la Virgencita y decepcionarlos con su fiasco. No podía enfrentar al hermano William. Quería sepultarse bajo una roca como una serpiente y esconderse por mil años hasta que algún paleontólogo o arqueólogo lo desenterrase, un fósil terroso de un pasado distante.

El Sagrado Corazón, la imagen de Jesús, parecía más triste que de costumbre. Si alguien conocía el dolor de una traición, era Él. Fulgencio permaneció por largo tiempo contemplando fijamente la imagen de Jesús sin poder comprender cómo Él podía perdonar.

El perdón, por las enseñanzas de los hermanos en San Juan del Atole, Fulgencio sabía que era la más sagrada de las acciones cristianas. Pero, aun así, el perdón era lo más alejado de su corazón aquella noche en el piso del almacén del café de Buzzy. Su corazón se congeló esa noche. Pero la dura mirada de sus ojos aún denotaba un fuego interior.

El negocio se reanudó, y la vida siguió adelante a su alrededor, y Fulgencio Ramírez se prometió a si mismo que saldría adelante. Salió con una larga lista de mujeres cuyos nombres olvidó rápidamente. Hizo ganar a Buzzy mucho dinero gracias a la estricta forma de administrar el negocio. Y se graduó con la seguridad de un ejército imparable que marcha a casa después de conquistar a sus enemigos en el frente.

Los días se volvieron semanas, y las semanas se volvieron meses. Ensartándolos juntos sin gran cuidado, Fulgencio sentía un vacío en su corazón al empacar la maleta de su abuelo para su viaje final de retorno a casa. Colocó al Sagrado Corazón, envuelto en una de sus camisas, justo al centro del equipaje. La foto de Carolina Mendelssohn permanecía ahora oculta bajo la imagen de Cristo dentro del marco. No podía deshacerse de ella, pero tampoco era capaz de verla, pues de hacerlo, seguramente la ausencia de ella en su vida lo volvería loco. Su diploma, enmarcado también, fue envuelto y colocado junto a las imágenes sagradas de su juventud.

Buzzy observaba apesadumbrado mientras que el estuche de la máquina de escribir se cerraba y Fulgencio estaba parado frente a él por última vez bajo el foco desnudo. El viejo abanico de pie estaba acomodado en un rincón. Fulgencio había reemplazado el catre quebrado con una cama nueva y confortable para cuando Buzzy estuviese demasiado cansado para irse a casa.

—Desearía que hubiese algo que pudiera darte —gruñó Buzzy.

—Solo dame un abrazo, viejo —dijo Fulgencio colocando sus brazos apretadamente alrededor del diminuto marino vestido de blanco. Sentía la mejilla de Buzzy como lija junto a la de él.

Se retiró, y extendió a Buzzy el gorro de marinero. —Ya terminé, jefe.

—Quédatelo como recuerdo.

La cabeza de Fulgencio giró a ambos lados, inspeccionando el diminuto cuarto que le había servido de refugio durante cuatro largos años. —Gracias, Buzzy, por darme un hogar.

—Gracias a ti, Fulgencio, por hacerme compañía —dijo el cocinero, rodeando con su brazo el hombro izquierdo de Fulgencio mientras lo encaminaba, maleta en mano, hacia la salida del café vacío.

—Sabes, Fulgencio —dijo Buzzy abriendo la puerta, la pequeña campanita de plata en la manivela sonando en los oídos de Fulgencio—. Siempre me mantuviste alerta. Siempre lograste sorprenderme. Y no es fácil con un viejo marino como yo.

Fulgencio sonrió al cruzar la entrada y salir a la banqueta. El sol se ponía, y la brisa refrescaba el concreto.

Y continuó: —No ha sido fácil tratar de sorprenderte a ti. Siempre estás alerta, eres un Longhorn certificado —dijo Buzzy apuntando hacia la torre de la Universidad de Texas surgiendo entre el cielo anaranjado.

Fulgencio admiró la torre, y después echó un vistazo al portal que tantas veces había cruzado. A diferencia de todos los demás que pasaban entrando y saliendo sin percatarse de su mensaje, él siempre se había repetido las palabras al pasar bajo su sombra. «Entren todos los que buscan el conocimiento» pronunció.

—Así que, dime Fulgencio, antes de irte . . . —y Buzzy señaló un brillante Corvette convertible con asientos de vinilo blanco y el adorno de las puertas haciendo juego—. ¿Estás sorprendido?

Por un instante Fulgencio olvidó su vacío y su dolor abriendo sus ojos para admirar el brillante coche deportivo estacionado en la acera frente al café, emitiendo brillos morados bajo el azul neón del anuncio del café.

Fulgencio pasó sus manos por las suaves curvas y el cromo, con la boca abierta por la sorpresa. Nadie jamás le había dado nada de valor material, con excepción de la máquina de escribir que su padre le había regalado al graduarse de la preparatoria.

—¡Es tu regalo de graduación y despedida! —dijo Buzzy con una enorme sonrisa. Nunca había tenido hijos. Nunca se casó. Fulgencio era lo más cercano a un hijo que había conocido—. No digas una sola palabra. Solo tómalo y vete. Rápido y lejos. Y no voltees atrás. Un buen marino, como un buen vaquero . . . nunca vuelve a ver hacia atrás. Solamente navegamos hacia el horizonte o galopamos hacia el atardecer. Nada de arrepentimientos. Nada de lágrimas. Nada de despedidas. —Buzzy colocó las llaves en la mano de Fulgencio y la cerró—. Ahora vete. ¡Vámonos! ¡Arre!

Buzzy arrojó la maleta al asiento trasero y cerró la puerta del chofer en cuanto Fulgencio se deslizó tras el volante. Luego, mientras Fulgencio ajustaba el espejo retrovisor exterior de cromo, agregó: —Solo espera un segundo. —Corrió hacia adentro del local y salió momentos después con una cámara Polaroid enorme y maltratada—. ¡Ora sí, sonríe!

Fulgencio aún no podía encontrar las palabras para describir su gratitud al hombre que le había abierto su negocio, su corazón y su almacén durante todos esos años solitarios de trabajo y pérdida. Sonrió, y esa fue la primera sonrisa cálida y verdadera en dos años. Hasta le dolió cuando se escuchó el flash.

—¡Solo por si acaso! —gritó Buzzy desde la acera bajo el letrero de la calle Guadalupe al tiempo que Fulgencio Ramírez partía en su potro brillante hacia el atardecer naranja brillante.

CAPÍTULO VEINTIDÓS

Arribó al pueblo durante el verano del '63 en el descapotable rugiente, con su cabello chicoteando en el viento y sus lentes de sol ocultando el resentimiento en sus ojos. Había albergado ligeras esperanzas de poder, de alguna forma, arreglar las cosas con Carolina Mendelssohn, pues comprendía que la vida sin ella era fútil. Pero el mismo día de su llegada, Bobby Balmori lo recibió con la noticia de que Carolina se había casado, y nada menos que con Miguel Rodríguez Esparza. Fulgencio Ramírez saboreó de nuevo el fruto podrido de la traición.

—¿Miguel? —Fulgencio tuvo que sentarse en la mesa del comedor de los Balmori para procesar el impacto del golpe—. ¿Miguel?

Afortunadamente, los dos estaban solos en la casa, porque el torrente de maldiciones en español que salieron de la boca de Fulgencio en respuesta a la revelación fue sin precedentes.

—Es difícil de creer —dijo Bobby, trayendo dos cervezas de la cocina.

Los dos bebieron en silencio mientras Fulgencio relataba los eventos que llevaron a su rompimiento con Carolina. —Miguel nos manipuló. Todo el tiempo confiamos en él. Durante todo ese tiempo pensé que era el amigo de mi pueblo allá en la universidad. ¿Qué tal si durante todo ese tiempo estuvo manipulando para separarnos? ¡Podría matarlo! —gritó golpeando la mesa con la botella vacía.

—No hagas nada que puedas lamentar después —le aconsejó Bobby—. Has trabajado demasiado duro y has llegado demasiado lejos. Ahora eres un profesionista educado. Debes actuar como tal.

—Pero ¿Miguel? —Fulgencio pasó sus dedos sobre su cabello, desesperado—. Tendría más sentido para mí si se hubiese casado con el soldado anglo con quien la vi bailar en la sala de su casa. Eso habría sido algo que el pueblo entero hubiera esperado. ¿Pero casarse con alguien que no es mejor que yo? Tal vez lo hizo por despecho.

Bueno, pues tú te desapareciste. Él estaba ahí para consolarla.

Fulgencio frunció el ceño, furioso contra Bobby. —Pues ¿de qué lado estas tú?

—No hay lados, Fulgencio —Bobby trato de explicar—. Se acabó.

A partir de ese momento, Fulgencio se entregó a su negocio con fervor. Se dio cuenta de que Bobby Balmori tenía razón; no había lados. No habría competencia. Se había terminado. Carolina era una mujer casada. Y el único consuelo que le quedaba de que ella se hubiere casado con Miguel Rodríguez Esparza era que no tenía por qué sentirse culpable por desearle una muerte temprana. Era un traicionero y se merecía cualquier castigo que la Virgencita considerase enviarle.

Obtuvo un préstamo del banco La Frontera donde el hijo del viejo Maldonado trabajaba como oficial de préstamos y encontró el sitio ideal, frente a la plaza municipal, para abrir su propia farmacia, La Farmacia Ramírez. Ahí, construyó un pequeño mundo donde *la raza* pudiera ir a compartir sus penas, consultar en español, y surtir sus recetas, a veces con poco más que la promesa de pagar. «Un rinconcito de México en el corazón del Valle» era como a Fulgencio le gustaba describirlo. Y en las tardes, los guitarristas solían llegar, antes de sus trabajos nocturnos, a practicar con Fulgencio, *la voz de oro*, sus anhelos elevándose con su voz, hasta las vigas del techo.

Los años se fueron deslizando y el inició su ritual de revisar las esquelas esperando encontrar las odiadas veintidós letras que habían deletreado su ruina. A pesar de que pasaría mucho tiempo antes de que pudiese comprender el alcance y la profundidad de la traición de Miguelito, lo odiaba por haberse casado con ella, lo odiaba por haber puesto el punto final al más glorioso capítulo de su vida.

Por los estragos del tiempo, los golpes de los elementos y las emociones no correspondidas, se fue volviendo cada vez más frío y duro. Su encanto seguía siendo vibrante, a pesar de que su voluntad de vivir se desvanecía lentamente. Y lo que lo mantenía con vida era su dolor. Lo saboreaba y se deleitaba en él, proclamando para que todo el mundo lo escuchara, en la forma en que sacaba cada gota de emoción de cada nota, cada palabra, de las canciones que le gustaba interpretar.

Una noche, interpretando «Hoja Seca» en un elegante hotel del otro lado del río, dejó a la totalidad del público derramando lágrimas, sus palabras permeando sus corazones. En la canción, lamentaba la pérdida de su amor y la imposibilidad de encontrar otro igual. Proclamaba su fe como solo *hojas secas*, muertas de dolor.

> *Tan lejos de ti no puedo vivir*
> *Tan lejos de ti me voy a morir*
> *Entré a esta taberna, tan llena de copas*

Queriendo olvidar.
Pero ni las copas, Señor Tabernero,
Me hacen olvidar.

Me salgo a la calle,
Buscando un consuelo,
Buscando un amor.
Pero es imposible.
Mi fe es hoja seca
Que mató el dolor.

No espero que vuelvas.
Ni espero que lo hagas.
¿Pues ya para qué?
Mataste una vida
Se acabó el amor

Si acaso mis ojos
Llenos de tristeza
Pudieran llorar.
Pero es imposible
Pues nunca he llorado
Por ningún amor.

Ya que es imposible
Dejar de quererla
Señor Tabernero,
Sírvame otra copa
Que quiero olvidar.

Después de tan conmovedora interpretación, un grupo de ejecutivos de la música (de paso hacia la ciudad de México) le ofrecieron inmediatamente un contrato de grabación, pero lo rechazó diciendo que jamás volvería a dejar La Frontera, ni para cantar, ni para hacer giras, ni por nada excepto por el amor de una mujer, Carolina Mendelssohn, a quien dedicaba sus canciones, la que le rompió el corazón.

Aliviaba su sufrimiento, a veces cantando, a veces en el confort inquieto de los brazos de otras mujeres, a veces con el dulce elixir del licor. Y amasó una fortuna, incluyendo no solo la Farmacia Ramírez, sino también una línea de camiones, una compañía constructora, una empresa de exportación de legumbres, una ladrillera, una vulcanizadora (similar a la que alguna vez tuvo su padre, que su hermano Nicolás perdió en una apuesta), un lavado de autos, e incontables cabezas de ganado vacuno, ganado lanar y caballos de pura sangre. Pero nadie lo adivinaría. Administraba todas sus empresas discretamente desde la parte trasera de la farmacia. Antes de que la edad se lo impidiera, El Chotay era su mano derecha, supervisando todo y trabajando incansablemente. Pero, aun así, seguía viviendo en su cabaña de adobe, vistiendo sus guayaberas descoloridas, manejando su destartalada camioneta, y envejeciendo.

Por supuesto, nunca se casó. Nunca sintió deseos de casarse con nadie excepto Carolina. Nunca tuvo hijos tampoco. Creó su propia poción herbal anticonceptiva para evitar que ocurriese esa tragedia. No podía concebir el traer un hijo al mundo que no fuese resultado de su unión con Carolina Mendelssohn.

Siempre que su familia o amigos lo necesitaban, ahí estaba él para ayudarlos, especialmente su mama y el pequeño David, de quienes se hizo cargo tras la muerte de su padre. Realmente sentía que no tenía más razón para vivir. Después de todo, la esperanza de que Carolina enviudara era una posibilidad lejana. Por supuesto que deseaba que su miserable enemigo muriese lo más pronto posible, pero quizás el bobo inútil con quien ella se había casado viviera más que todos. Así que vivía su vida con imprudente abandono. Algunos podrían pensar que estaba lleno de vida, pero él y las personas que estaban cerca de él sabían que era todo lo contrario; estaba lleno de muerte. Subsistía en una especie de limbo, esperando por otra oportunidad de vivir con Carolina.

Aproximadamente diez años después de su regreso a La Frontera, mientras se encontraba solo en la farmacia en la noche haciendo el corte de caja, llegó una mujer sola a recoger su medicina. Reconoció inmediatamente a la Sra. Villarreal. Su aspecto era inconfundible aun a pesar de las arrugas que ahora surcaban su rostro otrora liso, y las canas que se mezclaban con su cabello negro. Sus ojos grises de mirada dura aún brillaban contrastando con su piel tostada.

La observó en silencio mientras le surtía su receta, recordando su encuentro de años antes en el departamento de abarrotes del Supermercado López.

—¿Ya lo investigaste? —preguntó ella, sintiendo compasión por él. Ya había escuchado acerca de su vida solitaria y su cantar melancólico.

—Lo siento, Señora Villarreal —respondió Fulgencio, contando pastillas y deslizándolas dentro del frasco—, no estoy seguro de saber de qué me está hablando.

—La maldición —contestó ella—. De la que te hablé cuando eras solo un muchacho, en el supermercado con tu madre.

—No, señora. No lo he hecho.

—¿Por qué no?

—No estoy seguro. He estado muy ocupado.

—¿Muy ocupado? —Sus grandes ojos se abrieron aún más—. ¿Muy ocupado para conocer el mayor obstáculo en tu vida, el que ha bloqueado el camino a todos esos sueños que siempre tuviste?

—Aún tengo mis sueños. En realidad, ahora es todo lo que tengo. —Colocó el frasco con las pastillas en una bolsa y la deslizó sobre el mostrador.

—Pregúntale a tu madre —imploró la Señora Villarreal—. Ella tiene que saber algo. Esa es la única razón por la que te lo mencioné entonces, porque ustedes estaban juntos y yo pensé que ella podría ayudarte. ¿Todos nosotros provenimos de las mismas tierras, sabes? De Caja Pinta, desde los días en que nuestros ancestros arribaron aquí en barcos desde España. Pídele que te indique la dirección correcta. Es la única forma en que podrás darle vuelta a esta situación. No puedes permanecer sin hacer nada, solo esperando que el marido de esa muchacha se muera, y luego esperar que corra a tus brazos, Fulgencio. La vida no es así. Nunca es tan fácil, al menos no para las personas como nosotros.

Ella abrió su bolsa para sacar su tarjeta de Medicaid, pero él se lo impidió. —No, señora Villarreal. Guarde su tarjeta por si llegase a necesitar algo más este mes. Usted ya me ha pagado suficiente esta noche.

Después de que ella se fue, Fulgencio permaneció sentado meditando sus palabras y contemplando del teléfono. Levantó el auricular y volvió a colocarlo en su lugar un par de veces. Finalmente, marco el número de su madre.

—¿Bueno? —contestó ella después de un par de timbres. Él podía escuchar el chisporroteo de a comida en una sartén.

—¿Mamá?

—Sí, m'ijo.

—¿Recuerdas a la señora Villarreal?

—Sí.

—¿Recuerdas un día en el supermercado López hace años? ¿Recuerdas lo que dijo? ¿Algo acerca de una maldición?

Después de una larga pausa, Ninfa del Rosario respondió tentativamente: —¿Sí?

—¿Qué puedes decirme acerca de eso? Acabo de verla y me dijo que necesitaba preguntarte acerca de ello para poderlo arreglar.

—Ay, Dios, esta gente de rancho. Fulgencio, no nos venimos a vivir a los Estados Unidos para seguir creyendo en esas cosas. El pasado es el pasado. Y mientras más pronto lo dejes atrás, más pronto empezarás a disfrutar de tu vida aquí, en el presente. Olvídate de eso. La señora Villarreal es una gitana. Uno de sus ancestros se casó con uno de los nuestros en algún momento, pero ella se quedó atrapada en sus viejas costumbres y tradiciones. Deja que crea lo que ella necesite creer. Tú ahora eres un hombre de ciencia, ¿o no?

—Sí, es cierto, pero eso no significa que no crea en yerbas y maldiciones. Y tú sabes que yo hablo todo el tiempo con personas que ya han dejado este mundo. Y los veo. Ellos son reales. ¿Por qué entonces no debería creer que algún tipo de maldición podría afectarme a mí o a nuestra familia? Recuerdas cuando era niño y llegaba a tu lado corriendo a mitad de la noche? Yo escuchaba estas palabras extrañas, estos canticos. ¿Lo recuerdas? Recuerdas cuanto me enojaba? ¿Cuán violento me ponía? ¿Recuerdas cómo era de celoso y posesivo, al grado que deje a Carolina sin siquiera preguntarle con quien bailaba esa Noche Buena? Quizás esa maldición de la que habla la señora Villarreal tenga algo que ver con eso.

—Hijo mío. Eres un hombre. Y eres un Ramírez y un Cisneros. No es ninguna sorpresa que hayas salido como saliste. Todos ustedes son unos machos imposibles. Y estoy segura de que te encantaría culpar a algo de tus problemas, algo que te permitiera pagar a una curandera o bruja para disiparlos. Y si eso te hará sentir mejor, pues hazlo. Pero no intentes enredarme a mí en tu retrasada búsqueda por respuestas para todo lo que te ha salido mal en la vida. Mi padre me abandonó. No me dejó nada. Perdió todo lo que teníamos. Y algunas personas decían que la razón por la que mi madre había muerto dando a luz era porque él la trataba tan mal que ella ya no tenía deseos de vivir. Ninguno de tus hermanos ha logrado nada en la vida. El pequeño David, pues ni se diga. Y tú, pues yo te agradezco mucho toda tu ayuda, pero ambos sabemos que por mucho tiempo has sido muy desdichado. Así que, con todo ese sufrimiento, y todos esos fracasos, yo ya he tenido suficiente. Yo no quiero excusas por la manera en que han sucedido las cosas. Yo solo quiero seguir adelante.

—¿Entonces, a quien debería preguntarle? ¿Tú sabes algo y no quieres decirme? —la presionó Fulgencio.

Con un suspiro, ella le dijo: —Pues mira, m'ijo. Pregúntale a la gente de los ranchos. Cuando yo era una niña, ellos siempre estaban hablando de eso. Algunos decían que veían a una mujer parada junto al río. Yo nunca la vi. Y hablaban de una vieja maldición, la maldición de Caja Pinta. Pero francamente, había muchas historias y ninguna de ellas tenía sentido para mí, así que las ignoré. Si tú dices que hablas con los muertos, pues ve y pregunta a tu abuelo ese que vive contigo. ¿Él es con quien deberías hablar, no crees?

—El no habla mucho. Solo se sienta ahí a tomar y jugar a las cartas.

—Vaya, pues me alegra saber que no ha cambiado —dijo ella con sarcasmo.

—Mamá, por favor ayúdame. Dame un respiro.

—Lo siento, hijo. Eso es todo lo que sé. Y, bueno, hay algo más.

—¿Qué es?

—Pues solían decir que los hombres Cisneros nunca podrían conservar a sus amadas a menos que rompieran la maldición.

A Fulgencio casi se le cae el teléfono. —¿Qué?

—Eso es todo lo que sé —aseguró Ninfa del Rosario Cisneros.

—¿Y por qué no me dijiste eso antes?

—Porque no lo creo.

—¡Pero si tú misma utilizas yerbas y conjuros! ¿Cómo puedes decir que no crees en ello? —Fulgencio se jalaba los cabellos, exasperado.

—Aliviar un resfriado o ayudar a alguien con su reumatismo es una cosa —explicó ella. —Meterse con magia negra es otra cosa. Yo no hago eso.

—¿Y no crees que mis hermanos y yo merecíamos saber acerca de esta maldición?

—No, en realidad no. Lo consideré cuando eran niños. Inclusive hablé con el Padre Juan Bacalao; le pregunté si debía decirles. Él me dijo que no. Dijo que nada de esa Santería tenía lugar en el mundo cristiano.

—Por supuesto que diría eso, Mamá. Él no puede salirse de su guion. ¿Pero si el sacerdote puede obrar un milagro en el altar cada vez que oficia misa, porque no podría una *bruja* ponerle una maldición a alguien?

—No lo sé. Viéndolo desde la perspectiva actual y considerando la manera en que las cosas han salido para ti y tus hermanos, es posible que me haya equivocado al ignorar la maldición, pero en ese momento, no quería atribularlos con dudas innecesarias acerca de algo sobre lo que ustedes nada podían hacer.

—¡Bueno, pues ahora lo veremos! —declaró Fulgencio con

un sabor amargo en la boca—. De cualquier modo, Mamá, gracias por finalmente decirme lo que sabes.

—No vayas a hacer que te maten por eso, Fulgencio.

—Yo ya estoy muerto por dentro, Mamá. ¿Qué tanto pueden empeorar las cosas?

Adiós.

Esa noche, Fulgencio se regresó rápidamente al Dos de Copas, esperando poder obtener más información de su abuelo. Lo encontró en su sitio habitual en la mesa, jugando solitario frente al relieve de la Virgen de Guadalupe en la pared de adobe.

—Abuelo, cuéntame de la maldición de Caja Pinta.

Su abuelo permaneció callado, manejando las cartas como hipnotizado.

—¿Abuelo?

—No me acuerdo.

—¿Cómo que no te acuerdas?

—Pues me vas a perdonar, pero mi mente ya no es lo que era antes. Mis recuerdos son muy confusos.

—Entonces, ¿en algún momento tú lo sabías? —preguntó Fulgencio, sentándose frente a él y escrutando sus ojos.

—Nunca supe gran cosa. Había tantos cuentos y rumores. Y yo no era como tú, Fulgencio. Yo no podía ver a los que ya se habían cruzado Al Otro Lado, ni podía hablar con ellos. Algunos podemos y otros no. Ni modo. Era inútil intentar entenderlo, así que no lo hice.

—Y ¿por qué abandonaste a mi madre? ¿Fue a causa de la maldición?

—Yo nunca la abandoné. ¿Eso es lo que ella dice? —Fernando Cisneros seguía sacando las peores combinaciones de cartas que Fulgencio había visto jamás. Su suerte seguía siendo pésima aun décadas después de su muerte. —Mira, ahora que lo mencionas, recuerdo porqué se la di a mis parientes, la familia del Chino Alasan, para que la criaran en su rancho, en Las Lomas. La maldición no tiene nada que ver con perder a tus seres queridos, o no poder conservar su amor. Después que mi esposa murió al dar a luz, yo temía que, si me quedaba con Ninfa, ella también moriría. Así que mejor la di. Tenía miedo de encariñarme con ella.

—Mmm, entonces por eso me decías que no tuviera miedo de amar —recordó Fulgencio. —Y no lo tuve, pero a causa de ello he sufrido durante casi toda mi vida. ¿Por qué no me advertiste de esto?

—Porque no quería abrumarte con mis supersticiones. Además, las maldiciones deben de romperse, m'ijo. Y tal vez tú estás destinado a liberar finalmente a nuestra familia de la maldición. Yo recuerdo que alguna vez pensé que podría ayudarte cruzando al otro lado de la vida y de la muerte, pero no resultó así. Todo lo que he logrado es permanecer aquí sentado. No he tenido ni la energía ni el poder para aventurarme fuera de estas paredes a buscar las respuestas.

Fulgencio frunció el ceño, dándose cuenta en ese momento que esta maldición multigeneracional podría ser demasiado poderosa para que una sola persona pudiera romperla. —Necesito hablar con alguien inmediatamente, alguien que pueda ayudarme a romperla —pensó ansiosamente—. Alguien que me pueda ayudar a encontrar la solución.

—Alguien espiritual, Fulgencio. Alguien poderoso. Alguien fuerte —agregó Fernando Cisneros.

—El hermano William —dijeron ambos al mismo tiempo. Y la Virgencita empezó a bailar una polca irlandesa en la pared. Al parecer, apreciaba al hermano William.

—Sí, el hermano William. Él ha sido muy amable, viniendo

con frecuencia a saludar desde la primera vez que lo trajiste aquí cuando aún eras un niño.

—Debo irme ahora mismo —dijo Fulgencio, deseando haber instalado una línea telefónica en el rancho. —Gracias, abuelito. Le dio a Fernando Cisneros un beso en la mejilla y salió corriendo.

Esa noche, reunidos tomando café en su oficina en San Juan del Atole, el hermano William tomó notas de todo lo que Fulgencio podía recordar acerca de la maldición de Caja Pinta, lo aportado por la señora Villarreal, Ninfa del Rosario, y Fernando Cisneros.

—Así que, durante todos estos años —preguntó el hermano William—, en momentos de dificultades y de ira, ¿tú podías escuchar esas palabras que no entendías?

—Sí, y un ruido blanco estruendoso que ahogaba todo lo demás. Pero no era solo en los momentos difíciles, ahora que lo pienso. También sucedía cuando Carolina me hablaba, cuando me confiaba sus pensamientos, sus ilusiones. En vez de escucharla a ella, todo lo que podía escuchar eran esos cánticos misteriosos dentro de mi cabeza.

—No puedo creer que no me lo hayas contado nunca — dijo el hermano William meneando la cabeza—. Quizás hubiera podido ayudarte antes.

—Yo pensaba que algo estaba mal conmigo, que la gente pensaría que estaba loco —admitió Fulgencio.

—Bueno, dijo el hermano William con un suspiro: —Yo creo que todos estamos un poco locos. Pero una vez que hayamos entendido todo esto, podremos hacer algo al respecto.

VEINTITRÉS

El hermano William y Fulgencio trabajaron arduamente para descifrar la naturaleza de la maldición. Cada domingo se iban al Dos de Copas y se adentraban en cada dirección dentro de las rancherías vecinas para entrevistar a los campesinos, rancheros y ejidatarios, y reclutaron la ayuda de Cipriano también. Cualquier pizca de información podría ser útil. Pronto, el hermano William decidió que necesitaría llevar un diario para anotar todas y cada una de las historias increíbles y de los rumores. Estas eran posibilidades, explicó a Fulgencio, no necesariamente realidades. Y, de hecho, encontraron tantas diferentes versiones de la historia como personas dispuestas a colaborar. Todas las leyendas coincidían en que el centro era Mauro Fernando Cisneros, el tatarabuelo de Fernando Cisneros. Pero en cada versión, representaba un rol diferente. Era en algunas un tirano, un líder magnánimo, un pistolero, un tahúr, el amante de muchas mujeres, un cantante, un humilde granjero, un aristócrata arrogante. Y en diferentes versiones, había abandonado a su mujer o la había matado, la había amado demasiado, o no lo suficiente, le había sido infiel o había estado obsesionado con ella, pero invariablemente había sido la causa de la maldición. Otras iteraciones aseguraban que la maldición le había sido impuesta a él y a su linaje por robar tierras, por robar ganado, por adueñarse de un tesoro, por matar indios, por pelear con los gringos, por ayudar a los gringos, por tener esclavos, por liberar esclavos, etc.

Y finalmente, existía la duda acerca de quien había impuesto la maldición. Algunos adivinaban que había sido su misma esposa, celosa porque él había tenido hijos con una amante. Otros culpaban a la suegra de Mauro Fernando, que había tenido fama de practicar brujería. Y aun otros hablaban de un hermano ilegitimo que había sido desheredado y dejado en la ruina. O podía haber sido un amante despechado, un vecino celoso, un enemigo agresivo que se había sentido robado en el juego o en un negocio de tierras. Habían pasado tantos años que ya nadie conocía con certeza la verdad. A falta de una narrativa precisa, los abundantes y auto propagantes rumores habían circulado por esas tierras con la frecuencia del polvo y las plantas rodadoras desde la mitad de la década de 1800. Y a la falta de otras formas de entretenimiento, los rancheros y campesinos se divertían especulando acerca de la maldición.

—Para mí no es divertido, hermano William —se quejaba Fulgencio un domingo después de otra decepcionante ronda de entrevistas, bebiendo tequila en la mesa mientras que su anciano mentor y su abuelo se disputaban una partida de póker—. Como si no estuviese sufriendo suficiente por haber perdido a Carolina, ahora siento que me estoy volviendo loco. Cada día, teniendo que recabar toda esta historia antigua, y agregar más y más información conflictiva y confusa. Podría volverme loco.

Tal vez deba empezar a tomar de esas pastillas ansiolíticas que le doy a mi primo Gustavo.

—No te confundas, Fulgencio. Necesitamos que estés en pleno control de tus poderes —suplicó el hermano William, desplegando una casa llena en la mesa, para consternación de Fernando Cisneros.

La Virgencita se inclinó desde su sitio en la pared y susurró algo al oído de Fernando Cisneros.

—Oigan, no se vale hacer trampa —regañó el hermano William—. ¿Te está dando pistas, Don Fernando? Apuesto que puede ver a través de las cartas.

—No, ella dice que deberías ir a hablar con la mujer —contestó Fernando Cisneros hoscamente, barajando las cartas en su mano. De cualquier manera, que las acomodaba, formaban la peor mano de póker imaginable. —Es por demás —se lamentó.

—¿Qué mujer? —se preguntaba Fulgencio en voz alta.

La Virgencita se inclinó de nuevo, y volvió a susurrar algo al oído de Fernando.

—La que esta junto al río, explicó él.

—¿Cómo no se nos ocurrió eso? —dijo el hermano William rascándose la cabeza.

—Tal vez es la maldición tejiendo su red —dijo Fulgencio lentamente—. Puede estar nublando nuestras mentes, como acabas de decir que las pastillas harían conmigo.

—¿Quieres decir que podría estar afectándome a mí también? —se preguntaba el hermano William—. Pues podría ser posible.

—Tal vez esta maldición sea como un ser vivo, hermano William. Se protege a sí misma. ¿Cómo se dice? Autoconservación. Está diseñada para confundir a quienes sean afectados por ella. Y ahora que tú estás tratando de descifrarla, es posible que te esté

impactando a ti también, ¡haciéndonos ignorar a aquellas personas que más pueden ayudarnos a eliminarla!

—Pues eso es justo lo que yo haría —comprendió el hermano
William. Se frotó las manos y sus ojos brillaron de emoción—. Si
yo fuera una maldición.

Fulgencio rio. —Tú eres lo opuesto, hermano William.
¡Eres una bendición! Y estas actuando igual que cuando dibu-
jabas las jugadas para los playoffs en aquellos días —comentó
Fulgencio débilmente—. Excepto que esto no es un juego. Es
mi vida.

—Sí, hijo mío. Y con un poco de suerte, y la ayuda de la Virgencita, es muy posible que logremos enderezar tu vida.

Los dos dejaron las cartas, agradecieron a la Virgencita y a
Fernando Cisneros, y salieron al sol ardiente.

Montados sobre Relámpago y Trueno, hijos de los corceles
originales que habían montado aquel día de verano tantos años
antes, se dirigieron hacia el Norte rumbo al río. Después de un par
de horas, llegaron a la orilla. La encontraron de pie en su duna,
con el largo cabello oscuro flotando en la brisa del Golfo. Ella llevaba un vestido gris que asemejaba una elegante colección de tiras
de seda suave hiladas por una rueca etérea, con sus ojos color avellana enfocados en la orilla opuesta del río.

—Por favor dinos tu nombre, dinos quién eres —imploró el
hermano William, perturbándola por vez primera desde aquel día
hacia casi dos décadas, cuando Fulgencio la vio por vez primera
en el mismo sitio.

Esperaron largo tiempo, repitiendo la pregunta. Era como si
estuviera ahí, pero sin estar, dormida con los ojos abiertos.

—Ha estado aquí durante mucho tiempo —dijo Fulgencio—. Tal vez sea solo una aparición, y no esté consciente.

El hermano William intentó de otra forma. —¿Qué es lo que buscas? ¿Qué es lo que esperas?

Nada.

Esperaron sentados durante mucho tiempo esperando que despertara de su trance, pero nada cambio.

—Debemos irnos antes de que anochezca, hermano William. Esto se ha tornado muy peligroso por las noches, con los narcos y los coyotes.

Cuando montaron y empezaron a cabalgar rumbo al Sur, escucharon un crujir tras ellos, y un susurro casi imperceptible en el viento. Los caballos se sobresaltaron y los jinetes voltearon.

Ella seguía inmóvil en el mismo sitio, con la mirada fija en el horizonte. Ellos se inclinaron hacia ella intentando escuchar.

Y fue entonces que escucharon una débil voz, sin que sus labios se movieran.

Ambos la escucharon decir: —Yo soy Soledad . . . Soledad Cisneros.

Después de eso, ella ya no dijo nada más, a pesar de sus esfuerzos por sacarle más información respecto a la razón por la que se encontraba ella ahí, y si sabía algo acerca de *la maldición*. Se despidieron de ella y galoparon de regreso a la cabaña, perseguidos por la caída de la noche. Cuando le compartieron al abuelo de Fulgencio lo que habían aprendido, se quedó viendo las cartas con gran melancolía, como si deseara que estas se transformaran ante sus cansados ojos.

—¿Reconoces el nombre, abuelo? —preguntó Fulgencio.

—Sí, de hecho, sí lo reconozco. Pero nunca la conocí. Y nunca vi su espíritu como ustedes la han visto hoy, o como otros la han visto a través de los años. Pero ahora que la mencionan, sé quién es. La mujer en la duna que mira sobre el río, reconozco el nombre —respondió Fernando Cisneros.

—Santo Dios, ¿quién es ella? —le suplicó el hermano William, a quien se le acababa la paciencia.

Por una vez, Fernando Cisneros levantó la vista de las cartas y miró a ambos a los ojos con su mirada frágil: —Ella es mi abuela.

****

Al principio, Fulgencio y el hermano William se habían animado mucho por su descubrimiento. Pero su entusiasmo se disipó como nubes de tormenta que llegan del Golfo solo para desaparecer sin dejar nada de lluvia sobre el terreno reseco.

Fulgencio siempre había sabido que su abuelo era huérfano, pero nunca había pensado mucho acerca de ello. Su madre había sido huérfana. Su padre había sido huérfano. La Revolución Mexicana y el constante estado de caos y las luchas que devastaban la tierra parecía que creaban generaciones enteras de huérfanos una y otra vez.

Lo que ahora entendía, sin embargo, era que los ancestros directos de Fernando Cisneros estaban en el centro mismo de la maldición de Caja Pinta. Lo que no acababa de entender era exactamente como figuraban en ella, y como encontrar la forma de librarse de ella.

El hermano William sugirió visitar la catedral en La Frontera y buscar entre los registros arcaicos de nacimientos y bautizos para trazar el árbol genealógico de Fulgencio. Quizás pudiesen localizar otros descendientes sobrevivientes que pudieran proporcionar más información acerca de los mitos que rodeaban a sus bisabuelos y la subsecuente maldición que supuestamente atormentaba a su familia.

Mientras se sumergía en la investigación genealógica, los años se deslizaban entre los dedos de Fulgencio con la misma facilidad que las pastillas que surtía para sus pacientes.

El árbol genealógico rindió volúmenes de trivia pero muy pocas pistas útiles. Mauro Fernando Cisneros había sido propietario de Caja Pinta, heredando la vasta concesión española de tierra. Había casado con Soledad Villarreal, que provenía de una de las concesiones vecinas, que habían sido trece en total, donadas por el Rey de España durante la década de 1700. De acuerdo con los registros, en 1848 Mauro Fernando y Soledad tuvieron hijos gemelos. El mayor de los gemelos se casó y fue el padre de Fernando Cisneros, el abuelo de Fulgencio. Sus parientes sobrevivientes incluían a la Sra. Villarreal, que era descendiente de uno de los hermanos de Soledad, y El Chino Alasan, descendiente de una de sus hermanas. Y lo que ellos sabían era de muy poco valor, aparte de las usuales conjeturas que Fulgencio y el hermano William ya habían encontrado en el pasado.

La investigación llegó a un punto muerto, y el tiempo siguió transcurriendo. Durante uno de esos años desolados, una terrible sequía azotó la región. Cuando el estanque del Dos de Copas se secó, Fulgencio invitó al hermano William a participar en un viaje para llevar su ganado al río por agua. Ese día se les unieron Cipriano, el compadre de Fulgencio, El Chino Alasan, y varios vaqueros en el esfuerzo. Bajo el incesante embate del sol mexicano, en una nube de polvo, protegidos por sus sombreros Stetson, los hombres guiaron a las vacas a su salvación.

Esa resultó ser la última vez que el hermano William haría el viaje de La Frontera al Dos de Copas. Habían pasado ya más de dos décadas de la primera vez que recorrieran la propiedad. El hermano William se divirtió como nunca. Olvidó las preocupaciones de toda una vida. Cabalgó sobre un Palomino Dorado a la edad de setenta y cuatro años a través de una tormenta de tierra hasta la orilla del Río Grande. Volvió la mirada al cielo desde arriba del caballo, estiró los brazos hacia Dios, y le gritó gozoso: —Llévame, ¡porque ya he terminado! —Rodeado de ganado jubiloso que chapoteaba en las aguas que se arremolinaban, el hermano William reía como un loco agitando su sombrero en el aire y gritando como un mexicano, como Fulgencio Ramírez le había enseñado. Su caballo relinchó y se levantó sobre sus patas traseras. Y la imagen del hermano William reflejada contra el sol era la imagen perfecta de un charro, con la tierra de oportunidades a sus espaldas en el lado noroeste de un recodo en el río.

Los vaqueros, sentados en el suelo descansando y bebiendo de sus cantimploras, apuntaban hacia él y reían. El Chino Alasan, primo lejano de Fulgencio, proveniente de Las Lomas, el rancho cercano donde había crecido su madre, mostraba una sonrisa chimuela, su piel curtida y oscura, tirante bajo el borde gastado de su viejo sombrero. Se frotó la barba de tres días observando al hermano William y, dando una palmada a Fulgencio Ramírez en la espalda, sacudió su cabeza divertido: —¡Gringos locos chingados! —rio—. El Monje Ranchero, ¡hijo de su mal dormir! —gritó, y todos respondieron con gritos.

El hermano William se dejó caer de su caballo hacia las frescas aguas y se bañó junto con las vacas, cantando viejas canciones irlandesas de su infancia. Y más tarde esa misma noche junto a la hoguera cerca de la casa de Fulgencio, se unió a Cipriano, al Chino Alasan y a Fulgencio bebiendo de la botella de buen tequila que se iban pasando.

—Salvar 100 cabezas de ganado es mucho más fácil y mil veces más divertido que el esfuerzo por salvar una sola alma humana —comentó el hermano William al grupo a la sombra parpadeante del fuego.

—La vaca es una criatura muy noble —dijo Cipriano en

su estilo tranquilo y pausado, su rostro bronceado iluminado naranja por el fuego—. No importa cuánto hagas por una persona, ella puede traicionarte. Pero una vaca no. Siempre puedes confiar en una vaca.

—Eso es cierto —aseveró El Chino—. Se me ocurren mil motivos para matar a una persona, pero solo se me ocurre una para sacrificar una vaca. ¡Pa' comértela!

El hermano William preguntó riendo: —¿Usted qué opina, ¿Don Fulgencio? Usted es sanador de gente.

Fulgencio levantó la vista del fuego, con expresión solemne. Pensó en Carolina, casada con otro hombre. Sopesó su espera interminable para que ella fuera libre, y sus esfuerzos estancados por descifrar el significado de la maldición que le perseguía, amenazando con descarrilar cualquier esfuerzo futuro por reconquistar a Carolina. El corazón le pesaba como si fuera de piedra. —Yo preferiría curar a una vaca que a un ser humano. Porque se puede ser dueño de una vaca. Y no se puede ser dueño de una persona. A la vaca la puedes tener resguardada en un corral. A una persona no la puedes encerrar en un cuarto. Tú puedes contar con el hecho que un animal jamás te traicionará. Pero una persona. Con una persona puedes contar con el hecho que seguramente te traicionará. Tarde o temprano tendrás un cuchillo enterrado en la espalda y un hoyo en el corazón. —Tan pronto terminó de decir esto, sintió surgir la ira elevándose como una ola repentina dentro de su alma. Los recuerdos de la noche en que había planeado pedir la mano de Carolina se precipitaron en su mente. Y con ellos llego el familiar cántico de palabras incomprensibles haciendo eco en la distancia, mezclándose con el ruido blanco navegando en las olas. *Chichicatl. Yolchichipatilia.*

—Amén —susurró Cipriano que aún bajo las estrellas llevaba puesto su sombrero.

—Las personas son creaturas traicioneras —reafirmó El Chino, acariciando la pistola que llevaba al cinto.

El hermano William se pasó las manos sobre el rostro, pellizcándose los ojos y la nariz. —Después de toda una vida intentando ayudar a las personas a salvar sus almas, estoy convencido de que la única alma que alguien puede salvar es la propia.

—Y la de una vaca —comentó Cipriano.

—Sí. Yo creo que yo debí haber sido ranchero —agregó el hermano William.

—¡El Monje Ranchero! —gritó El Chino Alasan, carcajeándose de su propia ocurrencia.

—Deberíamos componer un corrido —dijo Cipriano.

Fulgencio se levantó y trajo una guitarra del cuarto trasero de la cabaña. Sentándose de nuevo junto al fuego, empezó a picar las cuerdas, tocando escalas y arpegios con la brisa del Golfo acariciando sus mejillas.

Primero, tarareó una melodía, y después empezó a cantar:

Este es el cuento del monje ranchero
Que vino de Irlanda
Como Dios se lo manda
Para salvar las vacas
Esta es la vida de un hombre sincero
Que vino sin nada
Más que el Dios a quien alaba
Y encontró su destino
Recuerden siempre al monje ranchero
Quien reconoció su lugar
Donde hizo su hogar
Y nunca dejo de ganar.

—*Ay . . .ay . . .ayay!* Los gritos se elevaron mientras la voz de Fulgencio aun flotaba en el aire, y el concluyó con una ráfaga de la guitarra.

El hermano William rio a carcajadas, bebiendo de la botella de tequila y proclamando la verdad de las palabras de Fulgencio.

Acabada la botella y apagado el fuego, con solo los huesos del esqueleto del cerdo colgando sobre las cenizas, se terminó la fiesta. Todos se abrazaron y se despidieron. Y cuando las luces traseras de las camionetas del Chino y Cipriano cruzaron el portón, Fulgencio vio al hermano William como nunca antes lo había visto. Su rostro denotaba paz, como el de un niño que acaba de descubrir un lugar increíblemente maravilloso donde jugar, descansar, y soñar. Quizás, pensó Fulgencio, ese lugar se encontraba dentro de su misma alma. Ayudó al hermano William a levantarse, y sacudiéndose el polvo, le ofreció al hermano llevarlo de regreso al pueblo porque ya era tarde.

El hermano William miró la vieja carcacha, que a duras penas se sostenía después de tantos años. Se volvió a Fulgencio y le preguntó: —¿Te importaría si me quedo aquí?

—No, por supuesto que no. Usted tome la cama —dijo Fulgencio, ligeramente sorprendido. El hermano William lo visitaba con frecuencia, pero jamás había pedido quedarse a pasar la noche.

—No, escucha. —La mano temblorosa del hermano William sujetó el sinuoso antebrazo de Fulgencio y repitió las palabras bajito y despacio—. ¿Te importaría si me quedo aquí?

Fulgencio comprendió inmediatamente. Su corazón se hizo aún más pesado, desplomándose como una roca densa en un estanque turbio. El hermano William quería quedarse aquí, para siempre.

—Mi misión en esta vida ya está terminada, chico. —Sus ojos bailaban con alegría (¿o sería tal vez, picardía?), como un par de luciérnagas sincronizadas rebotando a la luz de la luna. —Hace unas semanas, me diagnosticaron cáncer en etapa terminal. He pensado mucho sobre esto, Fulgencio. Y si tú me lo permites, aquí es donde quiero morir. Quizás desde El Otro Lado pueda serte de mayor ayuda para resolver este enigma *de la maldición*. De todas formas, me siento aquí como en mi hogar.

—Usted sabe que esta tierra es tan suya como mía —respondió Fulgencio—. Aun si usted no la aceptó de parte de la iglesia la primera vez que lo traje aquí.

—No, hijo —dijo el hermano William—. Este lugar es demasiado puro para la iglesia. No. Deja que la iglesia tenga sus basílicas gigantes y catedrales elegantes. Deja que la iglesia tenga altares incrustados de oro y aposentos forrados de terciopelo. Este sitio es para Dios y Sus creaturas . . . para ti y para mí. Esta parcela de sal seguirá estando aquí después que todos hayamos expirado, y después que las campanas de las iglesias se hayan caído al suelo, y después que las torres se hayan derrumbado y el mar se las haya tragado. Y aun cuando el sol se haya silenciado y no sea más que una bola de gas consumido y congelado, nosotros: tu abuelo, Soledad Cisneros, Trueno y Relámpago, Cipriano, El Chino, las vacas, tú y yo, seguiremos rondando entre estas briznas de pasto.

—¿Hermano, sirven whiskey irlandés en el cielo? —preguntó Fulgencio sonriendo mientras ayudaba a su mentor a cruzar el arco de la entrada a la cabaña.

—Lo harán ahora —contestó, volviéndose hacia Fulgencio y tomándole la cara en sus dos manos. Sus ojos húmedos y vidriosos hablaban volúmenes del gran afecto que sentía por su alumno más leal. Abrazó a Fulgencio y lo apretó con fuerza contra su pecho.

Al apartarse, Fulgencio por vez primera se dio cuenta de que este hombre que en un tiempo se elevaba como una torre sobre él, ahora se encorvaba por debajo de él, y las últimas hebras de cabello blanco se aferraban desafiantes a su cabeza ya casi calva. Su corazón de piedra sangró como carne otra vez, y sintió la rabia tan familiar mientras sus ojos se inundaban de lágrimas. Tanta soledad. Tanta muerte. Tanta desesperación. ¿Por qué tenía que ser así?

—Todo lo que nace muere —recitó el fantasma de su abuelo Fernando Cisneros desde la mesa de madera en el cuarto del frente.

—Y así como la noche lleva al día, así la muerte lleva a la vida —habló la Virgencita desde su relieve en la pared de adobe. Así lo creían los aztecas que la habían concebido.

—Un verdadero campeón siempre sabe cuándo retirarse —sonrió el viejo entrenador—. Ahora vayamos a descansar. Mañana empezaremos de nuevo.

Fulgencio insistió en que el hermano William durmiese cómodamente en la cama, y él se despidió.

Esta noche, lo voy a dejar descansar con los angelitos, hermano William —dijo señalando con los ojos a la Virgen y a su abuelo—. Yo voy a colgar mi hamaca y dormiré bajo las estrellas. Hasta mañana.

La puerta de la cabaña se cerró sola mientras Fulgencio caminaba despacio hacia la hilera de mezquites llevando su hamaca colgada al hombro.

VEINTICUATRO

—¡Ahora lo comprendo todo! —exclamó el hermano William.

Habían pasado tres días desde su muerte y entierro bajo los mezquites cuando finalmente se apareció a la mesa durante el desayuno, luciendo tan joven y jovial como el primer día que llego a La Frontera.

Sobresaltado, Fulgencio soltó su tenedor, que fue a caer al piso de tierra de la cabaña. Fernando Cisneros dejó escapar una risita, lo cual era sumamente raro. El hastiado jugador se alegró al ver al hermano William en su nuevo aspecto, y se estiró para darle la bienvenida con una palmada en la espalda.

—¡Gracias a Dios! —dijo Fulgencio—. Estaba muy preocupado. ¿Qué tal si no podías regresar?

—¿Cómo pudiste dudarlo? —preguntó el hermano William con una sonrisa de oreja a oreja.

—Pues tú no eres de por aquí. Ni siquiera eres mexicano —dijo Fulgencio al tiempo que levantaba y sacudía su tenedor—. ¿Quién podría asegurar que te permitirían cruzar la frontera?

—Cierto. ¿Cuántos días estuve ausente?

—Tres.

—¡Qué interesante! Igual que Jesús antes de la resurrección —reflexionó el hermano William—. Debo admitir que, con todo lo que he visto desde que me fui, estuve tentado a no regresar. ¿Pero cómo podría abandonarte ahora que realmente puedo ayudarte?

—¿Entonces, aprendiste algo? —los ojos de Fulgencio brillaban con curiosidad y esperanza.

—Todo —dijo el hermano William frotándose las manos justo como hacía siempre que se emocionaba ideando un nuevo plan de juego.

—Bien. Pues despepítalo.

Fulgencio, su abuelo, y la Virgencita escucharon con mucha atención mientras el hermano William narraba lo que había descubierto.

***

En 1773, trece familias habían llegado a la región con sus concesiones de tierras. Caja Pinta le pertenecía a Juan José Cisneros. Era una enorme extensión de decenas de miles de acres en ambos lados del Río Bravo (o Río Grande, como llegó a conocerse después). Durante generaciones la familia vivió en esas tierras, moviéndose de un lado a otro del río que las atravesaba, criaban ganado, y sembraban en el fértil valle. Para la década de 1840, la cabeza de familia era el tatarabuelo de Fulgencio, Mauro Fernando Cisneros, que se casó con Soledad en 1848 en medio del caos y la violencia de la guerra mexicoamericana.

Fue en ese mismo año que el Tratado de Guadalupe Hidalgo designó el Río Grande como la nueva frontera entre las dos naciones. De hecho, Caja Pinta había sido partida a la mitad. En el lado norte de la frontera, gringos ocuparon Caja Pinta adueñándose de ella. Furioso, Mauro Fernando Cisneros reunió un grupo de hombres para viajar al norte y rescatar su patrimonio desalojando o eliminando a los usurpadores. Soledad, que estaba embarazada, le rogó que dejase que la tierra se perdiera. Lo amaba con desesperación y temía por su vida. Pero él, lleno de arrogancia y machismo, no la quiso escuchar.

Mauro Fernando guio a sus hombres cabalgando por las planicies polvorientas y atravesando el río. Soledad lo siguió, prometiendo que esperaría todo el tiempo que fuera necesario hasta su regreso, vigilando desde una duna cerca de la orilla del río. Pero Mauro Fernando jamás volvió a pisar tierra mexicana. Una vez que hubieron cruzado la frontera, sus hombres fueron emboscados. Un traidor de entre los hombres que Mauro Fernando había reclutado se había cruzado subrepticiamente la noche anterior y advertido a los gringos del ataque inminente, a cambio de una pequeña parcela de terreno, robándole a Mauro Fernando el elemento sorpresa. Los gringos se agazaparon detrás de una espesura de mezquites y maleza mientras Mauro Fernando y sus hombres emergían de las aguas y trepaban sobre las dunas. Les dispararon y mataron a distancia, sin darles siquiera oportunidad de enfrentar a sus enemigos. Acosado por la culpa, el traidor se aseguró de que Mauro Fernando al menos recibiera cristiana sepultura en el panteón familiar. Sin embargo, ese panteón estaba situado ahí, en el sector norte de Caja Pinta, que ya para entonces era territorio americano.

Cuando Soledad recibió la noticia de la tragedia, se lanzó al río en un intento por llorar su pena junto a la tumba de su marido, pero solo logró ahogarse en el intento. Fue un verdadero milagro que una mujer de un rancho vecino pudiera rescatar su cuerpo inerte de las aguas y permitir que los gemelos nacieran en el fango de la orilla del río.

Encolerizada por la tragedia, la madre de Soledad, Minerva Villarreal, exigió que le fuesen entregados los recién nacidos, pero el testamento de Mauro Fernando estipulaba que, si él y su esposa llegasen a morir, su hermano menor estaría a cargo de los niños y la administración de sus tierras hasta que el hijo mayor llegase a la mayoría de edad. Y así se hizo. Pero la madre de Soledad no quedó satisfecha. Enfurecida por la pérdida de su hija y sus nietos, que ella atribuía al orgullo y machismo de Mauro Fernando, la poderosa bruja creo un conjuro maldito.

—Ella fue la autora de la maldición de Caja Pinta —dijo el hermano William y sus ojos brillaban con la emoción de su descubrimiento.

—¡Continúa! —exclamó Fulgencio, ansioso por escuchar la respuesta de lo que pudo haber contribuido a su devastador fracaso con Carolina—. Por favor continúa.

El hermano William explicó que el conjuro era muy complejo. La madre de Soledad, que era en parte india y hablaba la lengua náhuatl de los aztecas, había decretado que todos los descendientes masculinos de Mauro Fernando Cisneros cargarían la maldición hasta que sus exigencias fuesen cumplidas. La maldición siempre evitaría que pudiesen conservar a su amor, los condenaría a perder irremediablemente a las mujeres que más amaran, haciendo eco y amplificando las mismas emociones que habían llevado a Mauro Fernando Cisneros a ocasionar la prematura muerte de su hija: el machismo, la vanidad, la inseguridad, la posesividad, los celos, la envidia, y por último, la rabia.

Ella tejió su conjuro a la desembocadura del río, donde se vaciaba al mar, utilizando las fecundas aguas del estuario. Ella entonó palabras poderosas de la lengua náhuatl para crearlo. Y gracias a su magia oscura, la maldición se adentró en el ADN de la familia. Pero sabiendo que la maldición caería sobre sus propios descendientes, sintió algo de dolor y remordimiento al concluir su conjuro. Y, en el último momento, incluyo una forma para romper el encantamiento.

—¿Cómo? Por Dios, hermano William. Ya basta con el pasado. ¿Qué debemos hacer para cambiar el futuro?

—Encontré a la mismísima bruja. Mientras Soledad permanece en la duna a la orilla del río, su madre deambula veinte millas río abajo, en la boca del río. Cada noche, recorre las orillas de la playa en lúgubre desolación. Dicen que sus gemidos de dolor pueden escucharse en el clamor del viento de la medianoche. Ella no podrá descansar, ni el espíritu de su hija tampoco, hasta que el conjuro y la maldición hayan sido por fin disueltos. De hecho, ella ya está cansada. Eso me dijo.

—¿Y? —suplicó Fulgencio.

—Pues, es complicado. Hay que seguir varios pasos para poder romper la maldición —dijo el hermano William mientras que Fulgencio apresurado tomaba notas en su viejo cuaderno—. Primero, deberás unificar las tierras que fueron separadas por los invasores, y que eventualmente ocasionaron la muerte de tu tatarabuela. Debes hacer esto para poder lograr el segundo paso. Verás, Soledad esta sepultada bajo esa duna y está anclada a esa tierra. Así que, una vez que hayas unificado las tierras, deberás mover sus restos para que descansen junto con los de Mauro Fernando que están en el panteón familiar al norte del río.

—Está bien, continúa —suplicó Fulgencio.

—Tercero, debes salvar la vida de una descendiente femenina de la madre de Soledad y, finalmente, otorgarle el paso libre que le fue negado a su propia hija. En vista de que su hija murió intentando entrar a los Estados Unidos, debes ayudar a otra mujer del mismo linaje a lograr el objetivo de Soledad. Y no a cualquier mujer: debe ser una mujer en situación desesperada, una mujer que de otra forma podría perder la vida.

Fulgencio dejó de escribir. Dejó la pluma, con las palabras *La Farmacia Ramírez* impresas claramente sobre el brillante instrumento plateado. Se quedó pasmado. —Vaya que es complicado.

—Te lo advertí, pero, por otro lado, también fue complicado ganar todos esos campeonatos en la preparatoria, Fulgencio. Yo tengo confianza en que encontrarás la manera. ¡Lo más importante es que por fin, ahora ya sabes! Ya sabes cuál es la maldición. Y ahora sabes cómo romperla.

—Por fin lo entiendo, hermano William. Por qué no podía controlar mi enojo. Por qué a veces escuchaba estos ruidos extraños entre mis oídos, y esas palabras que nunca pude entender.

—Esas palabras eran náhuatl —aseveró el hermano William, sirviendo una ronda de tequilas.

—¿No es muy temprano para empezar a beber? —preguntó Fulgencio mientras el hermano empujaba un vasito hacia él y otro hacia su abuelo.

—Yo ya no me rijo por el reloj, Fulgencio —sonrió—. Y debemos celebrar. Mi táctica funcionó.

—¿Qué táctica? —preguntó Fulgencio.

—La de cruzar al Otro Lado para buscar las respuestas que necesitabas —respondió el hermano William.

Él parecía feliz de haber muerto, hasta aliviado, pensó Fulgencio. Y qué suerte, para ambos, que tuviera un espíritu tan poderoso que podía vagar por donde quería sin tener que permanecer atado a sus huesos ni al cuarto donde murió.

—Gracias, Hermano. Y ahora, a poner manos a la obra. —Fulgencio sintió una repentina oleada de adrenalina. Recordó la pasión que siempre había sentido en su alma por el trabajo y el esfuerzo, y sintió que esa pasión surgía de nuevo en su interior.

Los tres hombres levantaron sus vasos, saludaron a la Virgencita en la pared, y brindaron por un futuro que pudiese redimir el pasado.

VEINTICINCO

En los años que transcurrieron entre la muerte del hermano William y la de Miguelito Rodríguez Esparza, Fulgencio se avocó a lograr cada uno de los pasos necesarios para reescribir su destino y colocarse en posición para su renovada conquista de Carolina Mendelssohn.

Utilizando la fortuna que había amasado a través de su furor empresarial, empezó a comprar todas las tierras requeridas para volver a constituir Caja Pinta a su forma original. Era una ardua labor, y una para la que se alegraba de contar con El Chotay completamente vivo. Durante esos días, El Chotay se la pasaba yendo y viniendo al juzgado para traerle a Fulgencio los documentos necesarios para investigar quién era el propietario de cada parcela, quién estaba atrasado en el pago de sus impuestos, quién estaba a punto de ser demandado en un juicio hipotecario, cualquier y toda la información que pudiese ayudar a Fulgencio a aprovechar un buen trato y recuperar legalmente las tierras que originalmente pertenecían a su familia. La farmacia empezó a parecer una mezcla extraña de botica y museo de historia, porque Fulgencio colgaba en las paredes mapas de las concesiones españolas originales, acompañados de copias de documentos importantes y de los títulos originales que llevaban el sello real de los monarcas españoles. Gustavo, el primo loco, que sabía algo sobre computadoras, inclusive creo un mapa de Caja Pinta mostrando todas las parcelas en las que había sido dividida a ambos lados del río. A medida que Fulgencio iba adquiriendo parcelas, cambiaba el color de esa sección, de rojo a verde en el mapa y lo reimprimía. Fulgencio y sus secuaces contemplaban el mapa por horas enteras, preparando la estrategia para el paso siguiente y discutiendo las condiciones de la situación y demandas de cada propietario. Hasta los clientes de Fulgencio se fueron involucrando en su propósito, aprovechando la oportunidad de aprender la historia antigua de La Frontera, algo que no incluían los libros de historia de Texas.

El proceso de reconstituir Caja Pinta le llevó a Fulgencio casi una década. Cuando el complicado objetivo había sido logrado, y él era el propietario de todas las vastas tierras al norte y al sur del río, contrató a un equipo de arqueólogos de la universidad local para exhumar los restos de Soledad Cisneros del fondo de la duna. Fulgencio y el hermano William primero le explicaron a Soledad en detalle todo el proceso, y ella asintió en silencio su aprobación antes de desvanecerse en la brisa. Tras varios días de excavación cuidadosa, los arqueólogos descubrieron su casi desmoronado ataúd y, dentro de él, sus restos. Para llevarlos al otro lado del río fue necesario contratar los servicios de todo un equipo de abogados especialistas en derecho internacional, ya que Fulgencio no quería simplemente trasladar el ataúd por el río en una canoa como sugería el hermano William. Tras una búsqueda exhaustiva en la parte norte de Caja Pinta, Fulgencio y los arqueólogos localizaron el antiguo panteón familiar, y dentro de él, oculta bajo capas de arena y matorrales secos, una erosionada lápida gris con un nombre crudamente tallado, *Mauro*, apenas visible sobre la superficie picada.

Y ahí, Fulgencio finalmente reunió a su tatarabuelo y su tatarabuela. El hermano William ofició una breve ceremonia y bendijo la tumba una vez que la última palada de tierra fresca había sido colocada sobre sus restos reunidos.

Caminando hacia su camioneta, Fulgencio se volvió y pudo ver a Soledad, con su vestido gris flotando en la brisa del Golfo. Pero esta vez no estaba sola. Junto a ella estaba un hombre alto y delgado, con bigote espeso, vistiendo una camisa blanca y pantalones caqui. Sus brazos estaban entrelazados. Y entonces, alegrando el corazón de Fulgencio, sonrieron brevemente y se desvanecieron en el atardecer.

Estaba a la mitad del camino.

***

Durante los años interminables de espera, de trabajo y de intentar romper la maldición, Fulgencio con frecuencia andaba al sur de la frontera con su compadre, El Chino Alasan. El Chino no solo era un primo retirado, de las tierras cercanas al Dos de Copas, sino que además se habían hecho compadres cuando Fulgencio accedió a ser el padrino de su hija Elsa, y también del hijo más pequeño, El Chinito.

El Chino y su clan eran un grupo enigmático. Ellos gobernaban los ranchos al oeste del Dos de Copas con mano más que dura; de hecho, preferían la pistola a los puños. A pesar de sus frecuentes encuentros con la ley, balaceras en casinos, e interminables disputas por tierras, El Chino jamás había pisado la cárcel, y jamás había traicionado su palabra ni a sus compadres. Le gustaba repetir enfáticamente la frase «Mi palabra es la ley» de su himno machista preferido, «El Rey».

No mucho tiempo después de que Fulgencio había logrado concluir los dos primeros pasos para romper la maldición de Caja Pinta, El Chino irrumpió violentamente a La Farmacia Ramírez.

—¡Compadre! —gritó por debajo de su viejo sombrero de paja.

Se abrazaron y palmearon la espalda con gran estruendo.

—¿Qué pasó, compadre? —pregunto Fulgencio, denotando por el furor en la mirada del Chino que algo mucho más serio que un malestar físico lo había llevado ese día a la farmacia.

Los compadres se retiraron a la amontonada oficina de Fulgencio donde bebieron unos tragos de Herradura Reposado, saboreando su textura ahumada.

—Necesito tu ayuda, Compadre —dijo El Chino—. Los hermanos Guerrero, el Johnny, La Vaca, y Juan Grande, se metieron a mi propiedad. Están asentados en Las Lomas. Tengo que echarlos.

Fulgencio estudió el aspecto del Chino. Su cara curtida y desaliñada, la barba rubia y tupida, las líneas profundas y oscuras. Apestaba a sudor, a humo, y a tequila. Mientras lo observaba, un pensamiento atravesó por su mente. —¿Están algunos de tus trabajadores, y sus familias, atrapados ahí en el rancho?

—De hecho sí, compadre. Dos de mis vaqueros, sus esposas y niños, y también nuestra cocinera y ama de llaves.

A pesar de sentirse un poco culpable por ello, Fulgencio se preguntaba en silencio si alguna de las mujeres podría ser descendiente de la Bruja. Casi todos los que crecieron y vivían en esos ranchos podían trazar sus orígenes hasta los pobladores originales. ¿Podría resultar que ayudando al Chino contribuyera a romper la maldición? —Sus vidas podrían estar en peligro—reflexionaba.

El Chino se agitaba por momentos. —Debí haber matado a

esos hermanos Guerrero hace mucho tiempo, cuando me hicieron trampa en el póker. Tú sabes, aquel juego en Piedras Negras. Pero no. ¡Por una vez me ablandé y ahora estoy pagando el precio!

—¿El precio?

—La gente ya anda diciendo que El Chino ya no es el mismo, que me estoy haciendo viejo. Dicen que los Guerrero son muy duros. Todos les temen ahora, especialmente después de lo que le hicieron al juez que envió a su padre a la prisión federal en la ciudad de México.

Corría el rumor que los Guerrero habían atado la cabeza del juez al parachoques trasero de una camioneta pickup y sus pies al de otra, arrancándolas en direcciones opuestas. Justo ahí, en El Pedregal, el rancho de su padre encarcelado. Ellos decían que el juez lo había sentenciado por un crimen que no había cometido, así que les debía uno. Si su padre iba a pudrirse en prisión, pues tenía derecho a un buen, sólido asesinato. ¿Y quién mejor que el juez que lo condenó? Tal vez no conocían la palabra *ironía*, pero les gustaba el sabor (y el sonido de esta) mientras que los gritos del juez suplicando misericordia y sus gritos de angustia atormentada irrumpían el aire plagado de buitres.

Nadie se interponía a los deseos de los Guerrero. La gente, acobardada, se escondía en las sombras. Soltaban las cartas cuando los hermanos se aproximaban a la mesa de póker. Y les entregaban a sus mujeres si alguno de los hermanos siquiera por accidente las volteaba a ver.

El Chino se puso de pie de un salto, agitó sus puños en el aire, y rugió: —¡Estas ratas se equivocaron esta vez al robar el queso! ¡Vamos a llegar tirando con una pistola en cada mano! Los vamos a arrojar tan lejos del maldito rancho que van a caer en el río y van a flotar al mar como barcos capitaneados por buitres. ¡Hijos de su chingada madre! —Golpeó el escritorio con el vaso vacío. Se le saltaban las venas del cuello, los ojos estaban rojos, y sus sienes pulsaban. Fulgencio pensó que a su compadre le podía dar un infarto o una embolia antes de intentar defender su honor—. Calmantes montes, compadre —le dijo Fulgencio al Chino—. No te aceleres.

—¡Vamos a llegar de noche cabalgando y disparando como el pinche Pancho Villa! —gritaba El Chino, y El Chotay, que se agazapaba en las sombras, casi no podía contener la risa.

—No, compadre, eso es justo lo que ellos esperarían de ti —dijo Fulgencio—. Necesitamos un plan, uno que proteja vidas, que tal vez hasta pueda salvarlas. Acuérdate de que tienes que proteger las vidas de esos trabajadores que se quedaron atrapados ahí en tu rancho.

—¿Un plan? —dijo El Chino, frotándose la barba—. Mi idea de un plan es apuntar, disparar, y hacer limpieza.

—Sí, pero es posible que haya una forma de evitar que nos maten a nosotros y a un montón de personas inocentes. Me imagino que estarán pertrechados en el rancho esperando que tú hagas algo, ¿no? Debemos pensar. ¿Por qué ahora? ¿Y por qué esta parcela en especial? ¿Y por qué tú y no cualquier otro que simplemente se haría un lado y les dejaría la tierra? Deben tener un buen motivo para meterse contigo. Después de todo, eres El Chino Alasan.

—¡Tienes razón, compadre!

—¿Entonces, cuál es?

—¿Cuál es qué, compadre? —respondió El Chino.

—¿Por qué ahora? ¿Y por qué ese rancho?

—Maldito si lo sé, hijos de la gran puta . . . voy a . . .

—El puente —dijo El Chotay asomando la cabeza a la diminuta oficina.

—¿Qué? —preguntó El Chino volviéndose.

—Hay planes de construir un puente para tractocamiones. Dicen que estará sobre el río entre Las Lomas y El Pedregal. Ellos tienen El Pedregal, que tiene acceso a la carretera, pero no al río. Quieren Las Lomas para llegar al río. Construirán un camino de conexión en la tierra, lo rentarán al gobierno, y venderán la tierra a los promotores industriales. Se ganarán una fortuna.

A Fulgencio le brillaron los ojos. Le había enseñado bien al Chotay. Era interesante ver como un tipo que a duras penas había terminado la primaria podía comprender tanto.

—Pues ahí lo tienes, Chino —sonrió Fulgencio—. Esa es la razón.

—Yo no quiero razones —dijo El Chino dando un puñetazo al escritorio—. ¡Quiero soluciones!

—Bueno, pues entonces vamos a pegarles donde más les duela —dijo Fulgencio, al tiempo que servía otros tres tequilas.

—¿En los huevos? —preguntó El Chino ansioso—. Eso no va contigo, Fulgencio, golpear por debajo del cinto.

—No, compadre —dijo Fulgencio meneando la cabeza—. Fingiremos intentar tomar lo que los Guerrero creen que ya es suyo. Atacaremos donde se sienten más seguros: El Pedregal. Tu tierra no les serviría de nada sin el tramo del Pedregal que da frente a la carretera, y su plan no funcionaría.

Los ojos del Chino se abrieron como platos. Como en cámara lenta susurró: —El Pe-dre-gal. —Una chispa de entendimiento radiaba de su cara a través del escasamente iluminado cuarto, bañándolos a todos en una luz tibia y dorada.

A Fulgencio nunca le había entusiasmado el ajedrez, pero una disputa de tierras era algo que si le entusiasmaba. Dibujó un tosco mapa de la región en un formato de receta y chasqueó como solía hacer el hermano William cuando iban abajo y el tiempo se acababa: —Okey. Esperando que tú los ataques con una gran fuerza estarán resguardando Las Lomas. ¿Dónde crees que se atrincherarán? ¿En la casa veja del rancho? ¿En el granero?

—Bueno —dijo El Chino—. Probablemente pongan dos guardias a la entrada. Y tendrán gente patrullando la cerca. Y el resto estará en la casa del rancho. Les gustan las cartas, la bebida y las mujeres demasiado como para quedarse en el granero. No es muy cómodo ni para las vacas.

—Entonces, es muy probable que hayan dejado El Pedregal desprotegido. ¿Quién vive ahí? ¿Alguien especial? ¿No vive su abuela ahí todavía?

—Sí . . . sí . . .creo que sí. Consideró El Chino.

—Entonces, esto es lo que haremos . . . —dijo Fulgencio.

—¡Matamos a la abuela y los mandamos de puntitas! —exclamó El Chino como un niño de primaria tratando de adivinar la respuesta a una pregunta de examen oral.

—Nooo —dijo Fulgencio lentamente—. Para despistarlos, organizamos un grupo que vaya y simule que ya tomaron El Pedregal. Ni siquiera tendrán que enfrentarlos. El rancho estará tan desprotegido que es muy probable que solo tengan alguien que cuide a la abuela en la casa, pero no habrá nadie que cuide las cercas ni los portones. Así que colocaremos nuestros hombres en las cercas y los portones. Muy pronto, los que pasen por ahí se darán cuenta y avisaran a los hermanos que nos apoderamos de su rancho.

—Sí —dijo El Chino—, continúa.

—Los hermanos y su gente reaccionarán impulsivamente, temiendo por la vida de su abuela. Abandonarán Las Lomas de inmediato, dejando a tus trabajadores y familias a salvo. Pondremos a un centinela en el camino de caliche que lleva al Pedregal, y él avisará por radio a nuestro grupo para que se retiren antes de que lleguen. Para cuando los Guerrero lleguen al rancho y comprendan que los engañamos, seremos nosotros los que estemos bien pertrechados en Las Lomas. Tú incrementarás tus defensas y ya no estarán tan dispuestos al ataque ahora que saben que estás sobre aviso.

—¡Esa es una idea brillante, compadre! ¡Bravo! —exclamó El Chino—. Pero entonces no muere nadie, se lamentó El Chino.

—Precisamente —confirmó Fulgencio.

El Chino se dejó caer en la silla. —Pues no estoy convencido, compadre. No creo que esto incremente mi leyenda.

—La gente pensará que eres inteligente.

—Eso es algo que no se les habría ocurrido antes —comentó El Chotay, haciendo caso omiso de los puñales que salían de los ojos del Chino.

—Te temerán aún más —continuó El Chotay. Un hombre armado es de temerse. Un hombre sabio armado es de respetarse.

El Chino quedó convencido. Asintió enfáticamente con la cabeza. —Está bien, hagámoslo entonces. Además, yo no puedo arriesgarme a morir todavía. El Chinito no está todavía en la preparatoria. Y yo tengo que asegurarme que al menos termina la prepa. Y esa hermana del Chinito, Elsa. Dios mío. Tengo que cuidarla. Los hombres la persiguen como moscas a un panal de rica miel.

Esa noche los hombres se reunieron en el Dos de Copas y repasaron el plan con los dos grupos, el de ataque y el señuelo. Bajo cubierta de la noche, iluminados por la hoguera frente a la cabaña, tramaron con el aroma de cabrito asado flotando en la brisa del Golfo.

La Virgencita aprobó el plan, elogiando el diseño que evitaba el derramamiento de sangre. El abuelo de Fulgencio, Fernando Cisneros, el eterno jugador, admiraba la característica de juego de azar. —Van a caer en el engaño y acabarán tirando las cartas. ¡No puede fallar! —exclamó desde su lugar acostumbrado.

El hermano William se alegró ante la posibilidad de adelantar otro paso en la derrota de la maldición. —Recuerda —le dijo a Fulgencio, tomándolo del codo y apartándolo del grupo—, prácticamente toda esta gente está emparentada contigo de una u otra forma, y también con Soledad Cisneros y su madre, la Bruja.

Cuando el grupo señuelo encontró que las cercas y los portones de El Pedregal estaban desprotegidos, se colocaron de forma muy visible, creando la ilusión de que el rancho había caído en manos del Chino. Mientras tanto, los hombres preparados para retomar Las Lomas esperaban la señal de radio, amontonados en sus camionetas, empanando por el frío los vidrios con su aliento.

Nadie más sorprendida que la abuela Guerrero al ver a sus tres nietos irrumpir violentamente en su casa, destrozando la puerta y lanzando vigas y astillas de madera volando por doquier.

Si bien El Chino retomó el control de su rancho sin necesidad de hacer un solo disparo, Fulgencio quedó insatisfecho al ver que su plan no había contribuido al proceso de destrucción de la maldición. Una rápida inspección del grupo de mujeres que habían sido tomadas como rehenes en Las Lomas reveló que todas ellas habían llegado a las tierras fronterizas del interior de México. No tenían ningún parentesco con el clan de los Cisneros.

Para empeorar las cosas, el éxito de la maniobra dio como resultado una reacción negativa, al correrse el rumor de que los Guerrero habían sido burlados por El Chino.

Fulgencio no había contado con la reacción de los hermanos Guerrero. Él había supuesto que admitirían la derrota y buscarían otra tierra. Pero subestimó el odio que los tres intrépidos criminales le tenían al Chino. El Johnny Guerrero era un maleante barato.

Era un borracho mujeriego. Y lo hubieran matado hacía mucho a no ser por la protección de sus hermanos.

La mayor idea que a Johnny se le había ocurrido era apoderarse del rancho del Chino, y el resultado era que había humillado a toda su familia en el proceso. Y para colmo, no era la primera vez que El Chino lo superaba. Siempre había admirado las largas piernas de Elsa, la hija del Chino. Y le molestaba que no podía tocarlas. Cualquier otro hombre le habría permitido poseerla, pero no El Chino. Y además había el incidente del famoso juego de cartas en Piedras Negras. El juego en el que El Chino lo exhibió como un tramposo y encima lo dejó sin camisa y pantalón, con solo sus zapatos y sus boxers apolillados entre las burlas de los presentes. Esta última humillación fue la gota que derramó el vaso. El Johnny enloqueció.

* * *

Aproximadamente dos semanas después de que El Chino recuperase su tierra, justo cuando su gente empezaba a sentirse a salvo pensando que todo el asunto quedaría en el olvido, El Johnny Guerrero penetró a la escuela localizada en el centro de La Frontera donde el Chinito asistía a su clase de matemáticas. En medio de los gritos de pánico de los niños, y el horrorizado asombro de los maestros, el Johnny levantó al niño de su pupitre, se lo llevó jalándolo del cuello, lo arrojó a la caja de su camioneta, partiendo a toda velocidad en una nube de tierra y humo. Camino de regreso a su rancho, hizo otra parada: en el Colegio Técnico Nueva Frontera, desde donde secuestró a la hija del Chino, convenciéndola de que si no se iba con él por la buena, su hermano menor sufriría las consecuencias.

En el preciso instante en que El Chotay irrumpió por la puerta del frente de la farmacia con la noticia, Fulgencio supo que algo terrible había sucedido. Para cuando cruzaron el río y llegaron al rancho del Chino, ya se había reunido un grupo de hombres, todos armados de rifles y pistolas.

—¡Vamos a matar a los hijos de puta! —gritó El Chino, dando un largo trago a una botella de tequila y agitando su escopeta calibre 12 en el aire.

Sabiendo bien que un ataque frontal al Pedregal significaría no solamente la pérdida de incontables hombres, sino probablemente las vidas de sus ahijados también, Fulgencio levantó la mano. —No —dijo—. Yo me haré cargo de esto, compadre. Tenemos que pensar en el Chinito y Elsa.

El Chino se serenó al escuchar las palabras de su compadre. No había nadie a quien respetara más por su inteligencia. Consultó con su esposa, quien tenía por Fulgencio un respeto enorme desde que con sus medicamentos la había curado de una terrible enfermedad venérea que El Chino le había contagiado años antes. Sus consejeros también le susurraron al oído y, como un jefe tribal, El Chino a regañadientes dio su consentimiento. —Pero solo porque eres su padrino.

Fulgencio y El Chotay regresaron al pueblo a toda velocidad, dirigiéndose a la guarnición federal. El recién nombrado juez temblaba al pensar en lo que le había ocurrido a su predecesor cuando Fulgencio Ramírez le explicaba la situación en su espartana oficina con vistas al Río Grande.

—Don Fulgencio —dijo el magistrado—, debemos ser prudentes. Por estos rumbos los hermanos Guerrero ejercen una influencia poderosa. Debemos pensar en las vidas que están en riesgo. Mis hombres y yo también tenemos familias.

Fulgencio enderezó la espalda, proyectando su sombra sobre el tímido magistrado. —Yo soy un hombre educado, señoría. Es por lo que he optado por intentar solucionar este asunto con ayuda de las autoridades correspondientes. Si usted va a hacer una burla de su investidura, yo sugiero que lo haga en otra parte. Porque si usted teme a los hermanos Guerrero, permítame asegurarle que habrá muchas más muertes a manos de los Guerrero si usted no intercede.

El magistrado temblaba visiblemente, sus dientes parecían castañuelas y sus huesos sonaban como maracas.

—Si no va a actuar como un juez —dijo Fulgencio enojado—. Al menos actúe como un hombre.

El magistrado se puso de pie lentamente, su cabeza tambaleándose en forma precaria sobre la casa de barajas que era su cuerpo. —Está bien, don Fulgencio. Lo intentaremos. Pero si me envían a casa en una bolsa para cadáveres, usted tendrá que enfrentar a mi esposa y mis hijos con la noticia.

Fulgencio estrechó la mano húmeda y temblorosa del juez y salió velozmente, dejando al asustado federal tras la estela de su aura. Más tarde, cuando le preguntaron la razón por la que había concedido la solicitud, todo lo que el juez pudo decir era que fue la voluntad del Espíritu Santo. Y El Chotay le juró a su esposa esa noche, en la oscuridad de su estrecha cama, que, al espiar por la cerradura de la puerta de la oficina del juez, había visto la dorada imagen etérea de la Virgencita brillando al lado de Fulgencio Ramírez mientras éste hablaba.

Entre Fulgencio y El Chotay, en la cabina de la camioneta, estaba la Browning de 9 milímetros, con la cámara llena. Esperaron en la helada cabina, observando a través del parabrisas estrellado al diminuto magistrado y su pelotón de soldados marchar ante los guardias del portón, y dirigirse derecho hasta la puerta del Pedregal, el rancho de los Guerrero. Pasaron unos cuantos minutos antes de que regresaran con las manos vacías. Fulgencio los esperaba junto al portón, con la pistola a la cintura, debajo de la chaqueta.

—¿Qué pasó? —demandó Fulgencio.

—Fue la abuela —dijo el juez temblando—. No nos permitió pasar y dijo que no teníamos ningún derecho de estar en su propiedad. Que no teníamos prueba de ninguna ilegalidad. Negó todo.

Las espesas cejas negras de Fulgencio se unieron en una, y chasqueando a la clásica manera del hermano William, dijo: —Ustedes esperen aquí. —Y pasando ante los guardias del portón (que estaban tan asombrados por la audacia de su intrusión que solo atinaban a seguir la sombra de Fulgencio), el intrépido padrino llegó hasta la enorme puerta masiva de madera de la hacienda.

Bajo las palmas ondulantes, Fulgencio, en su traje negro vaquero y su Stetson de igual color, permaneció plantado, su pistola lista para disparar.

La enorme puerta se abrió un poco, para revelar a una mujer anciana tejida de tierra y hierro. Retorcida como un árbol vetusto, el fuego en sus ojos delataba la temeridad de su juventud, el fervor de su compromiso con esta banda de criminales salidos de sus entrañas para aterrorizar las tierras fronterizas.

—¿Sí? —rechinó ella, al igual que la puerta, con las cejas ralas y canosas levantadas, las orillas de sus labios partidos formando un arco hacia abajo, hacia las baldosas rojas del piso bajo sus pies.

—Estos hombres han venido por Elsa y el Chinito Alasan, y por su hijo, el Johnny . . . sin ninguna violencia. O deja usted que hagan su trabajo, o me encargaré yo. Y Dios sabe que, si me lo dejan a mí, la sangre que se confunda con las baldosas será la suya, la misma que corre por las venas de sus hijos.

La abuela Guerrero casi se va de espaldas al escuchar las inesperadas palabras de Fulgencio. Nadie se había atrevido jamás a hablarle así a ella, o a ningún otro miembro de su familia. Un breve brillo de temor cruzó por su mirada inflexible. Asintió, y susurró: —Hágalos venir de nuevo, antes de desaparecer detrás de la puerta que se cerraba.

Fulgencio esperó junto con El Chotay a un lado de la camioneta, mientras que el juez (su corazón latiendo al ritmo de la marcha) desfilaba una vez más hacia la imponente hacienda, con su escolta de soldados uniformados de verde con metralletas al hombro.

Tras un corto rato, Fulgencio Ramírez los vio acercarse, al mismo paso del juez, quien cubría la retaguardia. El corazón se le fue hasta el piso de tierra salada al notar que los hombres cargaban algo, algo pequeño y lacio, muy semejante al cuerpo de su ahijado muerto.

El silencio del juez hablaba volúmenes, y su mirada evasiva le hizo a Fulgencio comprender cuán poco podría la ley ayudar ahora. Apretó los dientes a medida que la tropa se acercaba, y con delicadeza cargó al niño sobre su espalda, dándose cuenta de que le habían roto el cuello para matarlo.

—¿Y la chica? —Fulgencio forzó las palabras de sus dientes apretados con amargura.

—La vieja dijo que aún está viva. El Johnny quiere conservarla para satisfacer sus . . . necesidades —respondió el juez tímidamente. El juez solo acertaba a agachar y menear la cabeza, avergonzado de su impotencia, mientras que la camioneta de Fulgencio desaparecía rápidamente en una nube de polvo.

Primero, Fulgencio se detuvo en el Dos de Copas para recoger al hermano William y pedir a la Virgencita su bendición especial al niño. La Virgencita le dijo que podía asegurar al Chino que su hijo ya estaba en el cielo, rodeado de ángeles y santos. Ella lloró un río de lodo desde su sitio en la pared después que Fulgencio, el hermano William y El Chotay partieron con el cuerpo quebrado del niño. El Chotay iba en la caja mientras que el hermano William llevaba al niño en brazos para proteger sus restos de los brincos del rápido viaje.

Ninguno habló, pero ambos comprendieron. Esto significaba guerra. Todo se valía ahora. El tiempo para pensar había pasado. Ni siquiera fue necesario mencionar lo que ambos sabían; Elsa Alasan, la hija del Chino y ahijada de Fulgencio, era también descendiente femenino de la bruja.

VEINTISÉIS

En el instante mismo que El Chino contempló el valle desolado que eran los ojos de Fulgencio, comprendió que el tiempo de paz y astucia había quedado atrás. Sin decir una palabra, arrojó la vacía botella de tequila al piso de la galería y convocó a sus hombres.

Al atardecer juntaron sus caballos en el claro frente a la sencilla casa de madera del Chino. Fulgencio montaba a Relámpago, mientras que el hermano William montaba a Trueno. El hermano William portaba su uniforme de guerra preferido, que solo vestía cuando sabía que debía hacer todo lo posible por inspirar a sus equipos con la seguridad absoluta de que Dios estaba de su lado. Su sotana negra se arremolinaba en el viento fuerte de la noche. Y a pesar de que no portaba un arma convencional, estaba muy orgulloso de portar el estandarte de su causa, una gran cruz ceremonial de plata, que brillaba a la luz de la luna. Eran veinte en total, y cabalgaban como locos resucitando las cruzadas, el hermano William con la cruz en alto. Sus siluetas iban encorvadas sobre los pescuezos de sus caballos que corrían rumbo a las sombras emergentes del Pedregal con las crines flotando en el viento. Para no hacer ruido y perder el elemento de sorpresa, no desperdiciaron balas en los centinelas del portón, simplemente los pisotearon con una ráfaga de pezuñas despiadadas.

Con sus caballos cubiertos de sangre y polvo, descendieron sobre la antigua casona que el abuelo de los Guerrero le había robado hacía décadas a un primo moribundo. Se escucharon balazos provenientes de la hacienda, que pasaban como moscas molestas junto a los hombres que alcanzaban los altos muros de la imponente estructura.

De los tres hermanos criminales, La Vaca, lento y bobo como las criaturas por las que le habían puesto el apodo, fue el primero en morir por las manos limpias de un enloquecido Chino Alasan. Gritos de hombre y ráfagas de fuego vibraban en la noche. La batalla se libraba a oscuras, pues todas las luces se habían apagado.

Con la ofensiva inicial, las fuerzas del Chino penetraron el recinto, derribando a los esbirros de los Guerrero de sus puestos frontales, dejando cuerpos tirados a derecha e izquierda, y marchando por encima de los cadáveres ensangrentados en la búsqueda de los hermanos que faltaban.

Retorciendo cuellos, acuchillando gargantas con la daga ensangrentada que llevaba entre los dientes mientras disparaba las pistolas en sus manos, los ojos del Chino iluminaban a sus víctimas en una neblina cegadora y brillante. Dejo un rastro de destrucción a su paso recorriendo la casa, gritando desesperado:
—¡Elsa! ¡Hija! ¡Elsa! ¿Dónde estás?

Muebles destrozados. Ventanas estrelladas. Los aullidos de los moribundos formaban un coro de demonios disonante, lamentando la muerte como cerdos siendo destripados. El hermano William rociaba agua bendita a su paso a través del caos, bendiciendo a los perecidos, orando sobre los que se encontraban en los últimos estertores de la muerte. En medio del caos, Fulgencio no se movía con la pasión frenética del enfurecido Chino, ni con la obstinada lealtad de sus esbirros. No, no señor. Avanzaba con la precisión meticulosa y la exactitud de un profesional. Limpio. Eficiente. Arriesgaba su propia seguridad para evitar utilizar su pistola, optando mejor por utilizar sus puños, sus botas, e inclusive la culata de su arma. Llevaba en su mente el recuerdo de Carolina, esperando que le protegiese o fuese lo último que viera antes de morir.

Tampoco podía evitar pensar en el Chinito, con quien había jugado años antes en el piso de la farmacia un fresco día de diciembre. El Chino y su esposa se habían detenido en la farmacia durante un viaje de compras a las tiendas del centro, cerca de La Farmacia Ramírez. Fulgencio se reía desde el mostrador alto, bromeando con su ahijado, lanzando con delicadeza una pelota de hule de sus enormes manos hacia las manitas diminutas del Chinito.

—Qué bueno que tiene un padrino en el que yo puedo confiar para que lo cuide —había vociferado con sinceridad El Chino dándole una palmada en la espalda a Fulgencio esa tarde—. Tal vez siga tu ejemplo y se gradúe de la universidad algún día. Sería el primer Alasan que lo hiciera.

Ese no había sido el destino del Chinito, se lamentó Fulgencio amargamente, atravesando el vórtice de la tormenta de fuego que rugía a su alrededor. Él no lo había logrado. Pero Elsa aún tenía oportunidad. Y ahora era su suerte la que aún pendía en la balanza. Era Elsa a quien Fulgencio buscaba con cada paso bien calculado que daba a través de la cavernosa y laberíntica casa. En la absoluta negrura del laberinto, veía todo en apagadas tonalidades de verde, como si sus ojos se hubiesen repentinamente transformado en sofisticados binoculares de visión nocturna.

Con el recuerdo persistente de su ahijado en la mente,

encontró a la abuela Guerrero, con un rosario apretado en sus manos esqueléticas, de rodillas ante una cruz gigantesca en su cuarto que asemejaba una celda de convento. Un disparo justo en medio de sus ojos hubiese puesto fin a su vida. Pero en vez de ello, Fulgencio levantó deliberadamente a la mujer. Las velas que ella había encendido palpitaron, anticipando que su alma huyera de su cuerpo y se lanzara a las puertas del infierno que la esperaban.

Fulgencio puso sus labios junto a la arrugada oreja de la anciana, y gruñó amenazadoramente: —Dime donde está Elsa Alasan y te dejaré vivir.

—Está con mi hijo, el Johnny —contestó la abuela Guerrero—. Sígueme.

Cuando la depositó nuevamente en el suelo, ella lo guio por un corredor oscuro, al final del cual señaló una puerta obstruida.

Cuando Fulgencio pateó la puerta, Juan Grande, el mayor de los tres hermanos, intentó usar su pistola. Su esposa y sus tres hijos pequeños se acurrucaron detrás de él en la cama, sollozando aterrorizados. La bala del hermano rozó la orilla del sombrero de Fulgencio antes que la pistola cayera al suelo de baldosas rojas. Cayendo de rodillas, Juan Grande intentó recuperar su pistola, rogando: —¡No me mates, Ramírez!

La bota negra de Fulgencio se estrelló contra la garganta del hermano, aplastándolo contra el suelo entre los gemidos y gritos de sus hijos. —Cúbreles los ojos, dijo Fulgencio a la madre en tanto Juan Grande tembloroso levantó su pistola, apuntando a Fulgencio.

Fulgencio rápidamente con una patada de su bota negra alejó la pistola de la mano de Juan Grande, y recuperando el arma con destreza, golpeó con ella la frente de Juan Grande, haciéndolo perder el conocimiento.

—Llévame adonde Elsa Alasan —le recordó a su anciana guía.

Asintiendo sombríamente, ella pasó por un lado del cuerpo inerte de su hijo y continuó a través del cuarto hacia otro largo pasillo.

Fulgencio vislumbraba entre sombras verdes y negras. Deliberadamente pasó a través de nubes de humo, deslizándose a esquinas ocultas para evitar ser alcanzado por fuego intenso, con la anciana firmemente sujeta. Al salir de la luz amarillenta del fuego explosivo, escuchó olas que se elevaban desde las profundidades de su memoria, caminando descalzo en el agua poco profunda una noche estrellada en la playa con Carolina hacía ya décadas. Escuchó el susurro distante de sus suaves labios rozando su oído la noche que le mostró el Dos de Copas, durante una visita breve el verano después de su primer año en la universidad, antes de que lo arruinara todo. —Amo este lugar, Fulgencio —había dicho ella, sus ojos dorados opacando a las estrellas, rodeados como estaban por anchos mezquites y largas briznas de pasto, bañados en pálida luz de luna, hilos de cabello dorado acariciando sus mejillas—. Si tú lo deseas, algún día podemos vivir aquí, tú y yo, para siempre. —«Para siempre» resonó en sus oídos, ahogando los gritos de angustia que lo rodeaban, y de pronto, el sonido familiar de la marea se elevó en su sangre, llenando su cabeza con ruido blanco burbujeante y Nahuatl, palabras que, por primera vez, entendía. *Altia. Altia* escuchó. Sacrificio. Sacrificio.

Sin sentir el peso oneroso de la masiva puerta de la despensa que la abuela Guerrero señalaba con un tembloroso y esquelético dedo, con facilidad la arrancó de sus oxidadas bisagras y la lanzó sobre su hombro. Sin sorprenderse ante el pánico en el alma del Johnny al verse descubierto, todo lo que Fulgencio podía escuchar en ese momento eran las palabras *altia . . . altia . . . altia*, los cantos de una mujer amargada, rondando la playa a medianoche durante más de un siglo, agregando agua salada a las olas mientras derramaba lágrimas por su hija perdida. Sin pensar en nada ni nadie más, solo en Carolina, solamente en *para siempre*, su cabeza se inclinó por un momento, perplejo al contemplar la temblorosa figura del Johnny, asesino de su ahijado, raptor de su ahijada. El Johnny estaba demacrado por el abuso de las drogas, sudando profusamente y desesperadamente aferrado a una pistola en sus trémulas manos. *Altia . . . altia . . . altia.* Sacrificio. Los cantos de la bruja hacían eco en la brisa, atravesando las tierras paralelas al Río Grande. Sacrificio. No tenía mucho tiempo para pensarlo, a pesar de que cada segundo parecía durar una eternidad. No estaba seguro si ella quería que él se sacrificara, o que sacrificara al Johnny. Pero seguramente, si parte de esta maldición había sido siempre quebrantarse a sí mismo dejándose llevar por sus emociones, no tenía sentido seguir haciendo lo mismo.

Elsa Alasan, agazapada detrás de su captor, llorando, su sencillo vestido blanco raspado, sucio y roto, con manchas de sangre marcando sus anteriormente prístinas piernas. Sin notar siquiera la navaja que rebotó de su espalda mientras el permanecía inmóvil, el puñal que la abuela Guerrero había adquirido con maña deslizándose a través de la oscura cocina, Fulgencio se sintió inundado y aislado dentro de la marea de ruido blanco de su viaje en cámara lenta a través del olvido.

Fulgencio apuntó su pistola hacia el acobardado Johnny. *Altia, altia,* seguía escuchando los cantos. Sacrificio. Sacrificio.

—Suelta tu pistola, o la mato, El Johnny jadeó, arrojando a Elsa contra la pared y virando su puntería, colocando la pistola contra la sien de ella.

Fulgencio sabía que, si disparaba, había una probabilidad de que el Johnny pudiese disparar una bala y acabar con la vida de su ahijada. *Altia . . . altia . . . altia*. Ansiaba sacrificar la vida del Johnny en venganza por la vida del Chinito. Anhelaba desencadenar las décadas de furia almacenada en él, vaciando su pistola en el pecho de este criminal depravado. Pero sabía dentro de sí, que no era un asesino. Era un sanador. Y en ese momento, supo lo que debía sacrificar.

—Altia —Fulgencio habló, observando los ojos del Johnny abrirse confusos. Abruptamente se colocó entre el enloquecido traficante de drogas y Elsa Alasan.

Cubriéndola, Fulgencio cerró sus ojos al tiempo que la explosión sacudió la amontonada despensa. El humo chamuscó los orificios de su nariz. Visualizó a Carolina, deseando que ella fuese su último pensamiento en vida. Se preparó para el dolor que rasgara sus entrañas. Pero nada sucedió.

Al abrir sus ojos, se enfrentó a una sonrisa macabra en el rostro asombrado del Johnny, sus ojos como platos estrellados sostenidos por su contenido inerte. La sangre exudaba de la orilla de la boca del Johnny mientras éste se deslizaba al suelo, dejando tras él una mancha roja en la pared. La pistola del Johnny había petardeado, atravesándole el pecho.

La abuela Guerrero, la boca abierta de asombro, miró a Fulgencio por lo que pareció ser un momento infinito y después se desplomó al suelo, al detenerse su corazón. Elsa se desplomó en el refugio de los brazos de Fulgencio al encontrarse ellos dos solos por fin en la cocina. Al encaminarla a ella fuera de la casa a toda prisa, evitando la batallan que aún libraban los hombres del Chino y los leales a los Guerrero, se preguntaba que estaría haciendo Carolina en ese momento. ¿Estaría pensando en el en la oscuridad de la casa de su inútil marido mientras él la engañaba con alguna puta corriente? ¿Estaría acariciando las

252 | RUDY RUIZ

cuentas del rosario prestado de su perpetuamente moribunda madre, susurrando novenas para siempre?

Afuera, en el aire frío de la noche, una cruz de plata brillaba, flotando arriba de un bastón anclado con firmeza en la mano etérea del hermano William. Los brazos del hermano se abrieron ampliamente, su sotana girando alrededor de él como nubes envolventes de humo, abrazando a Fulgencio y Elsa, y luego llevándola a ella a un lugar seguro, lejos de la casa que aún ardía con el fuego de la batalla.

Fulgencio se volvió a ver la hacienda, esperando al Chino y a su gente. Cuando finalmente llegaron corriendo, perseguidos por los disparos del aparentemente interminable montón de defensores, agarró al Chino por el brazo y le dijo rápidamente mientras corrían hacia los caballos. —Ya no puedes seguir viviendo aquí. Tenemos que llevarte a ti, a tu esposa, y a Elsa al otro lado del río esta misma noche. Esta familia te matará, te cazarán y los matarán a todos, a menos que te vayas a los Estados Unidos.

Una vez de regreso en Las Lomas, Elsa y su madre empacaron a toda rapidez mientras El Chino intentaba resistirse a la recomendación de Fulgencio.

—¿Pero cómo podemos irnos ahora, después de perder tanto por defender nuestra tierra y nuestro honor? —preguntó El Chino.

—Los tiempos han cambiado —le apremió Fulgencio. —Tú eres un criminal a la antigua. Te ganaste la vida honradamente y solo fuiste en contra de la ley cuando alguna basura miraba a tu mujer de mala manera o te hacía trampa en el póker. Eres un hombre de honor, no un narcotraficante a la deriva sin moral alguna. Estos malvivientes no se detendrán ante nada para lastimar a tu esposa y a tu hija. Tu única opción para mantener a tu familia segura es buscar refugio en los Estados Unidos.

Habiendo sido testigo del arsenal y los refuerzos ocultos dentro de la hacienda de los Guerrero, El Chino se vio forzado a admitir que Fulgencio tenía razón. Los días de la gente como él habían terminado. Había visto morir a su hijo a manos de los traficantes de drogas. No deseaba que a su hija le pasara lo mismo.

—Fulgencio, pero ¿cómo podremos cruzar? —preguntó la esposa del Chino, llenando una vieja y maltratada maleta. —Nuestros pasaportes están expirados. Desde que El Chino tuvo dificultades con la ley, no hemos podido renovarlos, ni tampoco hemos podido renovar las visas.

—Eso déjenmelo a mí —replicó Fulgencio. ¿Todavía tienen esa vieja vagoneta Wagoneer?

El Chino y su esposa asintieron, y rápidamente se amontonaron en la vagoneta roja con paneles de madera. Elsa subió al asiento del frente junto a Fulgencio. El Chino y su esposa se acomodaron en el asiento trasero, con sus escasas pertenencias en la parte de atrás.

Al aproximarse al puente para cruzar a los Estados Unidos, la tensión en la cabina del vehículo era palpable. Fulgencio observó que El Chino parecía temer más a la Migra que a los cárteles de la droga.

Al volante, Fulgencio vio su reloj y se fijó en la hora. Mentalmente, hizo memoria de los horarios de cambio de turno de los agentes de aduanas. Luego, en el último momento posible, seleccionó el carril de la extrema derecha.

La esposa del Chino se persignó, y sus labios se movieron silenciosamente en fervorosa oración a la Virgen de Guadalupe.

A dos carros de distancia del punto de revisión, pudieron distinguir la figura de un enorme oficial de aduanas inspeccionando los documentos de cada vehículo. Después de esto, oprimía un botón y un semáforo cambiaba la señal de rojo a verde, permitiendo al vehículo acceso al territorio de los Estados Unidos.

Los ojos de Fulgencio se volvieron hacia El Chino. —Chino.

—¿Sí, compadre?

—Solo una cosa antes de hacer esto.

—Cualquier cosa, compadre —respondió El Chino, secando el sudor de su frente.

—Prométeme que, si logramos que este oficial nos permita el paso, nunca más te harás justicia por tu propia mano, compadre. Este país es diferente. Si tú matas a alguien aquí, aun si tienes una buena razón para hacerlo, te pudrirás en la cárcel, o peor. ¿Me entiendes?

El Chino titubeó, sus ojos instintivamente buscaron la salida más próxima, su mano temblaba en la manivela de la puerta. Pero entonces su esposa colocó su mano en el antebrazo de su marido, y su mirada de acero lo sostuvo mientras que él hablaba. —Ya no soy el joven que solía ser. Si tengo suerte, obedeceré estas nuevas reglas, tal vez viva para convertirme en abuelo, para experimentar una probadita de algo mejor para Elsa y sus hijos. Te doy mi palabra. El Chino habló con voz rasposa. Dio su palabra.

Fulgencio asintió su aprobación apoyando al reflejo de su compadre en el espejo retrovisor. Y cuando bajo el vidrio al aproximarse al oficial de aduanas, no pudo reprimir una sonrisa.

—¡Mira nada más! —vociferó el agente de aduanas uniformado, con su insignia (y su cabeza calva) brillando sobre su uniforme de poliéster azul marino, bajo la plétora de luces fluorescentes que zumbaban como chicharras en esteroides desde arriba. —Si es Fulgencio Ramírez, San Juan del Atole, clase del '58. ¡Campeones estatales, papacito!

—¡Tres años seguidos! —Fulgencio estrechó la mano del

hombre a través de la ventana abierta. —¿Qué hay de nuevo, Víctor, mi hermano? Ya pasaron dos semanas. ¿Ya nació tu nieto?

El gordo Víctor cruzó sus brazos sobre su considerable circunferencia y le respondió: —Estás viendo a un orgulloso abuelo nuevo, aunque no lo creas.

—¡Qué barbaridad! ¿De verdad estamos ya tan viejos? —se preguntó Fulgencio—. Felicidades, amigo. Felicidades. Espero me invites al bautizo.

—Más te vale, canijo. Yo llevaré mi guitarra, así que más te vale que estés listo para cantar —dijo Víctor con una gran sonrisa.

—Siempre.

El gordo Víctor se inclinó y observó los pasajeros cansados de piel oscura en el vehículo. Sus cejas se fruncieron cuando sus ojos penetrantes identificaron las bolsas atiborradas de ropa y las maletas desvencijadas en la cajuela.

—¿Amigos tuyos? —preguntó a Fulgencio, arqueando una ceja.

—Familia —respondió Fulgencio, la vista fija al frente, hacia el Bulevar Internacional, un mar de luces parpadeando como tiras de luces colgadas a troche moche sobre un árbol de Navidad.

En esos días, el protocolo hubiera sido que el pasajero respondiera con las palabras «Ciudadano de los Estados Unidos, Señor», o mostrara sus documentos, pero los ojos de los Alasan se posaron nerviosamente sobre sus regazos.

El gordo Víctor hizo una mueca. Sus ojos se posaron en los de Fulgencio por un largo segundo. Y entonces se retiró. —Pásenle —dijo sin emoción, golpeando el techo de la camioneta y oprimiendo el botón a su lado.

La luz cambió a verde frente a ellos, capturando los tres pares de ojos de los Alasan como un imán.

Y Fulgencio pisó el acelerador con su bota ensangrentada.

Esa noche, acamparon en la farmacia. El día siguiente, Fulgencio compró para los Alasan una modesta casa de block junto a las vías del ferrocarril cerca del dique en La Frontera. Él podría arreglarles sus papeles rápidamente, dijo. Tenía bajo contrato a abogados que sabían manejar esas formalidades, los mismos que lo habían ayudado a asegurar las escrituras de las tierras de Caja Pinta.

Antes de dejarlos a la puerta de su nueva casa, Fulgencio se volvió y declaró: —Una vez que el asunto de los documentos haya sido arreglado, inscribiremos a Elsa en el Colegio Comunitario. Van a ver a una Alasan graduarse de la universidad. Palabra.

El Chino Alasan, su esposa y la ahijada agradecieron abundantemente a Fulgencio, despidiéndose con lágrimas en los ojos mientras que él se alejaba.

Esa noche cuando llegó a casa al Dos de Copas, el hermano William lo recibió en el portón.

—Está terminado —declaró el hermano. Tu trabajo ya está hecho, Fulgencio. Cuando salvaste a Elsa y arreglaste su pase seguro a los Estados Unidos, cumpliste las últimas dos condiciones para romper la maldición. Lo confirmé con la Bruja misma.

Fulgencio contempló el suelo solemnemente, deseando poder olvidar los hechos sangrientos de la noche anterior, la muerte de su ahijado. El hecho que quien hubiese quedado del clan de los Guerrero pudiese venir tras él algún día significaba que tendría que llevar siempre un arma bajo su chaqueta vaquera. Pero el peso de ello era como una pluma comparado con el peso que al fin se había levantado de su espalda.

Escuchó por última vez el sonido del oleaje incorpóreo sin estar en la playa. Al retroceder, dejó las palabras *tlaca xoxouhcayotl* inscritas en su mente como letras escritas en arena resbalosa. En un horizonte distante, visualizó a una mujer vestida de negro entrar al agua caminando y desaparecer en el Golfo de México, con sus enmarañados rizos negros retorciéndose como serpientes y disolviéndose en nada al quedar completamente sumergida bajo las olas tumultuosas.

—*Tlaca xoxouhcayotl* —murmuró Fulgencio lentamente, y levantó sus ojos del suelo para enfocarlos en los del hermano William.

—Significa que eres libre —dijo el hermano William con una sonrisa.

VEINTISIETE

Sabiendo que la maldición había sido finalmente rota, Fulgencio inicialmente sintió un alivio enorme y una gran comprensión de sí mismo. Ahora creía que si la vida (y Carolina) le brindaban una segunda oportunidad para alcanzar el amor, ahora tendría el poder para vencer esos instintos oscuros cuando intentaran levantar sus monstruosas cabezas. Todo lo que Fulgencio necesitaba era esperar esa oportunidad. Sin falta, todas las mañanas leía las esquelas en su farmacia. Y, a Dios gracias, solo unos cuantos años después, Miguel Rodríguez Esparza sucumbió a las consecuencias de su estilo de vida depravado, muriendo de cáncer del hígado.

El camino había quedado libre para que Fulgencio intentara de nuevo. Pero, como pudo comprobar tras su primera reunión con Carolina, no había ninguna garantía que ella cooperaría con su sueño.

***

Sus nudillos tocaron la puerta principal de la casa del fallecido padre de ella en el frío mediodía de un día de invierno.

Había transcurrido aproximadamente una semana desde su encuentro en la fúnebre sala de la casa, desde que empezó a comprender la verdadera magnitud de su idiotez juvenil e ignorante. Esa semana pareció una vida entera transcurriendo lentamente al ritmo del tic-tac del reloj de la farmacia mientras el mentalmente repasaba las palabras de Carolina, agonizando al comprender que había perdido la mayor parte de su vida a causa de un malentendido.

Enrique, El Papabote LaMarque llegó a la farmacia esa semana con el volante reparado entre sus manos y se lo entregó a Fulgencio. A Fulgencio le pareció que asemejaba un niño grandote fingiendo que sabía manejar.

Desde la hilera de sillas de metal alineadas junto a la pared, Eleodoro el de los cabritos y el gordo Jiménez, saludaron al Papabote. Gustavo, el primo loco, se puso de pie de un brinco como usualmente hacía a su manera hiperactiva, saludando al Papabote y ayudándole con el volante.

—¡Señor LaMarque! —sonrió Fulgencio—. ¡Un placer verlo, como siempre!

El enjuto anciano, con barba entrecana y cabello corto y canoso, sonrió, negándose a ceder el volante al primo loco. Hablaba con voz mecanizada, que brotaba de la caja de voz sintetizada en su garganta, con fuertes jadeos puntualizando sus frases titubeantes.

—Ramírez —dijo el Papabote—. Tu volante está arreglado. ¡Mira! —y lo mostraba orgulloso, un trofeo de plástico estrellado, pegado con cola loca en la cochera del anciano.

—¡Sabía que usted podía lograrlo! —dijo Fulgencio con una

gran sonrisa, tomándolo cuidadosamente de las manos arrugadas y manchadas del anciano.

—Bueno, tú sabes. Siempre he sido bueno para arreglar cosas —dijo el Papabote a los ocupantes de la galería de sillas de metal que asentían al unísono—. Era a lo que me dedicaba . . . antes del cáncer. Los de la galería movían silenciosamente sus labios formando las palabras del anciano.

El Papabote se dejó caer lentamente a silla vacía junto al gordo Jiménez mientras que Fulgencio Ramírez admiraba el volante pegoteado.

—¡Chotay! —gritó Fulgencio hacia la trastienda al tiempo que se aparecía su secuaz—. Mira lo que nos ha traído el Sr. La-Marque. Por favor instálalo para que yo pueda ya movilizarme.

—No hay problema, jefe —dijo El Chotay tomando el volante y desapareciendo a las sombras de la trastienda.

—¿Dónde está la troca? —resolló el Papabote, su silla de metal rechinando al ritmo de sus jadeos mecanizados.

—Ah, la troca está en el callejón. Hice que la grúa la llevara hasta ahí.

—Y ¿cómo has podido llegar al trabajo? —preguntó el Papabote.

—Pues Cipriano me ha llevado hasta el puente cada mañana, y de ahí me vengo caminando. Yo creo que he bajado unas cuantas libras esta semana —dijo, tocándose el estómago.

—Así que ahora estás en mejor forma para el amor —agregó el Papabote.

—No estoy muy seguro, Sr. LaMarque —dijo Fulgencio inclinándose sobre el alto mostrador de la farmacia, dirigiendo la vista hacia abajo, a su corte de bufones—. Después de lo que sucedió la última vez, no estoy seguro de que debiera visitarla de nuevo.

—¡Tienes que ir, m'ijo! —El Papabote se agitó al acelerar el ritmo de su respiración mecanizada—. Para eso trabajé tan duro en tu volante, para que pudieses ir a ver a esa joven. Es tu destino. ¡Debes de dirigirte hacia allí! —Y simuló girar un volante invisible en el aire.

—Quizás debiera esperar un poco más —consideró Fulgencio—. Dejar que se calme. Me siento tan estúpido. Como que todo fue culpa mía.

—Sí fue culpa tuya, m'ijo. Ahora tienes la obligación de arreglarlo —jadeó el anciano—. ¡Canta, Fulgencio! Canta como nunca mientras aún tienes la voz para hacerlo —la caja mecánica en su garganta chisporroteaba con emoción.

—Tiene usted razón, Sr. LaMarque —afirmó Fulgencio—. Debo buscar el perdón y el amor de Carolina.

Fulgencio tomó su sombrero y salió por la puerta trasera, dejando a sus secuaces en la penumbra de la farmacia, arrullados por el sedante ritmo del reloj y los jadeos del Papabote LaMarque.

La destartalada troca avanzaba con estruendo por las calles de La Frontera rumbo a la casa de Carolina. El vestía una gabardina color caqui y Stetson del mismo color sobre un traje vaquero azul marino con corbata de moño. El volante reparado amenazaba con desmoronarse bajo sus manos gruesas y pesadas mientras sus ojos color avellana contemplaban la escena. Lo que otrora había sido un centro prospero cuando regresó de Austin en el Corvette rojo, en el verano del '63 era ahora un paisaje de tiendas y teatros cerrados y edificios dilapidados. El tiempo los había pasado, a él, y a su pueblo dejado de la mano de Dios. Los años que había llenado con canciones amargas y mujeres extrañas. El Pedregal a finales de los '70. Y después el lento silencio de su canto. Había dejado de cantar poco a poco. Pero cuando lo hacía, las palabras aun partían el aire como puñales y la emoción penetraba directamente a los corazones de quienes lo escuchaban. Ahora, tantos años después, solo podía esperar que su voz ablandara su corazón, derritiera su núcleo helado, y le obtuviera la oportunidad de alcanzar el perdón y el amor. Al menos la maldición había quedado atrás. Y él podía ser una nueva y mejorada versión de sí mismo.

Al abrirse la puerta, su voz surgió al aire, cantando las palabras de «Sin ti», que hablan de la futilidad de vivir sin su amor.

Sin inmutarse, Carolina mantuvo un semblante impasible, sus ojos tan estáticos como los de una muñeca, su cara de porcelana inconmovible, pero al menos le permitió el paso al vestíbulo frío y oscuro.

Mientras lo guiaba hacia la sala formal, le dijo: —Carolina, ¿por qué mejor no nos sentamos en la cocina a platicar?—. Él se sentiría más cómodo ahí. No quería distraerse con las figuras evasivas del tapete persa en el piso de la sala. No quería sentarse sobre el plástico ausente de los sofás de su juventud. No quería recordar la revelación de su última visita a ese cuarto, la marea abrumadora de su error escuchando el sonido de sus tacones en la escalera.

Ella le concedió su petición con una mirada vacía. Toda ella le parecía a Fulgencio una muñeca con quien nadie había jugado por mucho tiempo. Él se sentó a la pequeña mesa de la cocina, amontonada en una esquina entre un pequeño televisor en blanco y negro sobre un pedestal y el teléfono en la pared junto a su cabeza.

Ella sirvió café en la estufa mientras los ojos de él seguían las delicadas curvas de su figura vestida en un sencillo vestido café.

Las palabras brotaron de su boca y sus ojos se posaron en la brillante cruz de plata que colgaba sobre la ventana del fregadero.

—Perdóname, Carolina. Siento haber dudado de ti. Estoy muy arrepentido por los errores que cometí.

Aún de espaldas a él, colocó una taza sobre el plato.

—Yo te amo, Carolina. Nunca me casé. Nunca tuve hijos. He vivido en un mundo de espera y de pérdida. Esperando por ti. He perdido todo y a todos los que alguna vez me importaron. Por favor perdona los celos dementes de mi juventud. Por favor perdóname por el daño que nos ocasioné. Por favor dame la oportunidad de empezar de nuevo.

Silencio.

Él observó sus frágiles hombros subir y bajar rítmicamente por las olas de dolor que fluían desde adentro. Ella se inclinó sobre el fregadero. Congelada. Él no se atrevía a moverse.

—¿Lo sientes? ¿Te arrepientes ahora? —Sus atormentadas palabras hacían eco a través de la fría y vacía cocina, rebotando sobre los mosaicos amarillos.

Los ojos de él trazaban el contorno de la cruz de plata suspendida sobre la cabeza de ella. Le recordó al hermano William aquella noche años antes en El Pedregal.

—Arruinaste nuestras vidas, Fulgencio —sollozó ella—. Con tus celos y tus dudas. Desperdiciaste nuestras vidas.

Los ojos de él se posaron en el mantel plástico frente a él en la mesa. Diminutas frutas y vegetales por las orillas. Hojas entretejidas. Tomates, pepinos.

—¿Cuántas vidas has arruinado, Fulgencio? —se preguntó ella en voz alta, la cabeza echada hacia atrás, buscando guía de la cruz sobre ella—. ¿Cuánto dolor debiste infligir antes de convencerte de tu error? Yo no creo que sea mi perdón lo que necesites. Creo debes pedir perdón a ti mismo y a Dios. —Ella se sostuvo con las manos sobre el fregadero.

Aún trazando los vegetales, Fulgencio habló: —Tú eres lo único que me importa. Tú eres lo único que me ha importado.

—¿Entonces por qué te tardaste todos estos años para venir a buscarme? —preguntó ella, dándose vuelta y secando sus lágrimas con un secador.

—Tú te casaste. Yo esperé.

—Yo nunca amé a ese miserable —dijo ella escupiendo las palabras, evitando decir el acostumbrado epitafio «que descanse en paz».

Fulgencio había esperado durante tantos años para escuchar esas palabras, para confirmar sus deseos más profundos. Él siempre había sospechado que ella no podía amar a otro. Eso seguramente explicaba el hecho de que jamás había tenido hijos con el monstruo de las veintidós letras. Eso le dio esperanzas. Y reafirmó la pureza y fidelidad del amor de ella hacia él.

—Entonces ¿por qué te casaste con él? —preguntó—. Cuando regresé al pueblo a buscarte, era demasiado tarde. Bobby Balmori me lo contó. Yo pensé que debiste haberte enamorado de Miguel. Debes haber tenido tus motivos . . . si el amor no era uno de ellos.

Ella se recargó en el fregadero con las manos a la espalda. Probó la sal de sus lágrimas en sus aún gruesos labios, con una mirada lejana en sus ojos.

—Sí, tenía mis motivos.

—¿Pero tú ni siquiera lo querías? —preguntó Fulgencio, encogiéndose de dolor con solo pensarlo.

—No. Nunca. Fue uno de los peores errores que cometí.

—¿Cuál fue el peor?

—Amarte a ti.

Él entrecerró los ojos ante el fuego dorado de su mirada acusadora.

—No puedes creer eso —susurró Fulgencio—. Nosotros estábamos destinados a estar juntos.

—Sí, lo estábamos —dijo ella—, pero tú lo arruinaste todo.

Él bajó la cabeza. Cebollas. Ajo. Cabezas de lechuga en plástico beige. Café enfriándose.

—Pensé en ti con frecuencia —alcanzó a decir ella, con voz temblorosa—. Lloré por lo que pudo haber sido.

—Entonces dame una oportunidad, Carolina. ¿No podrías perdonarme? —imploró él—. Pasa tiempo conmigo. Danos la oportunidad de redescubrir nuestro amor. Yo sé que aún existe muy dentro de ti. Igual que existe dentro de mí.

Los ojos de ella lo acariciaron brevemente, con un rastro de misericordia titilando a través de su rostro. Sus ángulos se suavizaron por un instante.

Presintiendo una apertura, Fulgencio agregó: —Busca en tu corazón, Carolina. ¿No sientes nada por mí, ni un poco?

Su expresión se endureció de nuevo. —¿Crees que puedes regresar a mi vida como si nada después de tantos años, y que yo abandonaré todo por ti?

Ella tenía razón, y bajó su mirada nuevamente al mantel. —Lo siento tanto —concedió de nuevo—. Quizás tu trabajo es demasiado demandante y no permite que te tomes un tiempo para un antiguo amor.

Ella lo miró fijamente. —Mi trabajo es lo único bueno que ha salido de nuestra relación.

—¿Cómo es eso? —Él se inclinó hacia ella, forzándose a escuchar y aprender en vez de pensar solamente en sus propios deseos e ilusiones.

—Fue el pequeño David quien me inspiró para convertirme en maestra de educación especial. Cuando éramos novios y lo conocí, pude darme cuenta cuánto potencial sin desarrollar existe en los niños con discapacidades. Después me convertí en una maestra de educación especial y pude ver cuán descuidados están los niños con necesidades especiales en nuestra sociedad. Pero con el apoyo adecuado, ellos pueden llevar vidas mucho más satisfactorias. Tú me conoces. Una vez que creo en una causa, yo hablo y lucho por ella. Por años he estado luchando para obtener mayores recursos para los niños con necesidades especiales.

—Admiro lo que has hecho, preocupándote por otras personas —dijo Fulgencio, reflexionando sobre sus propias decisiones—. Es un gran recordatorio de que podemos lograr más enfocándonos en las necesidades de otros en vez de nuestras propias ambiciones. Y yo estoy muy agradecido de que por la conexión que tienes con el pequeño David, me diste la oportunidad de volver a verte.

Sintió que ella lo estaba estudiando. ¿Podría ella realmente creer que él era capaz de cambiar? Los ojos de ella buscaban en los profundos surcos de su cara curtida, como si estos pudiesen formar un mapa enigmático a un destino imprevisto. Podía ver que ella empezaba a ceder. Tal vez ella se sintiera aun obligada, o al menos curiosa, a verlo otra vez.

Ella sacudió la cabeza como para eliminar las dudas. «¿Qué me pasa? ¿Cómo podría aún sentirme atraída por tu hechizo?». Enojada consigo misma, pasó junto a él sin decir otra palabra. La puerta de la cocina se cerró. El perfume de gardenias flotaba en el aire.

Sus ojos volvieron a caer sobre el mantel ilustrado. Tomates. Cebollas. Papas. Ajo. ¿Qué era eso? ¿Un camote? ¿Una calabacita? Tenía hambre. El cordón del teléfono que colgaba de la pared se posaba en su hombro como un cotorro sobre el hombro de un pirata. Escucho el eco de sus tacones subiendo por la escalera. Abandonado de nuevo. Al salir de puntillas hacia el vestíbulo, se asomó al estudio vacío del Sr. Mendelssohn para asegurarse que no estuviese ahí. Se sentía extrañamente animado. Su ánimo se había elevado por algo que había observado tomar forma en el aspecto delicado de Carolina, en sus ojos de pajar alborotado por el viento. Había observado una confusión de movimiento. Pensamiento. Anhelo. Un vislumbre de dádiva, de deshielo. Cambio. Sus ojos le recordaban una pintura que había visto una vez. Había una exposición especial en Austin, y casualmente él estaba en la ciudad para asistir a un curso de actualización en farmacología. El nombre del artista era Van Gogh. Pajares era el nombre que el artista había dado al cuadro. Nada que no se pudiese ver en Las Lomas o el Dos de Copas, los remanentes de Caja Pinta antes de que él hubiese unificado esas tierras que habían sido arrancadas como miembros seccionados de su cuerpo. Pero de alguna forma habían sido diferentes que solo heno seco amontonado en pilas en un campo bajo un cielo color aciano. Eran misteriosos, llenos de posibilidades. Así eran los ojos de ella, soles, y estrellas, y pajares. Carolina Mendelssohn era tan cautivadora como una obra de arte, pero era mucho más que eso. Ella estaba viva. Y sus señales sutiles, sus palabras de despedida, eran un indicio de que ella podría permitir que el afecto se volviese a meter a través de las cuarteaduras de su corazón, para calentar su cuerpo y avivar su alma con el elixir del perdón, con el deseo de reconciliación. Al cerrarse la puerta tras él, caminó a través del vapor exhalado de su propio aliento.

Un tenue perfume de rosas surgía de las ruinas de los arbustos bajo las ventanas. El volante se sentía cicatrizado, pero solido en sus manos cuando la troca tosió y arrancó. Atusándose el bigote en el espejo retrovisor, se sorprendió de ver un brillo en sus ojos, un hormigueo en su sonrisa. Podía sentir que algo estaba ocurriendo. Se esforzó por contener la emoción. Esto era algo que no había sentido en años. Se llamaba esperanza. La había sentido en su juventud, y la había derrochado. Pero esta vez, sus mayores obstáculos habían desaparecido.

VEINTIOCHO

Con su renuente permiso, Fulgencio empezó a visitar a Carolina con regularidad. Cada mañana, antes que ella saliera para ir al trabajo, él llegaba a tomarse una taza de café camino a la farmacia. Se sentaban a la mesa en silencio. Algunas veces hablaban. Otras, no pasaba una palabra entre ellos. En ocasiones, ella sonreía. Y en otras, las que él llamaba los «días malos», ella salía del cuarto bruscamente y corría escaleras arriba sin decir palabra.

Con el tiempo, pudieron entender el grado al que habían sido engatusados por Miguel para separarlos. Fulgencio se preparó para la resurgencia del familiar ruido blanco y los cantos en Náhuatl que durante tanto tiempo lo habían atormentado, suspirando con alivio al comprobar que no resurgían. En vez de ello, encontró que sus emociones eran un reto, pero uno que podía manejar.

A medida que sus conversaciones empezaban a fluir, él cautelosamente intentaba sacar su gran excusa, la explicación de sus acciones idiotas en aquella lejana Noche Buena. El temía que ella lo juzgaría incapaz de aceptar sus propios defectos, transfiriendo la responsabilidad a una tercera persona sobrenatural.

Pero cuando finalmente le reveló la existencia de la maldición de Caja Pinta y del control misterioso que por tanto tiempo había ejercido sobre él y sus parientes de sexo masculino, siguiendo rápidamente con su súplica de que esperaba que ella no pensara que era un invento suyo para evadir responsabilidad, ella simplemente dijo: —¿Estás bromeando? ¡Por supuesto que te creo! Esta es La Frontera. Yo he escuchado historias mucho más locas.

La tensión que él había reprimido por años salió volando por la ventana junto con el resto de sus reservas. El conocimiento compartido, acerca de la maldición, como de la conspiración de Miguel, disipó la niebla de sospecha y confusión que por tanto tiempo había atormentado a ambos, permitiéndoles abrir un camino entre las hierbas crecidas del trayecto de su amor hacia un entendimiento más cercano. Pero, aun así, él podía intuir que ella guardaba un resentimiento más profundo, un dolor oculto. Y en tanto Fulgencio seguía picando a la armadura que encerraba su corazón, intuía que se había topado con una barrera defensiva que ella aún se negaba a bajar. Él sabía, por la forma en que ella lo recibía cada mañana a la puerta de la cocina, los trazos distantes de una sonrisa en sus labios, que ella aún conservaba sentimientos hacia él. Pero, ¿era lástima, o amor? ¿Era por respeto a lo que alguna vez habían compartido, o nacía de un deseo de recapturar esa cercanía?

Cada día él sentía crecer su amor por ella. Su deseo le roía las entrañas. Sentía la lujuria renovada del joven que había sido una vez cada vez que con la mirada acariciaba su cuerpo, sus rizos dorados, sus labios de rubí.

Eventualmente, ella le confesó el horror de esos largos y solitarios años atrapada como esposa de Miguel Rodríguez Esparza. Era un salvaje y un rufián, un débil de carácter, un pelele flojo e inútil. Ella lo había despreciado desde el día que se casaron. Pero Fulgencio aún estaba confundido y sin poder comprender la razón porque había consentido casarse con él y qué la había mantenido a su lado durante esta época de divorcios rápidos y anulaciones absolventes.

Debía haber algo que ella le ocultaba. Pero no se atrevía a presionarla. Él simplemente abrigaba la esperanza de que, con el tiempo, esa barrera se derrumbara. La amargura se derretiría. Y el resentimiento que él aún percibía dentro de ella daría lugar al perdón, a la aceptación, y luego a un apasionado amor sin barreras, el amor que había estado atrapado dentro de ambos durante todos esos años inquietos. Noches solitarias de insomnio en camas frías y solitarias. Contemplando las mismas estrellas en el cielo. Recordando los momentos compartidos. Bailando bajo las luces en Homecoming. Destruyendo el almacén de Buzzy con la furia de su lujuria. Regresando de la playa con el pequeño David dormido en el asiento trasero. Sabiendo que su destino era estar juntos . . . para siempre.

Finalmente, cuando las primeras flores de la primavera brotaron, y el sol cargó el aire con su calor eléctrico, Fulgencio se decidió a llevar su incipiente relación al siguiente nivel.

Una mañana, al llegar por su ritual taza de café, ella lo vio a través de la ventana de la cocina, llevando un pequeño rosal en sus manos. Lo colocó entre las ruinas del antiguo rosal bajo la ventana de su cuarto. Cavó un hoyo, lo plantó, y lo regó. Él se sacudía las manos cuando ella le abrió la puerta.

—¿Qué estás haciendo, Fulgencio? —preguntó ella desde el portal, con las manos en las caderas. Ella se veía rejuvenecida en un vestido blanco primaveral.

—Concédeme una cita —le dijo—. Sal conmigo esta noche.

—No —dijo ella enfáticamente—. Tú conoces mis sentimientos respeto a esto. Ya me lo has pedido antes. Y la respuesta es todavía la misma. Si quieres venir a tomar café en las mañanas, no hay mucho que yo pueda hacer para impedirlo. Pero salir contigo en público es otra cosa completamente diferente. ¡Se necesitaría un milagro para que eso sucediera!

—Está bien —dijo Fulgencio bruscamente—. Pues un milagro será. ¿Si este rosal está floreando para esta noche cuando pase por ti, saldrás conmigo?

Ella se volvió a ver a la plantita joven. No tenía botones. Nada sino diminutas hojas y espinas tiernas verdes aún suaves y flexibles.

—Como quieras —se burló ella, levantando una ceja—. Ya veremos —dijo sacudiendo la cabeza mientras se dirigía hacia dentro de la casa—. ¿No vas a tomar café hoy? —preguntó ella con un tono de decepción al verlo dirigirse a su camioneta.

—No, te veré esta noche —dijo él, agitando su sombrero en el aire y arrancando la camioneta en medio de una nube de polvo.

Ese día, Fulgencio preparó una poción especial con una receta que su madre le había dado y a la que agregó unas hierbas que el Papabote LaMarque había conseguido en el mercado del otro lado del río.

Resollando mecánicamente, el Papabote dijo: —Estas hierbas son muy especiales, Ramírez.

Como un científico loco en su laboratorio, Fulgencio mezcló e hirvió hojas verdes junto con un polvo café muy fino. Era una variedad rara de yerbabuena y una mezcla de comino y cenizas de abejorro. Hervidas en una mezcla de mezcal y aceite de oliva. Mezcladas con pétalos de rosa molidos. Vertiendo la poción oscura e hirviendo a un frasco, Fulgencio se lo dio al pequeño David.

—Ve a casa de Carolina sin que nadie te vea y vierte esto bajo su ventana donde planté el rosal.

—¿Digo algo? —preguntó el pequeño David, rascándose la cabeza, confuso.

—Sí —agregó Fulgencio—. Dices: «En el nombre de la Virgen de Guadalupe. En el espíritu de su milagro en las montañas del valle de México, te ordeno florecer».

Para el atardecer, el rosal había crecido tan alto y frondoso que Fulgencio pudo haberlo escalado por las espinas hasta alcanzar la ventana. Cargado de rosas rojas en pleno florecimiento, se elevaba como un árbol robusto sobre el pasto.

Vestido con su clásico atuendo negro, una corbata nueva color plata y Stetson en la mano, Fulgencio estaba en la puerta del frente. Antes que su nudillo pudiese golpear la puerta, esta se abrió.

Ahí estaba Carolina Mendelssohn, tan radiante como en la noche de su primera cita, en un vestido negro ajustado y justo arriba de la rodilla, con un collar de perlas adornando su cuello y sus rizos rubios cayendo sobre sus hombros descubiertos.

Fulgencio tuvo que recordar que debía respirar. Al estar ella en la puerta, su sombra se proyectaba sobre él, filtrándose hasta el fondo de su alma.

—Te traje unas rosas —dijo extendiendo galante su brazo hasta el rosal.

—Ya vi —dijo ella, y las comisuras de sus labios se curvearon ligeramente hacia arriba.

Mientras permanecían en el vestíbulo, él la ayudó con su largo abrigo negro. Su perfume suave permeaba el aire. Sus rizos rosaban las manos de él.

Los ojos de ella brillaban cuando levantó la vista hacia él. Su cabellera negra ondulada. Sus facciones angulares. Su grueso bigote bien recortado. —Vayamos en mi coche —dijo ella.

—¿Cuál es el problema con mi camioneta?

—Tú me comentaste lo del volante.

Ella lo invitó a manejar. Hubiera parecido muy extraño de la otra manera. Fulgencio Ramírez era chofer, no pasajero.

Por supuesto que siempre caballeroso, le abrió la puerta del coche. No había manera de que pudiese evitar ver sus tonificadas piernas envueltas en nylon negro.

Al salir de reversa hacia la calle, Fulgencio se sorprendió al ver a través del espejo retrovisor. Podía jurar que por un instante pudo ver la silueta de un hombre mayor, parado en la puerta de la casa.

Frotándose los ojos y meneando la cabeza, Fulgencio se enfocó en el camino. El coche de ella era un Nissan Maxima de modelo reciente, plateado, sencillo. Se maravilló de la suavidad del paseo, y la respuesta del motor.

—Estos coches nuevos se sienten diferente —comentó.

Carolina rió: —Eres un dinosaurio, Fulgencio Ramírez.

Él había hecho reservaciones en la Isla del Padre, la playa que frecuentaban en la prepa, y Carolina abrió el quemacocos para que las estrellas brillaran sobre ellos. Ninguno de los dos dijo nada, pero ambos recordaban aquellas noches regresando de la isla en el esplendor de su juventud, con el pequeño David dormido en el asiento trasero del coche del Sr. Balmori.

—Es como un convertible, sin serlo —comentó Fulgencio, fascinado por el quemacocos.

—¿Dónde has estado todos estos años, Fulgencio? —preguntó ella riendo.

—Esperándote. Esperando para vivir de nuevo.

Sintió que ella giraba acercándose un poco más hacia él. Anteriormente, el asiento del frente de un coche estaba diseñado como una banca, pensó él. Ella podría deslizarse y acurrucarse junto a él. Pero ahora había un golfo entre ellos, con espacio para vasos y demás. Le llamaban consola. La modernidad no era tan buena después de todo.

Cenaron en un lugar elegante con vistas a la Laguna Madre, la angosta bahía que separaba la isla de la costa, con la luz de las velas parpadeando entre sus caras. Como dos jóvenes amantes en su primera cita, ella picaba su comida con modestia, y él la devoraba toda con sus ojos hambrientos.

—Y —preguntó Fulgencio—, ¿crees que haremos esto otra vez?

Ella examinó la escasa ensalada arreglada como una obra de arte minimalista en su plato. —No lo sé. Veremos.

Frunció el entrecejo, al percibir que ella retrocedía. —¿Qué pasa, Carolina? ¿Por qué te alejas de mí?

Ella mantuvo la vista fija en su plato.

—¿Todavía no has podido perdonarme? ¿Es eso? —preguntó—. Porque yo podría entenderlo. Dime si necesitas más tiempo.

—No lo sé, Fulgencio. Tal vez algunas cosas nunca pueden perdonarse . . . ni olvidarse.

Él podía percibir que la distancia crecía, que avanzaba dando tumbos hacia la estela de la marea baja. Así era como se había sentido una y otra vez durante las últimas semanas. Cada vez que parecía que él se acercaba un poco más, ella huía. ¿Qué la detenía? ¿Habría otra dimensión de la maldición, una cláusula secreta en letra chiquita que de alguna forma se le había escapado al hermano William?

—¿Tienes miedo, Carolina? ¿Te preocupa que pueda yo lastimarte otra vez?

Ella levantó la vista hacia él, y sus ojos brillaban en la penumbra del tenuemente iluminado cuarto. —No. No es eso.

—Entonces qué es? —Fulgencio se frotó las sienes, tomando un pequeño sorbo de vino tinto—. ¿Es nuestra edad? ¿Crees que estamos actuando de manera inmadura al intentar de nuevo después de tantos años?

—No, Fulgencio. Olvídalo. —Y se volteó—. Algunas cosas es mejor no decirlas.

Fulgencio se sentía como si lo tuviesen contra la pared, buscando frenéticamente una rendija por dónde meter sus dedos y apalancarse para salir.

—Hemos pasado tiempo juntos. Hemos platicado. —Fulgencio luchaba por encontrar las palabras adecuadas—. Yo siento que nos conocemos mejor que cuando estábamos en la prepa, pero aún hay algo que nos detiene. Es algo dentro de ti. Hay ocasiones en que te digo algo, como el día que te hablaba del Chinito, y tú abandonas el cuarto sin ninguna explicación. Otras veces, veo tus ojos ahogándose en dolor. Y yo sé . . . —el tono de Fulgencio se endureció—. Yo sé que hay algo que no me estás diciendo.

—Fulgencio, de verdad —susurró ella al notar que las personas se volteaban a verlos—, este no es el lugar ni el momento. Pásame la botella de vino —dijo ella con brusquedad.

Él vertió más vino a su copa. —Háblame. ¿Por qué te casaste con Miguelito si nunca lo amaste? ¿Por qué no lo dejaste si no lo amabas . . . si ni siquiera te importaba lo suficiente para tener sus hijos?

Ella se bebió todo el contenido de su copa y con delicadeza secó las comisuras de sus labios con la servilleta de lino. Se puso de pie, sin mirarlo, y salió del lugar.

Fulgencio dejó un billete de cien dólares sobre la mesa y la siguió, dejando al mesero atrás, con sus platillos humeantes y una expresión de perplejidad en su rostro. Todas las cabezas se volvieron hacia ellos, observando su abrupta retirada.

Afuera, se sentía fría la brisa del Golfo. Carolina estaba en la cubierta, inclinada sobre el barandal de madera, contemplando la bahía, su cabellera rubia ondeando en el viento. Al escuchar sus pasos, pisando fuerte sobre la madera, se dio la vuelta y lo dejó congelado.

Sus ojos semejaban un par de ollas de miel estrelladas, las lágrimas derramándose entre el vidrio quebrado y el fluido dorado que se derramaba. El muro se resquebrajaba, se derrumbaba. Él se preparó para el diluvio.

—¿Quieres saber, Fulgencio? ¿Quieres saber?

Vacilaba entre el temor y el ansia por saber, y apretaba ansiosamente el sombrero que llevaba en sus manos.

—Déjame decirte por qué, Fulgencio. ¡Quería evitarte el dolor con el que he vivido cada día y cada noche durante los últimos veintitantos años!

Él retrocedió lentamente, como un granjero temeroso alejándose de una víbora de cascabel presta para el ataque.

—No me casé con ese hombre patético por amor ni por dinero. Al principio me casé con el porque me hizo una promesa, juró proteger mi honor. Y después seguí casada con él, aun después que traicionó su promesa, porque él era el único que sabía . . . el único que conocía mi secreto, el secreto que se llevó a la tumba. Me amenazó con decirle al mundo si yo lo abandonaba, atrapándome como un prisionero dentro de mi propia tumba, utilizando mi propia peor pesadilla como un arma contra mí.

La mente de Fulgencio se aceleró a la par que su corazón. Estaba confuso, buscando claridad mientras ella permanecía de espaldas a la bahía, con sus brazos en el aire, sus rizos enredándose sobre su rostro y el viento rasgando su vestido.

Pasado el llanto, ella ahora estaba furiosa. —¿Quieres saber por qué, Fulgencio? ¿Por qué no podía soportar escuchar acerca de tu compadre que perdió a su hijo? Porque, Fulgencio . . . —y se lanzó sobre él, sus ojos encendidos y ella temblando bajo su sombra—. Esa noche que nunca llegaste, en Noche Buena, la noche que arrojaste las rosas al suelo y dejaste el anillo en tu bolsillo porque yo estaba bailando con mi primo, porque estabas agobiado por tu estrafalaria maldición. No solo abandonaste a tu novia. ¡Abandonaste a tu hija!

El corazón de Fulgencio se detuvo.

—Así es, Fulgencio —siseó, cara a cara con él—. Yo no lo sabía aún, pero estaba embarazada de tu bebé. Tú nunca viniste por nosotras. Nos dejaste solas. Y esa escoria, Miguelito, me prometió, que daría a nuestro hijo un nombre y un hogar, así que me fugué con él. Nos escondimos en la casa de su primo en Houston hasta que ella nació, nuestra hija, Fulgencio, y luego me obligó . . . Su cuerpo empezó a temblar de forma incontrolable—. ¡Me obligó a darla en adopción! —Ella empezó a llorar—. Dijo que yo era una tonta por pensar que él sería un padre para tu hija. Y que, si me negaba a dar a la bebé, o si llegaba a dejarlo, les contaría la verdad a todos en La Frontera, que me había embarazado de ti sin casarme. Él sabía que eso mataría a mi frágil madre y devastaría a mi padre. Yo no tenía el valor para soportar eso, destruir a mis padres, criar a una niña inocente en medio de los chismes de la gente ignorante y persignada de La Frontera. Yo era débil. Mi corazón se había roto mucho antes, cuando tú me abandonaste. Estaba joven. Estaba confusa y perdida. ¡Tenía miedo! Así que me rendí. No tenía la voluntad para seguir adelante. Me derrumbé, Fulgencio. Y he tenido que vivir desde entonces con el remordimiento de las decisiones que tomé. Y por eso no puedo perdonar. No puedo perdonarte a ti. No puedo perdonar a ese hijo de perra muerto que prometió dar a nuestra hija un nombre. Y, sobre todo, no puedo perdonarme a mí misma. Yo no merezco otra oportunidad de ser feliz. —Lo empujó, y corrió hasta su coche, gritando— Busca como regresar a tu casa, ¡Fulgencio Ramírez! —Y con un rechinar de llantas y entre una nube de arena, se fue perdiendo entre la noche.

Fulgencio permaneció en la cubierta donde ella lo había destrozado con su sinceridad. ¿Una niña? ¿Una inocente? La pérdida que había ocasionado le había agobiado antes, pero ahora esto. La vida de un bebé que habían concebido por amor. Otra vida que había abandonado por celos y estupidez. Por formarse juicios apresurados. Los había ejecutado a todos con la rapidez de una guillotina, las rosas precipitándose al suelo como una cabeza decapitada aquella Noche Buena detrás de su ventana.

Aturdido, regresó al restaurante y compró otra botella de vino al estupefacto mesero y caminó por la playa desolada. El agua frígida penetraba sus botas, helando sus pies. Las olas se estrellaban. Llovían estrellas desde arriba. Se sentó con el calor del vino, y de la angustia, revolviéndose en su estómago. Se sentó en la arena, recargándose en una duna pequeña. Con el frío del acero en su corazón sangrante, la daga que ella había enterrado profunda en su pecho herido. Este asalto verbal no había sido desviado por su armadura invisible. No, no señor. Dolía como solo la verdad puede doler. Una niña. Una pobre, pura e inocente hija de Dios. Perdida en el mundo sin sus padres. Dos amantes que podían haberle dado la clase de hogar que Fulgencio nunca tuvo, el hogar que siempre soñó formar con ella. Sus lágrimas ardían como agua de mar sobre sus labios partidos. Pobre Carolina. Ahora comprendía todo. Ella jamás lo hubiera buscado y acorralado al matrimonio con la noticia de su embarazo, aunque sí le había escrito, y lo había llamado con un tono desesperado. Ahora que sus emociones y su mente no estaban cegadas por la maldición, lo comprendía. Pobre Carolina. El peso que había soportado sola durante todos esos años. Sentado en la arena, se preguntaba como llegaría hasta el Dos de Copas para buscar la sabiduría del hermano William, La Virgencita, y su abuelo. Pero comprendió que no necesitaba que se lo dijeran. Ahora había solo un camino para la sanación. Ellos tendrían que encontrarla. Buscarla y encontrarla. Su hija. La que ella había dado hacía ya tantos años, pero alojado en su corazón con dolor y remordimiento. Sí, señor. La encontrarían y arreglarían las cosas. La pieza final que los completaría, con quien ellos hubieran compartido ese elusivo sueño de hogar y familia.

Se levantó de la arena, se sacudió, se colocó el sombrero en la cabeza con decisión, y trepó hacia la carretera. Estaba haciendo exactamente lo que Carolina Mendelssohn le había ordenado. Estaba iniciando el largo viaje, la búsqueda, para encontrar el camino a casa.

VEINTINUEVE

A la luz azul añil del amanecer, las brillantes botas negras de Fulgencio Ramírez crujían sobre pajas de heno dorado. En la bodega de metal corrugado oxidado que su abuelo y él habían convertido en establo hacia años, se dirigió hacia una esquina oscura y llena de sombras. Lo que parecía ser una pila indistinta de garras cubiertas de hollín y moho aguardaba su figura. Con fuerza, tiró de la gigantesca lona. La tela andrajosa se deslizó, revelando su antiguo Corvette rojo. El cromo prístino reflejaba su imagen como un espejo combado al pasar sus dedos con delicadeza sobre la larga capota. Un gallo cantó a lo lejos.

Fulgencio casi salta del susto cuando el hermano William gritó desde la entrada. —¿Vas a alguna parte?

—¡Dios mío! ¡Hermano William! Casi me mata del susto. ¿Cuánto hace que está ahí?

—Un momento. Una eternidad. ¿Cuál es la diferencia?

Fulgencio saltó al asiento del chofer, deslizándose detrás del volante, sus callosas manos acariciando el arco cubierto de vinilo.

Hacía mucho tiempo que no encendía el coche deportivo. Las llaves aún estaban puestas.

—¿Cuántos años hace que no manejas esta belleza? —se preguntó en voz alta el hermano William, pasando sus manos por las líneas y curvas del chasis, admirándolo.

—Más de los que quiero recordar —respondió Fulgencio.

—¡Pues enciéndelo! —gritó el hermano William en la voz del entrenador de futbol—. Veamos de qué está hecho.

Fulgencio alcanzó las llaves, les dio vuelta y . . . nada. —Está muerta la batería. La gasolina probablemente ya no sirve. Las piezas probablemente ya se pegaron y se oxidaron. —Sacudió la cabeza, reclinándose en el asiento. Pues ¿en qué estaba pensando? — Este coche se ve vivo solo por fuera. Pero está muerto por dentro.

El hermano William se asomó por la ventana, bajo el toldo de lona. —Bajemos el toldo. Desabrochó la aldabilla y la dobló hacia atrás con facilidad.

Fulgencio observaba cada movimiento.

—Abramos el portón —dijo el hermano William maliciosamente.

Fulgencio frunció el entrecejo, con expresión de desaprobación.

—¿Hermano William, no escuchó ni una palabra de lo que dije? Este coche está muerto. Se ve muy bien por fuera, porque ha estado cubierto todos estos años, a salvo de los elementos. Pero está muerto.

Los ojos del hermano William bailaban con expresión traviesa. —¿Muerto como yo? ¿Muerto como tu abuelo, Don Fernando Cisneros? ¿Muerto . . .como has estado tú por muchos años?

La ceja derecha de Fulgencio se levantó junto con la del hermano William. —¿Qué está diciendo, hermano?

—Digo que lo vuelvas a intentar —dijo colocando sus manos sobre el frio metal de la capota.

Al dar vuelta a la llave nuevamente, el motor encendió con un rugido, llenando la bodega con el poder de su rugido. El escándalo resonaba a través de las paredes de aluminio de los rehabilitados establos. Los caballos se alzaban y relinchaban, asustados por el tremendo sonido.

A Fulgencio le dolía la cara por la sonrisa. Algo muy dentro de su pecho le dolía también. Se preguntaba si sería su corazón. Su corazón, rompiéndose por la bebé que nunca conoció. La hija que ahora buscaría montado en este poderoso corcel. Movió la palanca a primera, y el coche rodó hacia el claro frente a la cabaña.

Entró a empacar su vieja maleta de piel y despedirse de su abuelo y de La Virgencita. —Deséenme suerte, los dos. Voy a necesitar la suerte de ambos —lanzó una mirada a Fernando Cisneros, sentado a la mesa con las cartas extendidas frente a él . . . y su bendición, en deferencia a La Virgen.

—No te lleves mi suerte, m'ijo. Por el favor de Dios, crea la tuya —susurró Fernando Cisneros, y el aura dorada de la Virgen pulsó en armonía.

Fulgencio se arrodilló delante de la imagen en la pared, haciendo la señal de la cruz. Besó ligeramente la mejilla de su abuelo, sintiendo la incipiente barba picarle su mejilla como una lija. Y tomó su Stetson color caqui del gancho junto a la puerta al salir a la luz rosada de la mañana. El coche ronroneó al subirse, aventando la vieja maleta de su abuelo al asiento trasero. Llevaba ropa abrigada, porque el aire estaba frío: su saco de caqui con forro de lana, y un suéter color café. Camisa a cuadros y pantalones caqui. Se arregló su grueso bigote en el espejo retrovisor, con el vapor de su aliento rodeándolo.

—¡Dios te bendiga! —gritó el hermano William, saludando

con la mano en el aire a Fulgencio que salía a toda velocidad, dando tumbos sobre el camino de caliche, pasando el portón y tomando la carretera hacia Nueva Frontera. Fulgencio volvió a saludar desde la carretera al pasar el rancho. Y sonó el claxon al pasar El Refugio, desde donde le sonreía el canoso Cipriano con su diente quebrado.

Atravesó rápidamente las desiertas calles de Nueva Frontera, cruzó el puente, y se dirigió al centro. Hizo una parada rápida en la farmacia donde hizo un cartel y lo pegó a la puerta del frente: «Cerrado por vacaciones». Vacaciones. Había escuchado el concepto, pero jamás se había tomado unas. Todo lo que conocía era el trabajo. De un cajón de su escritorio, sacó la frágil cadena de oro y medallita que en una ocasión le había regalado a Carolina Mendelssohn. La guardó en el bolsillo de su saco, y sacó la pistola en su funda de piel. Esta la llevaría bajo el asiento del frente por aquello de que se llegase a ofrecer. ¿Qué tal si a alguno de los hermanos Guerrero sobrevivientes se le ocurría querer reafirmar su masculinidad a través de la violencia?

La luz de la cocina estaba encendida en la cocina de Carolina cuando se estacionó al frente de la casa. Mientras se dirigía a la entrada, salió ella, aún en bata.

—No creí que te atreverías a regresar —dijo ella—. Y menos tan pronto.

—Entonces es claro que no me conoces muy bien, Carolina.

Bajó la vista al suelo. —Siento lo de la otra noche —susurró ella—. Tantos años de guardar el secreto. Tantos años de dolor. Sola, Fulgencio. Desearía que nuestras vidas hubiesen sido diferentes. Que hubiésemos podido casarnos y ver crecer a nuestra hija.

—Lo sé —dijo él—. Todo fue por mi culpa. Y nunca podrás comprender cuánto lo siento. Pero ahora me voy. Voy a buscar a nuestra hija, dondequiera que esté.

Ella levantó la vista hacia él, asombrada, con sus ojos muy

abiertos. —Pero Fulgencio —apenas acertó a tartamudear asustada—, eso es imposible. Esos documentos de adopción están sellados. Nunca podremos conocerla, a menos que ella nos busque.

—Pues ya veremos —dijo Fulgencio, colocándose el sombrero, sus ojos brillando de ambición.

—Yo voy contigo —dijo ella serena.

Él esperó en la cocina con una taza de café mientras ella empacaba una maleta, hacía arreglos para que una maestra sustituta tomara su lugar, y se despedía de su madre.

Los tacones de Carolina en el camino hacia el convertible rojo parado a la entrada. Él colocó su maleta en la cajuela y le abrió la puerta del coche. Ella se veía tan joven, pensó él, casi tan joven como lucía antes de convertirse en madre. Vestía jeans negros, botas negras, y un saco de piel negra que le llegaba a media pierna. Llevaba el cabello recogido hacia atrás y caía sobre su cuello como cascada. El fervor de su búsqueda vigorizaba a ambos.

—¿Qué onda con el coche, Fully? —preguntó, cruzando las piernas y girando su cuerpo hacia él.

El corazón le dio un brinco al escucharla llamarlo por su antiguo apodo. —La camioneta no resistiría este viaje —dijo—. Además, el volante de esa carcacha ya no es seguro. En su interior, agradecía al Papabote LaMarque con todo respeto por sus sinceros esfuerzos.

—Recuerdo haberte visto en este coche después que regresaste a La Frontera. Creo que no me viste, pero me dio mucha tristeza verte. Cualquier otra persona se hubiera visto feliz en este coche, pero tú parecías estar hueco. Y yo estaba hueca también, sin ti.

—Después de poco, no disfrutaba manejarlo —dijo Fulgencio—. No necesitaba cosas bellas si no te tenía a ti para disfrutarlas conmigo. Me hacía extrañarte, extrañar a Buzzy. Extrañar la vida.

Mientras viajaban hacia el Norte por la única carretera que entraba y salía de La Frontera, el cabello de Carolina volaba con el viento. Los antiguos lentes de sol de Fulgencio protegían sus ojos. El día se sentía joven. Y ellos también. Por primera vez desde los momentos robados en el almacén del café de Buzzy, se sentían liberados, vueltos a nacer. Liberados del secreto que había servido como tumba silenciosa para el alma de Carolina. Liberados de las paredes que los habían mantenido separados durante los pasados meses de reconciliación frustrada. Vivos con la emoción de una nueva vida. De no saber qué les esperaba en el camino. De anhelar, de buscar, de volver a vivir. Envueltos en el rugido caliente y vibrante del Corvette, a medida que se alejaban de La Frontera, sus corazones empezaban a deshelarse, aún en el frio del amanecer.

—¿Crees que podremos encontrarla? —los ojos de Carolina relampagueaban y su cabello le azotaba la cara.

—Sé que la encontraremos —gritó él sobre el ruido del viento, sin retirar la vista de la carretera.

—¿Y a qué nos conducirá encontrarla? —preguntó ella.

—De regreso adonde equivocamos el camino. De regreso al inicio, para que esta vez podamos escoger el camino correcto. El camino hacia lo que debió haber sido.

—Hacia lo que debió haber sido —murmuró ella, estudiando su imagen en el espejo retrovisor—. Me pregunto si ella querrá conocernos, o si se resentirá con nosotros por interferir de nuevo en su vida.

—No te preocupes, Carolina —le dijo sobre el viento—. Ella nos reconocerá por lo que somos.

—¿Y después qué? —preguntó ella, temerosa.

—Y después . . . ya veremos.

TREINTA

Se detuvieron en un café de mala muerte, ocuparon una cabina y almorzaron tacos de chorizo con huevo en tortilla de harina.

—¿Cómo conociste este lugar? —se maravilló ella, al saborear la comida auténtica y deliciosa.

—Mis choferes se detenían aquí cuando tenía la compañía de transporte —dijo él.

—¿Compañía de transporte? —sacudió ella la cabeza, incrédula—. Yo pensaba que todos estos años habías sido un farmacéutico. Nunca mencionaste una compañía de transporte.

—Pues resulta que tu tenías razón, Carolina. La farmacia no fue suficiente para mí. Siempre necesitaba más. Sentía que algo me faltaba. Traté de encontrar ese algo en diferentes negocios y empresas, pero estaba buscando en el lugar equivocado. Lo que realmente me faltaba eras tú.

Ella se sonrojó. —Sigues siendo un romántico, Fully.

—¿Cómo podría ninguna chica resistírseme? —bromeó él.

—Mujer —lo corrigió ella.

—Sí, por supuesto, ¡mujer! —Ah, sí, su espíritu independiente y descarado lo había atraído, como una polilla suicida, desde el principio. Hasta había hecho posible su improbable relación.

—No te burles de mis ideas, Fulgencio Ramírez —le advirtió, agitando su tenedor en el aire como si fuese un cetro—. Tu machismo te maldijo entonces y aún puede derribarte si te descuidas. Maldición o no maldición, tú sabes que hasta cierto punto es aún parte de ti.

—No me atrevería —respondió él. No le molestaban sus costumbres modernas. De hecho, en la estela de la maldición rota, lo inspiraban. Percibía en ella una profundidad que había sido demasiado tonto para desentrañar la primera vez.

Después de almorzar, tomaron la ruta escénica hacia arriba de la costa del Golfo, deteniéndose en un acantilado con vistas al mar en el Refugio de Vida Silvestre de Aransas Pass. Ni siquiera notaron la fría brisa del Golfo que les quemaba la piel mientras ellos permanecían sentados sobre los respaldos de sus asientos, contemplando las olas que se estrellaban abajo.

—Se me había olvidado lo hermoso que puede ser el mundo —suspiró ella.

—Esto es solo el principio —dijo él, retirando con su mano tiernamente su cabello hacia atrás.

Para cuando entraron a Houston el sol se ponía, y la imponente línea del horizonte del centro se perfilaba contra el cielo castaño, y las luces parpadeaban en las ventanas.

Fulgencio señaló un motel a la orilla de la carretera, en las afueras del centro. —Algunas veces nos quedábamos ahí, los choferes y yo, cuando traíamos un convoy a la ciudad. El Chotay creía que era el cielo.

Ella levantó una ceja con gesto de desaprobación hacia la arruinada colección de cabañas olvidadas. —¿Nos vamos a hospedar ahí?

—No, yo creo que ya hemos sufrido suficiente —rió él. —La idea del viaje es ponerle fin al dolor, no restregárnoslo.

Al llegar al hotel Four Seasons, ella descendió hacia la alfombra roja y Fulgencio la tomó de la mano. —Me siento otra vez como la reina del Homecoming —le susurró Carolina a Fulgencio mientras el portero abría la puerta y les hacia una reverencia—. Pero también me siento culpable —confesó mientras se registraban—. Henos aquí buscando a nuestra hija, y pues, ¿no nos estamos divirtiendo demasiado?

—No más castigo, Carolina. Suceda lo que suceda mañana, encontremos lo que encontremos, ya no más culpa. Solo nuestra vida.

Nadie lo hubiese imaginado, pero Fulgencio Ramírez era un hombre rico. Había llevado una vida sencilla y humilde. En los primeros meses después de que abrió su farmacia, había ganado lo suficiente para entrar orgulloso al banco en el centro de La Frontera y pagar el préstamo que el hijo del viejo Maldonado había aprobado. Los clientes de habla hispana lo adoraban, porque era el primer y único farmacéutico en la ciudad que les hablaba en su propio idioma. El único que no los miraba hacia abajo con desdén desde lo alto del mostrador. El único que no se escondía detrás de un saco blanco de laboratorio. No, no Señor, solía decir, vistiendo sus guayaberas con orgullo y acariciándose el bigote. Era igual que ellos, pero sabía cómo sanar sus enfermedades. Y cuando las medicinas de patente no funcionaban, las hierbas y los conjuros aprendidos de su madre sí. Después de eso, el banco siempre había apoyado sus proyectos empresariales. Y como vivía en una cabaña de adobe en el rancho de su abuelo, había logrado amasar una vasta fortuna, incluyendo las tierras reunificadas de Caja Pinta. Así que, cuando los Walmarts, HEBs y Walgreens descendieron sobre el pueblo como aves de rapiña de otro mundo, no le preocupó. Él ya no dependía de los ingresos de la farmacia. Las muchas empresas que había creado y vendido a lo largo de los años podían haberlo mantenido, a él y a varias generaciones futuras, en gran estilo. Pero él seguía cuidando de su menguante desfile de *viejitos* seniles y decrépitos. Platicaba con su surtido de parásitos. Poco a poco, estos elementos llenaron el aburrido vacío del tiempo mientras esperaba otra oportunidad de reunirse con Carolina.

Y ahora, Fulgencio y Carolina se acurrucaban a la luz de velas en el elegante comedor del hotel. Mientras ella se cambiaba y vestía en su suite, él se había encaminado hacia una de las elegantes boutiques conectadas al rascacielos a través de un pasillo elevado de vidrio que atravesaba la concurrida calle abajo. Caminaba como aturdido, sus ojos llenos de asombro. Nunca había visto todo esto, este mundo glorioso construido por el hombre moderno. Se había conformado con caminar bajo las sombras moderadas de los viejos edificios del centro de La Frontera. Inclusive había logrado evitar poner pie en esas moles de concreto sin ventanas que los promotores habían construido a las afueras del pueblo en los '70s, las que denominaban *malls*. De la misma forma había evitado los llamativos restaurantes y tiendas de cadena que habían desalojado a las tiendas locales de las principales calles de la ciudad. Nada de rentar videos en Blockbuster. Nada de pollo frito Church's. En muy raras ocasiones se permitía pasear por esas calles atiborradas de anuncios de gas neón. No, no Señor, él había encontrado la poca comodidad que podía en el ambiente conocido del descolorido centro. Y contribuyendo a evitar la quiebra de la tienda de ropa de caballero del Sr. Capistran.

Pero ahora, por primera vez en su vida, sus sentimientos hacia el mundo moderno eran diferentes. Al quitarse los lentes de carey y permitir que la elegancia de las tiendas frente a él lo impresionaran y deslumbraran, se dio cuenta que le gustaba lo que veía. Poco tiempo después, emergió en un traje Armani color verde aceituna oscuro de una tienda con un nombre raro en francés que no podía pronunciar. La quijada de Carolina se cayó antes que él pudiese detenerla con un beso en los labios a la puerta de su suite.

Se sentaron en silencio, mirándose a los ojos con anhelo, mientras que los tiempos de la cena llegaban y eran retirados. La botella vacía de vino tinto fue retirada. Y el mousse de chocolate fue vencido por la dulzura que los envolvió cuando sus manos se rozaron ligeramente sobre el blanco mantel de lino. El sonido de un harpa flotaba a su alrededor. Y se sentían en paz. Tranquilos. Acomodándose cada uno en el espacio sagrado del otro del otro.

En un momento determinado, fueron sacados de su ensimismamamiento por el paso de un tejano alto en traje y botas vaqueras que al verlos se volvió hacia ellos en un movimiento exagerado.

—¡Vaya, pues mira nada más! —exclamó en un tono de voz lo suficiente alto para ser escuchado por las mesas vecinas— . ¿Cómo pudo un amigo como tú conseguir a una mujer tan hermosa como esta? ¡Debes ser un tipo suertudo! ¿Te ganaste la lotería? ¡Bravo!

Carolina se volvió hacia Fulgencio, su temor reflejado en su mirada.

Tomado por sorpresa, Fulgencio sintió una oleada de coraje que lo sacudió como una descarga eléctrica. ¿Amigo? Se preparó para sentirse obligado a reaccionar ante la pulla del hombre. Pero esta vez era una ira más simple la que sentía en sus entrañas. Su ira no iba acompañada del denso sonido del oleaje que lo hacía sordo a su entorno. Sus pensamientos no se nublaron por los cantos en Náhuatl que anteriormente le impulsaban a dar rienda suelta a su furia. En vez de reaccionar a la pulla racista del tejano, encontró que era perfectamente capaz de oprimir un apagador para activar el entrenamiento al que se había sometido después de romper la maldición, practicando con el hermano William y El Chotay en la farmacia, quienes aparentaban arrojarle insultos. Mientras que en el pasado hubiese escoltado al tejano afuera por la fuerza y lo hubiese derribado a golpes, ahora se quedó quieto, analizando al hombre cuidadosamente, y considerando cuál podría ser el motivo de su grosería. ¿Sería posible que estuviese motivado por algo más que prejuicio? En el proceso, observo una franja pálida en el dedo anular del hombre, una mesa para una persona en la esquina donde el hombre había cenado solo, una botella de tinto vacía y una copa solitaria. Dedujo que el hombre estaba borracho y se sentía abatido, era un divorciado amargado o un viudo apesadumbrado.

De pronto, Fulgencio sintió compasión por el tejano. ¿Después de todo, acaso no tenía en parte razón el hombre? ¿No se había él finalmente ganado la lotería? Mentalmente repitió las frases que había aprendido en Náhuatl durante su entrenamiento, aspiraciones que le habían eludido durante toda su vida. *Ihuian nemini. Ihuian nemini.* Persona pacífica y tranquila. *Ihuian nemilitzli.* Una vida pacífica.

—Si bien no estoy de acuerdo con su estilo, señor, usted tiene toda la razón —dijo Fulgencio sonriendo plácidamente y recargándose en la cómoda silla—. Soy realmente muy afortunado de estar aquí, compartiendo esta velada con la mujer que amo.

Sorprendido, el hombre se encontró sin palabras. Se quedó mirando a la pareja por un largo e incómodo momento, y su expresión se tornó dolorosa.

—De hecho —concluyó Fulgencio intentando suavizar la tensión e incomodidad que permanecía entre ellos—, con gusto le platicaría como es que acabamos juntos, pero la historia es tan larga que temo usted se cansaría y se quedaría dormido.

El hombre sacudió la cabeza, y tropezándose con sus palabras, respondió titubeante: —Bueno . . . disculpen mi intromisión. Mi esposa murió recientemente . . . yo no he podido reponerme aún.

—Siento mucho su pérdida —respondió Carolina con suavidad, Fulgencio asintiendo con la cabeza.

—Disfruten ustedes de su mutua compañía. Uno nunca sabe lo que la vida le tiene reservado —contestó el hombre, con voz quebrada por la emoción. Tocó un sombrero invisible a manera de saludo y dejó el comedor con la cabeza baja, recriminándose por su comentario inoportuno.

Los ojos de Carolina examinaron a Fulgencio, buscando una explicación para su revelador cambio de comportamiento.

—Pobre hombre —murmuró Fulgencio, dando un sorbo a su copa de vino.

—Fulgencio —dijo ella asombrada—. Realmente has cambiado.

Satisfecho con el fruto de sus esfuerzos, restó importancia al asunto con modestia. —Todos debemos madurar alguna vez, ¿no? No podemos dejarnos llevar por nuestras emociones, y la violencia no es la única respuesta a los problemas de la vida.

Con sonrisa reservada, ella concedió: —Me gusta la persona en la que te has convertido.

—Aún estoy trabajando en ello —objetó él.

Hacia el final de la velada, él sacó la pequeña bolsita de papel cebolla del bolsillo de su saco y la deslizó a través de la mesa, colocándola debajo de su mano.

—¿Qué es eso?

—Ábrela.

Él podía ver el agua salada haciendo albercas en sus ojos al ver la cadenita de oro y la medalla de la Madonna y el Nino deslizarse de la bolsita a su mano.

Ella lo vio a través de sus lágrimas. —¿La conservaste todos estos años?

—Las dejaste en el almacén de Buzzy esa noche. La encontré cuando regresé a Austin. Estaba en el piso, en la esquina, detrás del catre roto.

—Gracias por conservarla —dijo con voz temblorosa—. ¿Me la pones?

Se colocó detrás de ella y puso la cadena alrededor de su cuello delicado, rozando ligeramente su cabello suave y su mejilla flexible; la fragancia de gardenias perfumaba el aire suavemente. Se aturdió por un momento, pero recuperó el equilibrio cuando ella lo jaló hacia sus labios. Un fuego que no había sentido desde hacía muchos años bramó de nuevo en su interior. Siguiéndola del comedor rumbo a sus suites en el último piso, el sentía que el aire le faltaba. En el elevador, sus labios volvieron a juntarse, con ella recargada contra el espejo de la pared. Secretamente se imaginaba que pasaría si jalara el botón de emergencia para detener el elevador y se arrancaran la ropa mutuamente ahí mismo, entre un piso y otro.

Pero no, pensó Fulgencio. Mañana buscarían el fruto olvidado de su indiscreción. Seguramente sería un pecado y una burla recrear el crimen la noche antes. En vez de eso, la escoltó a su puerta, la besó tiernamente, le dio las buenas noches y se retiró a la suite adyacente.

Deslizándose bajo las frescas sabanas de lino, cayó en un sueño profundo y confortante, soñando de la vida con Carolina. En el sueño eran jóvenes otra vez. Se habían casado y juntos habían recibido a su hija. Compartían una vida hermosa, disfrutando como familia, viviendo en las tierras del Dos de Copas. En la profundidad de la embrollada trama de ese vuelo de fantasía, él y Carolina paseaban por un camino bordeado por mezquites. Él se sentía seguro y amado con Carolina de la mano. En el mismo instante, los dos posaron la vista en una animada niña que avanzaba dando brincos delante de ellos. Sus rizos cobrizos reflejaban los rayos del sol, y sus ojos cafés brillaban cuando se volvió y les dijo con una voz angelical: —¡Los amo! —Los ecos de sus respuestas armoniosas aun resonaban en sus oídos cuando la luz del sol que entraba por la ventana lo despertó la mañana siguiente—. Nosotros también te queremos, Paloma —le decían—. Nosotros te amamos también.

TREINTA Y UNO

A Fulgencio Ramírez nunca lo había despertado nadie más que su madre. Y esa había sido una rara ocurrencia en el 1448 de la calle Garfield. No, no Señor. Siempre era el primero en levantarse, con excepción tal vez del Chotay que con frecuencia esperaba sentado en la camioneta, llevando café y donas, a que Fulgencio saliera de la cabaña muy temprano en la mañana. Pero esa fatídica mañana, Carolina lo despertó con una llamada ansiosa. Ya estaba lista para irse.

Después de un desayuno rápido, durante el cual Fulgencio le relató a una Carolina absorta su vívido sueño, se dirigieron al Depósito de Archivos del Condado.

Durante el trayecto, Carolina preguntaba —¿Qué tal si la Paloma que soñaste es nuestra hija, Fully?

—Pues así lo sentí, pero nuestra hija ya sería una mujer adulta para ahora —razonó—. No tiene sentido. Se sentía tan real —murmuró mientras navegaba cuidadosamente por el denso tráfico de Houston.

—Quizás nos hicimos expectativas muy altas —dijo Carolina preocupada.

Fulgencio frunció el ceño. Lo último que deseaba era ocasionarle mayor desilusión y dolor a Carolina.

Al aproximarse al edificio gubernamental, bajo y de color beige, Carolina preguntó: —¿Cómo vamos a lograr acceso a esos archivos?

—De eso yo me encargo —respondió Fulgencio con expresión determinada.

El guardia del escritorio de la entrada, un apuesto afroamericano uniformado, los observó cuidadosamente mientras se aproximaban, todos vestidos de negro, Fulgencio con expresión melancólica bajo su Stetson negro.

—Ustedes no son de por estos rumbos, ¿verdad? —preguntó el guardia con amplia sonrisa.

—No, Señor, para nada —contestó Fulgencio saludando al guardia con un fuerte apretón de manos—. Venimos de muy lejos. —Más largo y más lejos de lo que el hombre pudiese imaginar, pensó Fulgencio para sí.

—¿Y cómo puedo ayudarlos?

—Mi esposa y yo buscamos unos archivos de adopción —respondió Fulgencio.

El guardia dirigió la mirada hacia Carolina, que le devolvió la sonrisa.

—Pues esos se encuentran en el segundo piso, hasta el final del pasillo. Hablen con Mercedes. Díganle que los envía Henry. Pero a menos que cuenten con una orden judicial, usted y su bella dama no van a tener suerte.

—Gracias por la información, Henry. No se preocupe, Señor. La justicia está de nuestro lado. —Fulgencio le cerró el ojo al guardia que los observaba subir la escalera.

—No lograremos pasar este siguiente guardia —susurró

Carolina nerviosa mientras se aproximaban a un mostrador alto al final del estéril corredor.

—Ten un poco de fe, amor —dijo Fulgencio apretándole la mano.

Esperaron ante el vacío mostrador por un par de minutos, hasta que una mujer de mediana edad, de cabello canoso y con unos elegantes lentes negros apareció de detrás de una hilera de estantes atiborrados de archivos. La etiqueta prendida a su blusa anunciaba su nombre, «Mercedes Treviño».

—Señora Treviño. —Fulgencio se dirigió a ella en español.

—Señorita —lo corrigió Mercedes.

Fulgencio miró a Carolina de reojo, arqueando una ceja maliciosamente. —Señorita Treviño, venimos de parte de Henry, de la entrada. Le envía esto . . . —Del bolsillo de su saco produjo una rosa roja—. Y le solicita que por favor baje porque necesita decirle algo.

Con una expresión alegre, Mercedes se quitó los lentes e inmediatamente pareció transformarse, como si espontáneamente se había quitado diez años de encima por la sorpresa recibida.

Tomando la rosa de la mano de Fulgencio, rápidamente emergió de detrás del mostrador, y muy sonriente, mientras se arreglaba el cabello les preguntó: —¿Y ustedes son . . .?

—Somos mensajeros del amor —respondió Fulgencio—. Buena suerte.

—No tardo en regresar —prometió Mercedes—. ¿Les importaría esperar?

—No, para nada —sonrió Fulgencio—. Tome su tiempo.

Tan pronto desapareció Mercedes al dar vuelta en una esquina, Fulgencio y Carolina rodearon el escritorio y bajaron corriendo por una escalera de metal.

—¿Y cómo hiciste ese milagrito? —preguntó Carolina

mientras descendían a la profundidad del archivo de documentos de adopción.

—Un mago jamás revela sus secretos —dijo Fulgencio con una sonrisa pícara, jalándola tras él.

Los documentos estaban organizados como pilas en una biblioteca, cada estante numerado por año. No tardaron mucho en encontrar 1962. De ahí, los archivos estaban catalogados en orden alfabético por el nombre de la madre. Buscaron hasta encontrar su nombre.

En un pasillo húmedo bordeado por estantes llenos a reventar de carpetas cubiertas de polvo, buscaron entre los papeles amarillentos dentro de la carpeta.

—¡Mira! —exclamó Carolina, señalando los nombres impresos de los padres adoptivos. —Sr. y Sra. Robert A. Johnson —leyó despacio bajo la tenue luz—. Y aquí está la dirección. ¿Pero y si ya no viven ahí? Ya ha pasado muchísimo tiempo.

Fulgencio anotó la dirección rápidamente en una esquina de la carpeta y la rompió, respondiendo: —Una cosa a la vez.

—Esto es muuuy ilegal —susurró ella, volviendo a colocar la carpeta en su lugar.

—Yo hago mi propia ley —contestó Fulgencio mientras se apresuraban a llegar a la escalera.

—Sigues siendo tan dramático como siempre.

Al acercase a la escalera, escucharon voces aproximándose, un hombre y una mujer.

—Son Mercedes y Henry —siseó Carolina.

—Hacen una bonita pareja —susurró Fulgencio, tomándola de la mano y jalándola en la dirección opuesta.

—¿Adónde vamos? —preguntó ella mientras se echaban a correr.

Él señaló hacia el final de las pilas un letrero que decía «Salida».

Al llegar a la salida, Carolina señaló otro letrero que estaba a un lado de la puerta. Decía: —«Abra solamente en caso de emergencia».

—Yo creo que esto califica como una emergencia —Fulgencio apretó los dientes, empujando la barra de metal atravesada en la puerta.

Las alarmas de incendio sonaron dentro del edificio mientras que Fulgencio y Carolina salieron a la luz del sol.

***

Robert Johnson entrecerró los ojos por la luz brillante del día que penetraba a través de la puerta de su casa en un suburbio sin rasgos distintivos a las afueras de Houston. Era un hombre mayor, de cabello cano, y encorvado por la edad. Le tomó un momento enfocar la vista. Pero en cuanto su esposa trabajosamente llegó a su lado, una expresión de reconocimiento atravesó el semblante de ambos. Recibieron a la pareja que estaba a la puerta con una sonrisa de reconocimiento. El hombre alto de sombrero Stetson, con bigote. La mujer delgada de rizos rubios y ojos haciendo juego. Sus manos juntas, los nudillos blancos.

—Pasen, niños —tosió la Sra. Johnson—. Los hemos estado esperando.

Al cruzar tímidamente el umbral de la casa Fulgencio y Carolina, percibieron el aroma de medicinas y observaron que la casa aún lucía la decoración de los años 60, tonos de verde, naranja y amarillo. Con gran alivio, el Sr. Johnson, en un marcado acento tejano, dijo: —¡Empezábamos a pensar que nunca vendrían!

Sentados en la sala que parecía una capsula de tiempo,

Fulgencio y Carolina escuchaban a los Johnson, intercambiando miradas de preocupación a medida que la historia se desarrollaba. La vida de la pequeña Holly Johnson había sido tan callada y efímera como el vuelo de un ángel, explicó la Sra. Johnson. Adoptada por la pareja cuando estos ya pasaban de los cincuenta y se habían convencido de que no podían concebir hijos, Holly había llenado su hogar de luz y alegría. Sus ojos brillaban con un verde tan exuberante como un bosque tropical. —Esmeraldas, era como los describía a mis parientes allá en Louisiana, recordó la Sra. Johnson.

Cuando su esposo trajo un viejo álbum de fotografías, las dos parejas se amontonaron sobre la mesa de centro para ver las fotografías descoloridas.

Una maraña de rizos castaños mezclados con espirales de oro había coronado la cabecita de Holly, reflejando los rayos de sol mientras jugaba en el patio con el perro de la familia y corría alrededor de la calle sin salida con el resto de los niños del barrio.

—Era una niña preciosa. Era mi vida —susurró la Sra. Johnson con voz temblorosa—. Pero se fue demasiado pronto, Dios bendiga su alma espléndida.

Porque a la tierna edad de cinco años, la pequeña Holly Johnson había sido diagnosticada con leucemia. Los médicos del Centro de Cancerología M.D. Anderson habían hecho todo lo posible, pero su pequeño cuerpo no podía aceptar la médula ósea de otro ser humano. Devastada por el ataque de las células de su propia sangre, se había marchitado en una fría cama de hospital bajo un remolino de tubos, alambres y monitores. Perdió sus rizos. Y el color rosado de sus mejillas desapareció.

Y ahí en esa cama, jadeando por sus últimos alientos, la pequeña Holly Johnson se preparó para cruzar el río hacia el otro lado, El

Otro Lado. Con su manita izquierda arropada por la temblorosa mano de su madre, su manita derecha sostenida con ternura por la de su padre, ella había levantado la vista hacia ellos por última vez, su mirada fija en un punto distante de luz que únicamente ella podía ver. —Los veo, Mamá y Papá. Puedo verlos ahora.

—¿A quién? —La pareja, perpleja, había preguntado, desesperadamente aferrándose a cada palabra y cada pensamiento que aún permanecía en su cuerpo moribundo.

—Un hombre y una mujer —sus ojitos se cerraron—. Ellos vendrán a buscarme. Él llevará sombrero y tiene bigote. Y ella tendrá hermosos rizos rubios y labios muy rojos —Sonrió—. Como los míos.

Robert Johnson había mirado a su esposa, al otro lado de su hija moribunda, con los ojos llenos de lágrimas. Ellos jamás le habían mencionado a Holly que había sido adoptada. Siempre habían pensado que cruzarían ese puente más tarde, cuando Holly fuera mayor y pudiera comprender mejor.

—Díganles que los perdono. Díganles que estaré esperando, Mamá y Papá —susurró—. Los estaré esperando a todos ustedes.

El pitido rítmico del monitor cardíaco se había convertido en un solo tono monótono, con Robert y Patty Johnson encorvados sobre el cuerpo de Holly, que ahora reposaba en un pequeño e igualmente indistinto cementerio cercano al suburbio donde vivían los Johnson.

Ahí, después de recordar la triste historia y secar sus ojos, los Johnson cojearon junto a Fulgencio y Carolina en aquella soleada pero fría tarde de invierno. Se amontonaron junto a la pequeña placa con el nombre de Holly y los años de su vida, 1962-1967. Rezaron, lloraron, y se ayudaron a sostener en pie. Al prepararse para partir, Fulgencio sacó del fondo del bolsillo de su saco una rosa blanca, y la colocó sobre la tumba de su hija.

Después de la visita al cementerio, Fulgencio y Carolina acompañaron a los Johnson de regreso a su casa.

—Gracias por permitirnos compartir el milagro de la vida que crearon —susurró la Sra. Johnson, maestra de inglés jubilada, entre una serie de toses.

—Gracias por cuidarla —dijo Carolina entre sollozos—. Éramos tan jóvenes . . .

—Y yo tan estúpido —dijo Fulgencio meneando la cabeza, abatido.

—Solo recuerden su mensaje —les apremió la Sra. Johnson—. Lo dejó por un motivo.

Durante una larga tarde juntos, Fulgencio y Carolina escucharon a los Johnson recordar sus recuerdos favoritos de su hija, los que aún confortaban sus corazones en la vejez. Cuando Fulgencio notó que la pareja de ancianos estaba fatigada, le hizo una señal a Carolina de que deberían irse. Agradeciéndoles efusivamente, Carolina aceptó un sobre lleno de fotos de Holly.

—Finalmente podemos descansar —suspiraron los Johnson al unísono mientras despedían a los jóvenes. Después de una larga despedida, la pareja les dijo adiós con las manos.

Fulgencio dirigió el Corvette rojo a un sitio tranquilo al lado del camino, estacionándolo y apagando el motor. Ahí en el silencio, con el toldo cerrado sobre sus cabezas, Fulgencio y Carolina se abrazaron y lloraron. Rezaron por la hija que nunca conocieron. Pidieron perdón a Dios. Y, finalmente, suplicaron por el perdón que solo podrían encontrar uno en el otro.

—Sí, te perdono, Fully. Te amo más que nunca. ¿Pero me perdonas tú por haberla dejado ir, por no estar con ella cuando se enfermó? —sollozó Carolina.

—Tú no me debes ninguna disculpa, Carolina. Por supuesto

que te perdono. No te dejé ninguna opción. Y, lo más importante, es que ella nos perdonó a los dos. El simple hecho de saberlo es un milagro. —La abrazó muy fuerte mientras el sol se ocultaba, inundando el interior del coche con luz dorada—. Debemos apurarnos antes que se haga más tarde.

Viajaron al Sur hacia La Frontera esa noche, la cabeza de Carolina recargada en su hombro. Mientras surcaban la oscuridad de la noche, sus caras iluminadas solo por la tenue luz de los medidores en el tablero, Carolina interrumpió el silencio, su voz tenida de melancolía: —Fulgencio, ¿de dónde sacaste esas rosas hoy? ¿La roja que diste a Mercedes y la blanca que depositaste en la tumba de Holly?

El mantuvo la vista en la carretera. Los venados abundaban en estas tierras y, si se descuidaba, temía que uno pudiese aparecer frente a ellos en cualquier momento, agregando aún más tragedia al viaje.

—No nos detuvimos en ninguna florería en el camino —insistió Carolina—. Tú no podías saber acerca de Henry y Mercedes. No pudimos haber adivinado el triste destino de Holly. —Ella sacudió la cabeza—. Fueron . . . ¿milagros?

Después de un largo rato reflexionando, Fulgencio respondió: —Para ser sincero, Carolina, no lo sé.

—¿Qué quieres decir con qué no lo sabes?

—Yo no los llamaría milagros. Algunas veces siento cosas o las veo en mi mente y de pronto ahí están. No lo entiendo. Así ha sido toda mi vida. Así pasó con las flores. Así ha sido con los espíritus que se congregan a mi alrededor, como mi abuelo, el hermano William, y El Chotay.

Ella se quedó pensativa, mirando la noche negra como tinta. Afuera, las siluetas de los árboles pasaban revoloteando, las sombras se difuminaban en la sombría luz de la luna. Viajaron en silencio por mucho rato, viajando hacia el sur por la costa de Tejas hacia el

Río Grande, hasta que Carolina de nuevo rompió el silencio, sollozando suavemente. —La extraño. Anhelo lo que perdimos, todo lo que pudimos haber compartido. Lo siento por ella.

—Yo también —asintió Fulgencio, secando una lágrima—. Desearía poder hacer algo más que hacer aparecer una rosa. Desearía poder cambiar el pasado, pero una vez que alguien ha cruzado al Otro Lado, es imposible. Y también está fuera de nuestro control decidir que espíritus permanecen entre nosotros.

Asintiendo, Carolina suspiró: —Es tan duro perder a los que amas.

Fulgencio buscó su mano y la apretó muy fuerte.

Se quedaron nuevamente en silencio, navegando a través de la oscuridad dentro de un capullo sombrío de ruido blanco generado por el zumbido del motor y el viento que envolvía el chasis.

—Hay algo más que me llena de remordimiento —dijo Carolina finalmente.

—¿Qué es?

—La forma en que quedaron las cosas con mi padre. Él fue siempre tan amoroso y condescendiente. Hizo todo lo que pudo por mí, aun en contra de lo que los demás le aconsejaban. —La voz de Carolina se quebraba de emoción—. Pero yo lo defraudé. Él nunca entendió mis decisiones, por qué nunca les di un nieto. No se quejaba, ni me juzgaba, pero la distancia entre ambos fue creciendo con los años y yo sé . . . yo sé que le rompí el corazón.

Fulgencio movió la cabeza con tristeza, buscando la fuerza para ofrecer algún tipo de consuelo. —Lo siento tanto, Carolina. Tu padre era un hombre maravilloso, y nuestra hija una niña inocente. La pérdida es tan insoportable como injusta para ti. —Hizo una pausa, buscando alguna forma de suavizar o aminorar su dolor—. No podemos traerlos de regreso. Y nada cambia lo que sucedió o su sufrimiento. Pero podemos honrar su memoria. Podemos intentar redimir su fe en nosotros. Podemos empezar de nuevo.

—¿Estamos locos por intentarlo?

—Estaríamos locos si no lo intentamos.

Ella colocó de nuevo su cabeza en el hombro de él y junto con el vigiló el camino. Al acercarse a las orillas de La Frontera, con las luces de la ciudad iluminando el cielo en la distancia, ella de pronto señaló al frente, gritando: —¡Venado!

Fulgencio abruptamente pisó el freno, girando el carro hacia la orilla y patinando hasta detenerlo. Aproximadamente diez yardas frente a ellos, los faros iluminaron una manada de venados, un venado, una venada y un cervatillo, cruzando a saltos, con gracia, el camino desolado.

PARTE III

TREINTA Y DOS

2006

A través de los cristales congelados de las ventanas de su cuarto del dormitorio en el último piso de Weld Hall, Paloma Angélica Ramírez observaba caer la nieve. Detrás de su fantasmagórico reflejo en el vidrio, podía observar a los bien abrigados estudiantes jugando divertidos en la primera nevada del invierno, lanzándose bolas de hielo y nieve unos a otros, riendo y gritando con inocente alegría. Los años habían oscurecido y alisado su cabello que, ahora castaño, enmarcaba las curvas de su rostro, el ámbar de sus ojos, el color caramelo de su piel. Todo en ella delataba la fibra de su alma: fuerte, inteligente, orgullosa, apasionada, y hermosa.

Pero se sentía sola. Lejos del hogar. Lejos de la familia. Lejos del río que dividía las tierras que ella recorría en los días de su infancia. Volviéndose de los juegos y la diversión de abajo, cruzó la pequeña habitación y sacó una pequeña caja de plástico de una pila que estaba arriba de su escritorio. De la caja, extrajo un pequeño disco dorado.

Con una sonrisa melancólica, insertó el disco en su ordenador portátil, y se colocó los auriculares. El exuberante sonido de guitarras la envolvió, acostada sobre el colorido sarape que cubría su cama. Escuchaba elevarse la voz familiar.

La voz que la hacía estremecer y que le llegaba al corazón. Se metió debajo del sarape, enroscándose como un gato, para escuchar la voz de su padre cantando una de las canciones favoritas de su infancia: Cuatro vidas. A través de su canción, su padre le decía que, si tuviera cuatro vidas, las cuatro daría gustoso por ella.

Vida:

Si tuviera cuatro vidas,
Cuatro vidas serían para ti.

Alma:
Si te llevas mi alma
Contento la daría por ti.

Ser:
Si te llevas mi ser
Contento moriría por ti.

Corazón:
En el corazón
Te llevas mi vida, mi ala y mi ser.

Si tuviera cuatro vidas,
Cuatro vidas serían para ti.

Las palabras la acariciaban con dulzura. El sonido la bañaba, su voz la tranquilizaba. Su voz la calmaba, la hacía sentirse niña otra vez, la arrullaba hasta dormirse, sus labios rojos formando una sonrisa.

TREINTA Y TRES

1987

La noche siguiente, Fulgencio se apareció bajo la ventana de Carolina, que estaba prácticamente oculta ya por el inmenso rosal plantado debajo. Fulgencio iba acompañado por un mariachi completo: trece hombres con guitarras, violines y trompetas. Todos ellos, incluyendo a Fulgencio, portaban el traje negro tradicional, con adornos de plata brillantes a los lados de las piernas de los pantalones, y sombreros negros de ala ancha con bordado de plata sobre sus cabezas. Esa noche Fulgencio cantó como nunca. Y cuando ella se apareció en la puerta, se arrodilló ante ella y dejó que su espíritu se elevara con su voz, llevando el espíritu de ella hacia las estrellas:

> *Buscaba mi alma con afán tu alma*
> *Buscaba yo a la mujer cálida y bella*
> *Que en mi sueño me visita desde niño*
> *Para compartir con ella mi cariño,*
> *Para compartir con ella mi dolor.*

Buscaba la virgen que tocaba
Mi frente con sus labios, dulcemente
En el febril insomnio del amor.

Como en la santa soledad del templo,
Sin ver a Dios se siente su presencia,
Así presentí en el mundo tu existencia.
 Y como a Dios,
Sin verte te adoré.

Amémonos mi bien en este mundo,
Donde lágrimas tanto se derraman.

Los que viste, quizás los que se aman,
Tienen un no sé qué de bendición.

Amar es empapar el pensamiento
Con la fragancia del Edén perdido.

Amar es llevar herido
Con un dardo celeste el corazón.

Es tocar los dinteles de la gloria,
Es ver tu cara,

Escuchar tu acento,
Es llevar en el alma el firmamento,

Es morir a tus pies de adoración.

Al final de la canción, con una ráfaga de guitarras y trompetas, Carolina se sintió desvanecer. A ella siempre le había gustado esta canción y la manera en que el la cantaba. «*Amémonos*» susurró ella el título de la canción, con la mirada fija en los ojos de Fulgencio que tenía la suya elevada a ella. Amémonos.

Él dijo: —Carolina Mendelssohn, ¿te casarías conmigo? —extendiendo el pequeño estuche negro que había guardado durante tantos años.

Ella lo tomó en sus manos y dejó las lágrimas caer sobre el diamante que tanto había esperado para ver.

—Sí, Fulgencio. Sí.

Se abrazaron. Se besaron. Los mariachis gritaron, cantaron y aplaudieron, rascando sus guitarras y tocando sus trompetas jubilosamente.

TREINTA Y CUATRO

Abrigada por un suéter grueso de lana, Paloma Angélica Ramírez subía y bajaba las escaleras de su dormitorio. El aire helaba mientras que su mente corría acelerada. Trabajaba en su tesis de honor, que le permitiría desarrollar un complicado proyecto original de arquitectura que había visualizado en sueños. Estaba diseñando una ciudad de corte futurista, anclada a cada lado de un río que fluiría a través del centro bajo una comunidad elevada recalcada por torres y torretas de vidrio. No le había informado a su asesor de la facultad la situación geográfica de su diseño. No era necesario, ya que la mayoría de estos proyectos eran ejercicios estériles, conceptos fantasiosos que nunca llegaban a realizarse.

Típicamente, en el último día del curso, los contenedores de basura en la Plaza Harvard podían verse llenos de maquetas. Pero ella sabía que el suyo estaba destinado a surcar el Río Grande en las orillas al norte del Dos de Copas, remendando el corazón de Caja Pinta. Ahí, ella reuniría a todos los amigos y parientes a quienes tanto había extrañado durante sus años en la frígida Costa Este. En su mente, ella estaría reunificando dos cuerpos que habían sido destrozados por una herida profunda que el destino había cincelado entre ellos. Ella los reuniría con una visión de amor, «el poder sanador del amor» al que su padre se refería con frecuencia, siempre mirando a su madre con ternura. Esos dos trozos de tierra dividida le recordaban las historias que sus padres le habían contado acerca de los errores de su juventud. El amor los había reparado. Habían construido sobre ellos. Y ahora ella haría lo mismo. Ella sería el arquitecto de un mundo nuevo, valiente y glorioso.

TREINTA Y CINCO

Fulgencio y Carolina se casaron en una sencilla ceremonia en el rancho. Se reunieron a la orilla del lago, pasando la cabaña, rodeados de un pequeño pero unido grupo de amigos y parientes.

La madre de Carolina, con voz temblorosa de emoción, les dio su bendición, diciendo: —Cuando eran unos adolescentes, estaban adelantados a su tiempo. ¡Ahora, están atrasados a su tiempo! Lejos de mí oponerme si, después de todos estos años, siguen enamorados.

Ninfa del Rosario, aunque aprobaba su unión, insistía en que la ceremonia «no contaba» porque el ministro que la oficiaba ya no se contaba entre los vivos. Pero Fulgencio hizo caso omiso de su preocupación, proclamando: —¿Quién mejor que el hermano William para unirnos ante los ojos de Dios?

Los hermanos de Fulgencio todos iban de etiqueta y lograron conseguir parejas para asistir al evento, lo que llevaba a Fulgencio a creer que ellos también estaban empezando a disfrutar de su triunfo sobre la maldición. Cipriano, Gustavo el primo loco, el Papabote LaMarque, y el amado difunto Fernando Cisneros (jugando con las cartas, sosteniéndolas como si fuesen un rosario de papel) redondeaban la lista de invitados. El hermano William sostenía su brillante cruz de plata sobre los novios.

Mientras que el Hermano recitaba las palabras del ritual que habría de unirlos formalmente y para siempre, los dos amantes escasamente se daban cuenta de lo que sucedía a su alrededor. Tenían sus manos juntas y apretadas, arrodillados frente al Hermano. Sus miradas eran solo del uno para el otro. Se sentían como niños flotando en una fantasía.

Después de la boda, los amantes se escaparon a Veracruz, que ninguno de los dos conocía. Ahí, bajo las palmeras y las estrellas, Fulgencio entonó la canción del mismo nombre, haciendo derramar lágrimas a todos los que podían escucharlo. Los dos caminaron por la playa, descalzos y tomados de la mano. Sobre un colorido sarape que se convertiría en una reliquia de familia, hicieron el amor con las olas rompiendo alrededor y el agua mojando sus pies. Rieron y lloraron y gozaron con deseo y sentimiento, con desenfado y perdón, dejando ir el peso de los años desperdiciados. Ahí, sobre la arena, concibieron un milagro propio. No un milagro nacido de la magia de Fulgencio, sino nacido del hechizo duradero de su amor.

Ella nació nueve meses después en el asiento del frente del Corvette rojo, justo a la mitad de un puente abarrotado de tráfico mientras se dirigían al hospital del lado estadounidense de la frontera. Cuando escuchó el primer grito de la criatura, y la levantó hacia el cielo, manchada de sangre, pudo ver tras él la placa que demarcaba la división entre México y los Estados Unidos. La línea divisoria quedaba directamente sobre el centro de la perfectamente formada cabecita.

Entre lágrimas y gotas de sudor, Carolina se sentía feliz

mientras que la niña se amamantaba. —Esta es Paloma —lloraba Carolina—. Esta es la niña que soñaste aquella noche en Houston.

Los coches y camionetas pitaban impacientes, desesperados por avanzar, pero a Fulgencio la cacofonía le parecía un coro de ángeles.

—Paloma Angélica —murmuró suavemente, acariciando la cabecita de la niña y besando a Carolina en la mejilla.

Y empezó a cantar tiernamente «Paloma querida». La canción decía que desde el día que su adorada Paloma había llegado a su vida, su corazón se había convertido en el nido de una paloma. En la canción, le juraba su amor y su vida, sentimiento que sabía que Carolina compartía totalmente.

> *Por el día en que llegaste a mi vida,*
> *Paloma querida,*
> *Me puse a brindar.*

> *Me sentí superior a cualquiera,*
> *Y un puño de estrellas*
> *Te quise bajar.*

> *Y al mirar que ninguna alcanzaba,*
> *Me dio tanta rabia*
> *Y me puse a llorar*

> *Desde entonces yo siento quererte*
> *Con todas las fuerzas*
> *Que el alma me da.*

Desde entonces Paloma querida,
Mi pecho he cambiado por un palomar.

Yo no sé lo que valga mi vida,
Pero yo te la vengo a entregar.

Yo no sé si tu amor la reciba,
Pero yo te la vengo a dejar.

Con la canción aún resonando en sus oídos, Fulgencio recordó el sueño que había tenido aquella noche en Houston. Caminando por el sendero bordeado de mezquites de su casa al portón del rancho, se había sentido tan seguro y amado de la mano de Carolina. Y juntos miraban a su pequeña niña, saltando delante de ellos. ¡Sus rizos cobrizos reflejaban la luz del sol, y sus ojos brillaban al volverse hacia ellos cantando «¡Los amo!» Y ella escuchó la respuesta conjunta de ellos aún antes que saliera de sus labios: «Nosotros también te amamos, Paloma . . . Nosotros también te amamos».

No había sido un sueño del pasado, comprendió. Había sido una visión del futuro.

TREINTA Y SEIS

Ella estaba empacando la vieja maleta de piel de su bisabuelo, descolorida y agrietada, la misma que su padre había llevado a la universidad. Junto a ella, sobre el escritorio con vistas al contorno de Manhattan, estaba el antiguo estuche con la máquina de escribir Remington. Su padre había insistido que la llevara a Harvard el año anterior, a pesar de que había una computadora en cada cuarto. Así que para darle gusto a Fulgencio había cargado con la máquina hasta el Noreste. A diferencia de sus amigos que se comunicaban con sus padres por videoconferencias, ella había llegado a disfrutar el silencioso e introspectivo ritual de sacar la antigua máquina de escribir en las tardes tranquilas de domingo. Sentada en el sillón negro y dorado decorado con el escudo de la escuela, tecleaba sobre una hoja de papel amarillento tomada de un paquete que su padre había sacado de un estante de la farmacia. Más tarde, cuando se había graduado de su Maestría en arquitectura, la había llevado con ella a Nueva York. Siempre había sido una buena forma de Iniciar una conversación, y había permanecido siempre en su escritorio, yendo desde un cubículo hasta la oficina de la esquina en una de las más prestigiadas firmas de diseño. Durante esos años en que fue desarrollando su carrera, sonreía mientras compartía sus pensamientos y reflexiones sobre los eventos de la semana con sus padres. Era extraño, pues a pesar de que ellos eran mayores y vivían más lejos que la mayoría de los padres de sus colegas, ella sentía que el lazo de unión que ella tenía con sus padres era más fuerte que el que percibía entre sus colegas y los padres de ellos. Con frecuencia les agradecía por haberla criado con tanto amor, tan cercana a sus corazones. Y les agradecía también por su comprensión y por apoyar su visión, por extravagante que pudiera parecer, viniendo de alguien procedente de un soñoliento pueblito fronterizo como La Frontera.

Paloma Angélica siempre recordaría esos primeros años con enorme cariño. Primero, habían vivido en el Dos de Copas; sus padres habían ampliado y renovado la casa del rancho, conservando en su centro, el relieve de La Virgen y la mesa donde Fernando Cisneros jugaba a las cartas.

Cómo los había admirado. Su padre parecía un gigante amable, cantándole mientras la enseñaba a montar, a cuidar del ganado, y a ser una responsable y cuidadosa administradora de la tierra. Y su madre era su héroe, abriendo una escuela pequeña en el rancho, para los niños de las rancherías cercanas, incluyendo aquellos con necesidades especiales.

Fulgencio y Carolina también conservaron la farmacia después de su matrimonio, más que nada por razones sentimentales. Él la había atendido durante tantos años, y le había hecho compañía durante sus años de soledad, así que no podía desprenderse de ella. Además, decía: ¿qué haría El Chotay si él cerraba la farmacia y el siguiente inquilino abría una tienda de ropa para damas? ¿Se vería el anciano fantasma forzado a hacer bastillas y medir pelucas? ¿Y, como podría abandonar a su desfile de leales inadaptados? Tanto Carolina como Paloma Angélica estuvieron de acuerdo.

Para Carolina, la farmacia era un cálido recuerdo de los días en que su padre era el farmacéutico, del tiempo que pasaba en la fuente de sodas de la Farmacia Mendelssohn, con las piernas cruzadas modestamente, girando una pajilla entre sus dedos, y sintiendo los ojos de Fulgencio perforando hoyos en su espalda.

Y para Paloma Angélica, la farmacia era una fuente inagotable de entretenimiento humano. Amaba el jadeo del Papabote LaMarque. El sonido rítmico la arrullaba como si aún fuera un bebé. Y se emocionaba con solo pensar en jugar a los jacks con El Chotay en las esquinas oscuras de la farmacia. Le encantaba hacer preguntas de trivia para que las contestara Gustavo, el primo loco. Y se saboreaba los tacos de cabrito con guacamole que nunca faltaban en las bolsas llenas de delicias empacadas en papel aluminio que llevaba el viejo Eleodoro, el de los cabritos.

En vez de presidir detrás del mostrador alto, Fulgencio ahora pasaba su tiempo con Carolina y Paloma Angélica, las fuentes de su dicha y rejuvenecimiento. Los tres eran inseparables. En los años previos a la partida de Paloma Angélica a la universidad, viajaron por todo el mundo, viéndolo todo por primera vez, juntos. Vagando como tres niños asombrados, iban de la mano mientras recorrían los grandiosos palacios y catedrales de Europa, escalaban la pirámide del sol en Teotihuacán, saboreaban la comida picante de la India y el oriente de Asia. Aprendiendo. Absorbiendo. Disfrutando. Exploraban el mundo no con la sed de quienes buscan significado a la vida, sino más bien con la valoración de quienes ya han encontrado la paz. Y de sus viajes regresaban cargados de artefactos para adornar sus hogares, el del Dos de Copas, y del que estaba del otro lado de la frontera, en La Frontera.

Porque cuando Paloma Angélica inició la secundaria, se mudaron a la casa decreciente y conventual de los Mendelssohn. Sin embargo, no era la proximidad de la nueva escuela de Paloma Angélica lo que Fulgencio buscaba, le confió a su hija.

Durante los meses siguientes, Carolina y Paloma Angélica transformaron la deteriorada casa en la imagen cálida y maravillosa como de cuadro de Norman Rockwell que Fulgencio había anhelado en su juventud. Pintura nueva, alfombras y muebles nuevos, ventanas más grandes y tragaluces en la escalera llenaron la casa de luz y vida. Y las risas de Paloma Angélica resonaban por toda la casa.

La madre de Carolina estaba tan revitalizada por la presencia de su hija y su nieta, que ella también se transformó. Trabajaba más que nunca en los jardines, impartiendo a Paloma Angélica sus vastos conocimientos de botánica y horticultura.

Pero al transcurso del primer año escolar, Fulgencio pareció tornarse cada vez más inquieto. El día de San Valentín, se apareció en la puerta de la cocina con dos docenas de rosas rojas para Carolina.

Poniéndose de rodillas, le propuso: —Cásate conmigo de nuevo, Carolina. Cásate conmigo en esta casa.

La sonrisa de ella iluminó la recién pintada cocina como si de pronto un fuego rugiente se hubiese encendido en la chimenea.

Ese verano, la familia se reunió en el patio trasero. Todos los tíos y tías de Carolina estuvieron presentes, como también todas las amigas de su madre. La familia de Fulgencio asistió también. El pequeño David fue el padrino. Nicolás Junior y Fernando trajeron a sus nuevas esposas y a sus bebés. Y Ninfa del Rosario agradeció a Dios que, finalmente, Fulgencio y Carolina serían casados oficialmente por un sacerdote católico vivo y debidamente ordenado. (Aunque hizo notar que, debido a que la ceremonia no se estaba realizando en una iglesia, podría no ser válida).

Los jardines detrás de la casa habían sido podados a la perfección. El marco para la ceremonia estaba decorado en blanco. Rosas, gardenias y alcatraces saturaban la brisa con su aroma. Fulgencio, de rigurosa etiqueta, esperaba a Carolina bajo un enrejado arqueado decorado con botones blancos.

Al dar inicio los mariachis a la marcha nupcial, Carolina, en su vestido de novia blanco, estaba de pie al inicio de la alfombra larga que llevaba hacia el sitio donde esperaba el novio. De pronto, sintió que alguien le tocaba el hombro. Era Paloma Angélica, que le estiraba la manga.

—Mamá. Hay un hombre adentro que dice le gustaría entregarte, dijo apuntando hacia la casa. De pie junto a la puerta trasera, en un inmaculado traje negro de etiqueta, estaba el padre de Carolina.

Paloma Angélica no olvidaría jamás la expresión de asombro y amor en el rostro de su madre al tomar la mano de su padre.

Mientras se escuchaba la marcha, llevó lentamente a Carolina por el pasillo, rumbo a Fulgencio. Cuando llegaron al improvisado altar, tomó las manos de ambos y las unió, mirándolos a los ojos.

—Perdónanos, padre —dijo Carolina, temblando de emoción.

—Perdóneme, Señor —agregó Fulgencio—. Todo fue culpa mía.

Arthur Mendelssohn rodeó a ambos con sus brazos y respondió: —Yo no tengo nada que perdonar, pero con mucho gusto les doy mi bendición.

Así que los dos se casaron de nuevo, frente al Sr. y la Sra.

Mendelssohn, que se abrazaron con Paloma Angélica delirante de gozo apretujada entre ellos.

Una noche, poco tiempo después de la renovación de votos, en la penumbra del estudio del Sr. Mendelssohn y con la voz de Nat King Cole como música de fondo, Paloma Angélica estudiaba en el escritorio de su abuelo, sus padres se calentaban junto al fuego de la chimenea, y Arthur Mendelssohn descansaba en su sillón de piel.

Tomando a Carolina de la mano, Fulgencio preguntó a su antiguo mentor: —¿Por qué esperó tanto tiempo antes de presentarse?

—Estaba reuniendo fuerzas —replicó—. No fue fácil. Los últimos años de mi vida me dejaron débil y desilusionado. Estaba cansado, pero Paloma Angélica vino y me habló en este mismo cuarto. Ella no podía verme, pero aun así creía en mí. Ella me invitó. Me dijo lo mucho que significaría para ustedes. ¿Cómo podría rechazarla? —Se giró hacia Paloma Angélica y con una tierna sonrisa dijo—: Si viene de ti, tiene que ser bueno.

* * *

Una descolorida foto en blanco y negro de Arthur Mendelssohn en su uniforme de la Marina fue lo último que coloco Paloma Angélica en su maleta antes de cerrarla, junto al disco de las canciones de su padre. De pie en el departamento vacío que alguna vez había decorado con sus dibujos, sus fotografías y recuerdos de su casa. Se maravilló al comprender cuan paradójica era la vida. Que las cosas que le dolían y la lastimaban en aquellos años, las cosas que extrañaba eran también las mismas que tenían el poder para sanar su alma, la goma que mantenía su identidad y su visión del futuro juntas. La vieja máquina de escribir en su estuche. La maleta de piel de su bisabuelo. La imagen en blanco y negro de su abuelo. La voz de su padre. Y, apretó la pequeña medalla de la Madonna y el Niño, el recuerdo dulce de su madre.

Mientras el taxi se alejaba de las paredes cubiertas de hiedra de su edificio de ladrillo, ella volvió la vista hacia atrás con melancolía, rememorando el pasado reciente. Los seis años que había vivido en Cambridge. Con su título y su maestría en la mano, sus —papelitos como decía su papá.

Seguidos de otros años en Nueva York, ganando premios por sus innovadores diseños de puentes, puentes como sitios de reunión y no únicamente de cruces, puentes como sitios para compartir e intercambiar experiencias culturales y no únicamente artículos y mercancías, puentes como comunidades, puentes como ciudades del futuro. Había trabajado incansablemente, tal como su padre le había enseñado. Cómo había extrañado a Fulgencio y Carolina a pesar de sus visitas frecuentes, a pesar de contar con amigos para compartir el escaso tiempo libre que su trabajo le dejaba. Ellos eran sus mejores amigos, pensaba ella, los dos amantes que aún se comportaban como niños cuando estaban juntos.

Mientras el taxi recorría la carretera del lado oeste hacia el sur, sonreía por la emoción de volver a verlos. Veleros en el agua bajo un perfecto cielo azul. Las torres del centro brillando como cristal bajo el sol dorado. Al bajar la ventana, pudo sentir la brisa suave en su cara y eso la hizo sentir como si ya casi estuviera en casa. Recordaba las palabras de su padre un día que estaban solos en la farmacia. Agitando sus brazos en un gesto grandioso, había dicho: —Me tomó muchos años comprender que lo que realmente sana no son estas drogas ni medicamentos. No, no señorita. Solo el amor puede sanar. El amor entre dos personas. El amor a la familia y al hogar. El amor del que habla una canción, o se puede ver en una pintura o un diseño. El amor es eterno.

Mientras el taxista descargaba sus maletas en el aeropuerto de Newark, pensó: —Estoy lista para recibir algo de ese poder sanador. —Estaba lista para regresar a su hogar.

TREINTA Y SIETE

Fulgencio se arreglaba el bigote, ahora blanco, en el espejo mientras Carolina se polveaba la cara junto a él. Ella vestía toda de blanco, un vestido ligero, de lino. El llevaba un pantalón caqui con una guayabera blanca. La juventud ya se había ido, pero aún hacían una pareja elegante y hermosa.

—¿Estás emocionada? —preguntó él.

—Sí, mi amor —contestó ella, sonriéndole en el espejo.

—Nuestra niña regresa a casa.

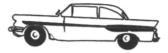

TREINTA Y OCHO

El pequeño David recogió a Paloma Angélica en el aeropuerto, en el antiguo Corvette convertible. Camino al Dos de Copas, ella absorbió el inclemente sol con la brisa del golfo agitando su cabello.

Cuando el Corvette se detuvo frente a la hacienda que ella había ayudado a concebir en su infancia, se maravilló ante la integridad histórica del diseño. Buen trabajo, hubo de admitir, para una niña.

Fulgencio y Carolina estaban de pie bajo el arco de la entrada a la casona de piedra, y sus sonrisas iluminaban el cielo. Paloma Angélica corrió hacia ellos, con los brazos extendidos.

El pequeño David hizo sonar el claxon jubiloso mientras la familia se unía en un abrazo. Los parientes y amigos fluyeron hacia el patio central frente a la vieja cabaña con el relieve de la Virgencita en la pared de adobe. Juntos, celebraban el regreso de Paloma Angélica: Fernando Cisneros, el hermano William, Cipriano, y los vaqueros del rancho. Un lechón se asaba dando vueltas sobre el fuego. Y la Virgencita bailaba en el muro al ritmo de la música que Paloma Angélica había traído, los audífonos colocados sobre su aureola radiante y llevando el ritmo con los dedos bajo su manto verde brillante.

Fulgencio levantó una ceja y le comentó a Carolina que la Virgencita nunca se había aparecido a colores, pero ahora lucía más vibrante y viva que nunca.

—La primera actualización que voy a instalar es Wi-Fi —aseveró Paloma Angélica—. Así, la Virgencita podrá bajar su música favorita.

Esa noche, bajo las estrellas, la fiesta continuó con el mariachi acompañando a Fulgencio, y las margaritas fluyendo. Frente a la hacienda majestuosa, se amontonaban los coches y camionetas que traían a los vecinos y campesinos de millas a la redonda a la fiesta.

Ahí en el patio central, abrigada por la reunión optimista y su rostro iluminado por la luz de la hoguera, Paloma Angélica reveló sus planes grandiosos de construir una ciudad sobre el río, para que todos pudiesen reunirse con sus seres queridos del otro lado del río.

TREINTA Y NUEVE

Los cánticos y el júbilo de la multitud aún resonaba en el aire cuando Fulgencio y Carolina se retiraron a su recámara. En la comodidad de su cama, se miraron a los ojos y sonrieron.

—Ya está en casa —susurró Carolina.

—Sí, y nuestra labor aquí ha terminado —dijo Fulgencio

—Siempre creí que nuestro destino era solamente amarnos —dijo Carolina—. No fue sino hasta que Paloma Angélica nació que supe teníamos un propósito aún mayor en esta vida.

—Sí, sí Señora —comentó Fulgencio, en su voz ya grave por la edad—. Al parecer éramos solo parte de un plan mayor. Yo siempre estaba demasiado ocupado a través del laberinto para poder verlo a distancia, para poder discernir el diseño grandioso.

—Hemos sido bendecidos por ella.

—Sí —Fulgencio se acercó aún más a Carolina, rozando sus cansados labios contra los de ella—. Esta noche, hablaba más como un revolucionario que un arquitecto.

—Pero ¿qué es un revolucionario —hizo notar Carolina— si no el arquitecto de una nueva forma de vida?

Ambos se quedaron profundamente dormidos, pero en medio de la noche, los ojos de Fulgencio se abrieron de pronto y se escuchó a sí mismo comentar: —No quiero que escriban un obituario sobre nosotros.

Carolina estuvo de acuerdo.

—Esas cosas nunca cuentan la verdadera historia —dijo Fulgencio—. Además, nunca me gustó leerlos.

—Quizás con excepción de aquel día . . . —dijo ella sonriendo.

Él recordó el periódico cayendo al piso de la farmacia, las veintidós letras que lo liberaban para perseguir de nuevo su destino.

—Sí, con excepción quizás de ese día —confirmó—. Y desde ese día, lo he sabido: el final no es sino el principio. ¿Entonces, porqué poner punto final a nuestras vidas si con toda seguridad seguiremos adelante?

Ella sonrió ante su confianza en la maravilla inminente de la vida después de la muerte.

Se besaron tiernamente y la oscuridad los envolvió y sus almas descansaron dentro de sus cuerpos entrelazados. Cayendo profundamente. Se sintieron como dos vasos de agua siendo vertidos a un contenedor más grande. Girando y acomodándose en la oscuridad. Jamás pensaron que podrían estar aún más unidos. Dos como uno solo. Sanando. Sin distancia. Sin fronteras. Sin límites. Sin separación. Ningún vacío entre ellos. Solamente unidad. Solo continuidad homogénea. Simple y sencillamente disolviéndose uno en el otro. En la oscuridad. Sombras. Después luz. Caminando tomados de la mano por el sendero bordeado de mezquites. Jóvenes de nuevo. El vestido blanco de lino de Carolina flotando en la brisa. Su sonrisa contagiosa. Y Fulgencio, abrazándola en sus brazos para siempre.

CUARENTA

Con el canto de los gallos, Paloma Angélica despertó con plena conciencia de lo que había acontecido. Hizo los arreglos para el entierro de sus padres junto al lago, no muy lejos de donde yacía el cuerpo del hermano William, bajo un gigantesco y retorcido mezquite. Una sola lápida, dijo. Ellos querían ser sepultados juntos. Sus cuerpos abrazados, justo como habían sido encontrados.

El hermano William ofició la breve ceremonia, su cruz de plata brillando bajo el sol del mediodía, su sotana negra flotando a su alrededor.

La Virgencita de Guadalupe se apartó del muro en la cabaña y apartó a Fernando Cisneros de su mesa, sus ojos llenos de cataratas entrecerrados para protegerse del inclemente sol en el patio central. —Es hora de mudarnos, Viejo —dijo mientras se unían al funeral que se llevaba a cabo detrás de la hacienda.

La multitud abrió paso a la Virgencita cuando Ella se aproximó al montón de tierra fresca que se había colocado sobre el ataúd. El hermano William le hizo una reverencia respetuosa. Y al abrir ella su manto esmeralda, una avalancha de rosas, rojas y blancas, salieron y cubrieron el sitio de la inhumación, casi empujando al hermano William al lago.

La Virgencita fijó sus ojos en los de Paloma Angélica. Y ambas, sin cruzar una palabra, comprendieron lo que seguiría. Toda la multitud, la misma de la noche anterior, montaron sus caballos y se dirigieron hacia el Norte en silencio, a través del campo rumbo al Río Grande.

Al pasar una arboleda de mezquites, escucharon las risas de dos jóvenes amantes bailando en la brisa. Desmontando, Paloma Angélica se internó en la arboleda, abriéndose paso entre las ramas bajas llenas de hojas, hasta alcanzar un claro en el centro. Le tomó un momento reconocer a Fulgencio y Carolina, que lucían igual que la noche de su primera cita, abrazados sobre un sarape de colores brillantes en el suelo.

Ella sonrió: —¿Y ustedes no van a venir?

Detrás de los arboles emergieron Trueno y Relámpago, los originales, y Fulgencio y Carolina los montaron, siguiendo a Paloma Angélica hacia la multitud que los vitoreaba.

—¡Beso! ¡Beso! —gritaba la multitud. Y los dos se besaron apasionadamente, sobre sus caballos cuyos flancos estaban unidos.

—Haz los honores, papá —dijo Paloma Angélica, señalando al Norte, hacia el río distante, sobre la vasta propiedad que ahora había heredado.

—¡Cabalguemos! —dijo Fulgencio, capturando su Stetson de la nada y agitándolo en alto hacia el cielo mientras guiaba al pequeño ejército rumbo a la orilla del río.

Cabalgando junto a sus padres, Paloma Angélica estaba consciente que ahora poseía los recursos para construir y sustentar su ciudad visionaria. Ahora, al vislumbrar las orillas del río en el horizonte, no era la única en visualizar la ciudad misma, reluciente como un sueño, sus agujas alcanzando el cielo.

La salada brisa del golfo rasgaba a través del cabello negro de Fulgencio. La risa gozosa de Carolina llenaba el aire. El hermano William gritaba emocionado. Y la Virgencita se sujetaba de la cintura de Fernando Cisneros mientras galopaban sobre el mismo corcel. Se escucharon disparos en el aire; El Chino Alasan disparaba sus revólveres hacia el cielo, celebrando. Y sus seguidores gritaban y agitaban sus puños en el aire.

—¡Viva Fulgencio Ramírez! —gritaban.

Y Fulgencio sonreía, dirigiendo su mirada primero a su esposa y después a su hija.

El suelo se precipitaba bajo ellos, y el estruendo de los cascos se escuchaba como truenos mientras se acercaban a la orilla, con el viento en sus rostros.

—¡Viva Fulgencio Ramírez!

Fulgencio miraba asombrado a Carolina, su cuerpo inclinado sobre el pescuezo de Trueno, galopando junto a él.

—Ya casi llegamos —gritó Paloma Angélica al aproximarse al río—. ¡Este es el sitio!

Los caballos relincharon y resoplaron cuando el grupo les jaló las riendas para detenerlos, y desmontaron. El hermano William se lanzó al agua, riendo como loco, igual que el día que murió. La multitud se reunió alrededor de Fulgencio, Carolina y Paloma Angélica. Hechizados, sus ojos se fijaron en una aparición a la orilla norte del río. Ahí, una conocida pareja se paró en la orilla, sus pies casi tocando el agua. Mauro Fernando y Soledad Cisneros se tomaron de las manos, sonrieron, y saludaron.

—¡Este es el sitio! —proclamó Paloma Angélica, sus ojos brillando de gozo.

Fulgencio se maravilló. —Alguien dibujó una línea en la arena, y nosotros la cruzamos una y otra vez hasta hacerla desaparecer.

—¡Viva Fulgencio Ramírez! —gritó la multitud de nuevo.

Carolina lanzó a Fulgencio una mirada amorosa mientras abrazaban a su hija entre ellos. Paloma Angélica comprendió que llegar aquí les había tomado mucho tiempo, no solo a sus padres, sino a todos los que estaban reunidos con ellos a la orilla del río, los campesinos y los vagabundos, los mexicanos y los gringos, los desheredados y los pobres, los inadaptados y los villanos, los Papabotes LaMarque y el primo loco Gustavo, y los Bobby Balmoris que venían detrás. Había sido un largo viaje para todos, pero lo habían logrado.

Fulgencio y Carolina les habían ayudado a encontrar el camino. Y ahora, ella los guiaría para construir un puente al futuro, anclado profundamente en las orillas de su pasado.

—¡Viva Fulgencio Ramírez!

Fulgencio sonrió, mirando todos los rostros familiares que le rodeaban, y recordando aquellos que no estaban presentes para compartir el día: sus padres, El Chotay, los Mendelssohn, Buzzy, la señora Villarreal, y hasta su misteriosa e incomprendida antepasada Minerva, la apesadumbrada madre que había lanzado una terrible maldición en su desesperada búsqueda de justicia. En ese momento comprendió que sus conjuros habían demostrado ser mucho más que una maldición, un plano para su redención común. Decidió que una vez que la ciudad hubiese sido construida, liberaría una bandada de palomas para buscarlos a todos en los cielos y llamarlos hacia este sitio especial que estaban destinados a compartir.

—¡Viva Fulgencio Ramírez! —gritó la multitud una vez más.

Abrazó a las mujeres de su vida. Volvió sus ojos hacia el cielo azul claro y aclaró su garganta. Las dos mujeres sonrieron con complicidad, sus corazones rebozando con anticipación. Fulgencio se disponía a cantar para celebrar. Finalmente, ya todos habían encontrado el camino a casa. Y al elevarse su voz, se unieron a la multitud por última vez, apretando al hombre entre sus brazos gritando jubilosamente:

—¡Viva Fulgencio Ramírez!

—¡Qué viva Fulgencio Ramírez!

EXPRESIONES DE GRATITUD

Por la inspiración, me gustaría agradecer a mi padre, quien falleció en 2015. Rodolfo Ruiz Cisneros fue un personaje único con una voluntad y un espíritu destinados a vivir más allá de su ser físico. Su ser estaba profundamente arraigado en su cultura, su región y su era formativa. Las vívidas historias de su educación en la frontera en la década de 1950, y las experiencias y cuentos que compartió conmigo a lo largo de los años sirvieron como la inspiración principal para *La Resurrección de Fulgencio Ramírez*. Las canciones que Fulgencio canta en el libro son las canciones que mi padre me cantó cuando era niño. Son boleros clásicos de lo que se considera la edad de oro de la música y el cine mexicanos. A partir de los recuerdos, los sueños y la historia fronteriza filtrada por el lente del tiempo, me pareció apropiado recrear el mundo de mi padre como una realidad mítica alternativa ambientada en la ciudad ficticia de La Frontera, que se basa libremente en Brownsville, Texas, donde tanto mi padre como yo nacimos y crecimos. Los recuerdos alimentan la imaginación. En este sentido, también me gustaría agradecer a mi querida esposa, Heather. En muchos sentidos, nuestra propia historia de amor dio vida al romance duradero al centro de esta novela. Heather me enseñó a amar y, como dice Fulgencio, sin amor, estamos muertos. Un agradecimiento especial a Paloma y a Lorenzo, nuestros hijos. Disfruté apasionadamente los actos de leer y escribir desde la niñez, pero fue solo cuando trajimos a Paloma recién nacida a casa que encontré dentro de mí la perspectiva y la inspiración para escribir esta novela y comenzar mi viaje como autor en serio. El entusiasmo y la alegría sincera con la que Lorenzo anticipa y lee cada una de las historias que escribo me motiva a seguir perfeccionando este arte a menudo solitario y arduo. Y, finalmente, debo agradecer a mi madre, Lilia Zolezzi Ruiz, por poner libros en mis manos desde mi infancia, y por siempre apoyar a mi educación bilingüe y bicultural, sin la cual no podria unir dos palabras.

Por su apoyo para compartir mi escritura con más lectores, agradezco a Laura Strachan, mi agente literaria. Me llevó mucho tiempo encontrar un agente que realmente creyera en mi trabajo y estoy muy agradecido a Laura por haberme encontrado a mí. También me gustaría agradecer especialmente a Rick Bleiweiss de Blackstone Publishing, así como a todo su equipo, por abrazar a Fulgencio y al mundo y los personajes del realismo mágico de La Frontera. Nunca pensé que haría falta alguien cerca de la frontera norte para ayudarme a compartir mis historias de la frontera sur, pero estoy muy agradecido por la visión y el apoyo entusiasta que Blackstone ha brindado a nuestra asociación. Finalmente, han habido muchos lectores, maestros, amigos y familiares que han alentado y apoyado mi escritura a lo largo de los años. No es posible agradecerles a todos, pero me gustaría agradecer a las siguientes personas por su apoyo: el profesor Efrain Kristal (Harvard, UCLA), Nora Comstock de Hoyos (Las Comadres para las

Américas), Teno Villarreal, Jerry Ruiz, Paul Tucker, *Gulf Coast Magazine*, *Notre Dame Review*, *The Ninth Letter*, la Profesora Francine Richter (*New Texas*), *BorderSenses*, Latino Literacy Now (Empowering Latino Futures), la profesora Berlyn Cobian (Long Beach City College), Salvador Cobian y el profesor Rodney Rodriguez (LBCC).

Por leer, gracias. Gracias.

CRÉDITOS DE LA CANCIÓN

"Don't Be Cruel (To a Heart That's Cruel) [No Seas Cruel]
   Letra y Música de Otis Blackwell y Elvis Presley
   Derechos de Autor (Copyright) © 1956: Renovado 1984
   Elvis Presley Music (BMI)
   Todos los Derechos son Administrados por Editorial de
   Canciones de Steve Peter y Canciones de Kobalt Music
   Garantizados los Derechos Internacionales de Autor, Todos
   los Derechos Reservados
   Reimpreso bajo autorización de Hal Leonard LLC

"Veracruz"
   Letra y Música de Agustín Lara
   Derechos de Autor (Copyright) © 1933 por Promotora
   Hispano Americana de Música, SA
   Derechos de Autor Renovados
   Todos los Derechos son Administrados por Peer
   International Corporation